牛二哥在阿木巴勒阿希坎山口

牛二哥 著

货车司机牛二哥

北京联合出版公司
Beijing United Publishing Co.,Ltd.

图书在版编目（CIP）数据

货车司机牛二哥 / 牛二哥著. -- 北京 ： 北京联合出版公司, 2024. 11. -- ISBN 978-7-5596-7929-1

Ⅰ. I247.5

中国国家版本馆 CIP 数据核字第 2024W54D75 号

货车司机牛二哥

作　　者：牛二哥
出 品 人：赵红仕
特约策划：慧新时间
责任编辑：夏应鹏
特约编辑：贾　亮　刘新贤
封面设计：今亮后声

北京联合出版公司出版
（北京市西城区德外大街83号楼9层 100088）
北京联合天畅文化传播公司发行
北京美图印务有限公司印刷　新华书店经销
字数268千字　880毫米×1230毫米　1/32　8.375印张
2024年11月第1版　2024年11月第1次印刷
ISBN 978-7-5596-7929-1
定价：58.00元

远赴千里，闯荡青藏

在新疆漂泊的河南人

那些年，独自走南闯北

青藏公路日月山下，路遇出了故障的货车

新疆阿木巴勒阿希坎大坂（阿尔金山中）

从青海马海离厂出发去格尔木途径牧场

青藏公路 G109 雁石坪段，路遇暴雪

牛二哥在老家

牛二哥在家中看书

在若羌河谷拉戈壁料，途中停下车休息

国道 315 新疆依吞布拉克到青海花土沟段

牛二哥拉矿石途中在南疆阿尔金山阿木巴勒阿希坎大坂顶峰自拍

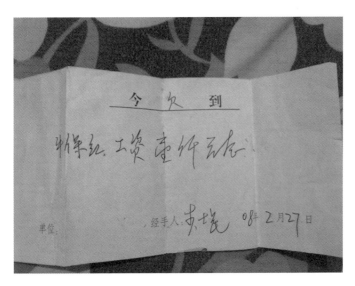

在焦作市待王镇士民车队开车时的工资欠条，至今未付

养路费缴讫证

去晋东南拉煤时，途径九曲十八弯的云台山叠彩洞，弯多坡陡，特别危险，山西司机称之为"螺丝洞"

即便是天才的作家，一旦真正的写作开始，鸿篇巨制的创作也会是一种工作和劳役。很多作家的创作生涯可以延续很多年，除了我们羡慕的天分之外，他们一定有保持文学创作热情的良方。

—— 多萝西娅·布兰德《成为作家》译者序

一名货车司机的写作之路

我是一名货车司机，高中文化，除了有一些和多数人雷同的人生经历，没有参悟文学的特殊天赋，没有掌握更多的华美词汇，没有控制长篇巨著的能力，却鬼使神差地爱上了写作，感觉对于别人或者自己来说，这都像一个笑话。毕竟自己是一个开车的，像拉磨的驴一样，只会绕着生活划定的空间转圈。

可是多萝西娅·布兰德说："每个人都有自己的写作故事，这说明回忆录和传记也不是只有成就卓著的人才可以写，每个人都可以把自己的回忆和一生的经历作为创作的素材。"

于是，我决定沿着这条写作之路走下去，即使它坎坷不平。

经历的增多和思维的推演，催生了许多宝贵的灵感。每一次它们突如其来的造访，都会让我停下匆匆的脚步或放下吃了一半的美餐，用笔或者手机赶紧记录。我知道灵感就像屋檐下串门的麻雀，说来就来，说走就走，任你怎么招手都无法挽留！因此，手一定要勤！

午夜，万籁俱寂，忙碌了一天之后，尽管身心疲惫，但我还是要把那些如同珍珠般的灵感挑选出一颗，放进心里、投进脑海，让它在夜露的温润下苏醒、发芽，直至在稿纸上绽放出一朵清秀绝伦的花！

那也是我一天之中最幸福、最惬意的时刻！灭了灯，注视着黑暗，喜悦抚慰着神经，我感到和夜一样舒爽，长长地呼出一口气，沉沉睡去！看来，创作灵感不隔夜，趁热打铁也很重要。

可是，有时想要寻找一个静谧的地方沉湎于创作却并不容易。在这个喧嚣的时代，想找一片净土不太容易。难不成还要效仿竹林七贤，隐居在深山老林？那不现实！再说自己也没有此种条件！

没有了创作的寂静空间，只能在时间的步步紧逼下倒退。漫天的酸雨中，灵感的 pH 值飞快降低，眼看就要被腐蚀殆尽，情急之下，想要把思路与想法从皮囊中掏出来，浸泡在清澈见底的山泉中，好好清洗一下，可是山在哪里，泉在何方啊？时间飞逝而去，它没有因为我的犹豫、彷徨而在路旁的树荫下等待。看来，有一个安静的写作环境也很重要。

还有些时候，写着写着，感觉自己创作的脚步越来越重，沉沉的，根本抬不起来，像是穿了一双用困扰和焦灼打造的铁靴，一步也迈不动，长时间对着空空如也、一字未著的稿纸发呆。

这一切，起先我都归咎于雾霾的压抑，归咎于交往的繁杂，归咎于手机的侵扰，归咎于抵抗诱惑能力的匮乏。后来通过学习才知道，自己犯了间歇性创作的毛病，就是一种等待灵感迸发的依赖心理。其实这也是虚荣心在作怪，总想不鸣则已，一鸣惊人，失去了许多练笔的良机。虽然后来已经改正了，但是现在想一想，依然后悔得很，曾有多少写作的素材被白白湮没在遗忘之中啊。想啥就写啥，勤练笔，很重要！

东晋大诗人陶渊明说：

盛年不重来，一日难再晨。
及时当勉励，岁月不待人。

古人和我们一样珍惜时光，他们就像一驾奔驰的马车，追逐着岁月的脚步，绝尘而去。时光不待人，因此，我总是在装车卸货的空暇，珍惜并利用宝贵的时间来写作，如同海绵里挤水，哪怕一点点，也是宝贵的光阴!

在时间面前，我感觉自己永远是一个穷人。于是，在难得的休息时间里，我尽量使脚步迈得更大，行驶得更远。因为我知道，离都市越远，离灵感的源泉就越近，那里才是孕育创造力的母体，那里才有滋养我的甘露，我渴望灵感像泉水一样涌出，像火山一样喷发。

于是，为了实现创作梦想，在将近十年的时光里，我把自己奉献给了青海、新疆和西藏。哪里有雪山，哪里有沙漠，哪里就有我；哪里有无人区，哪里有沙尘暴，哪里就有我。我要把自己像沙子那样扔进沙漠，在荒无人烟的大漠之中，探寻存在的秘密；我要把自己像雪花那样洒向山顶，在朔风凛冽的冰雪世界，感悟人生的真谛。

这样做也是为了生存，由于日益增大的生活压力，我不得不离开家，到数千里之外的生命禁区去谋生！父亲曾经对我的两个孩子说：好好学习吧，你们没有理由不努力，因为你们爸爸工作的地方太远太苦了，比古代充军发配的人还要受罪！

有人曾经问过我：你一个人在外面孤苦伶仃地流浪，吃了那么多的苦、受了那么多的罪，究竟收获了什么，真的值得吗？

我说：说起来你或许不相信，我收获了一个新生命。过去你认识的那个我早已经死去了，现在与你谈话的是一个新生的人——青藏高原的雪山之水融入了我的血液，巍峨挺立的昆仑山脉重塑了我的脊梁，广袤无垠的罗布泊更换了我的心脏，还有那边疆的寒风吹硬了男人的脸庞。你没有见过那傲然挺立的雅丹吗？那就是我的身影！

而且，让我备感喜悦的是，我还收获了许多创作的灵感，那些灵感就像碑文一样镌刻在我的脑海，那是我终生取之不尽、用之不竭的财富！那是我用生命、用汗水、用疲惫、用饥渴换来的宝藏！

远赴千里，
闯荡青藏

脱土山奇遇

2003 年春，青海马海工区。在钾肥厂到矿区的路上，一辆重型自卸车被砸了。现场惨不忍睹，驾驶室的前挡风玻璃碎了，一地的玻璃碴子，工作台上也有。一张 2004 年的年审标志粘着玻璃碴垂在那里；方向盘上戳着一根铁撬杠；左侧门帮被鹅卵石砸出深深的凹痕，上面还有一团团的血迹；轮胎瘪了，胎侧被划了几刀。

来青海以前，我们这支车队是在河南老家干活儿的。当年堪称焦作地标的三维商业广场，建造之初，地下几十米深的土基就是我们车队连挖带运弄完的。当时还挖出了好几条钢筋混凝土的地道，不知是做什么用的。

不过由于十几辆车子抛撒扬尘，泥土石块滚得哪里都是，繁华的民主路被糟蹋得像是附近开了个石料厂，当时弄得民怨沸腾。有一次，我在得运开的九号车后面远远跟着，看到他的车子经过一段铁路时，颠簸了一下，后门突然打开，一块磨盘大的石头滚落下来，差点砸到后面一辆奥迪车上。多亏那个司机把式好，揽了一把方向盘躲开了，加速超过得运的车子后指着他一顿臭骂。

一个月后，土方活儿结束了，"非典"愈发肆虐，在本地实在混不下去了，老板准备领着我们长途跋涉去青海。离开家以前，他曾经说过几句话，让我记忆犹新："伙计们，啥叫老板？老板就是比你们有钱的人。你们到外面好好干两年，混好了，也当个老板。"

也许是他说的话触动了我，让我下了决心跟他一起出去闯。程咬金还说过"皇帝轮流做，明年到我家"这样的豪言壮语，自己就不能到外面闯一闯，见识一下？

不过这毕竟是背井离乡出远门，而且一走就是一年，始终有些事萦绕在心头，放不下。

一是孩子们的学习。两个儿子都还在上小学，我们从大南坡搬到城区，就是为了让他们将来有点出息。我走了，他们缺失了父爱，学习会不会受到影响呢？

二是青藏高原是高海拔地区，气候寒冷干燥，自己会不会有高原反应呢？车队老板说了，到了格尔木适应几天，有高原反应的报销路费可以回来，身体没有问题的必须坚持干到年底。

想想也是，一辆车两个司机，一个白班，一个夜班，半个月轮换一次。谁要是想家撂挑子不干了，方圆百里都是无人区，去哪里找替补司机呢？

其他的问题我不担心，挣钱养家，去哪里干不是干，自己就是吃苦受累的命。最害怕的是自己会有高原反应，听说肺活量大的人一般没事。在等待出发前的几天，我经常让妻子看着表，自己将头扎进水桶里，屏住呼吸，试试到底能憋多长时间。

然而该来的总是会来，那天早上得到车队通知，明天出发。那一天，我都在忙忙碌碌地干活儿，却又不知自己到底干了些什么。

我买来了角钢，又是割又是焊，把小商店的卷闸门重新加固了一番；厨房通向院子的下水管子太细，经常堵，我用工具把油渍和残渣捅得干干净净的，还烧了几壶开水冲洗了好几遍；担心到了雨季出水不畅，我把院子外面的渗水池淘了淘，屋里接触不良的开关也换了；又把十几包麦子从一楼背到二楼，铺上塑料布，摞好扎紧；下楼后又想到，如果妻子用麦子换面，一百多斤的包她肯定扛不动，于是又重新分开，装了十几个半包，背起来也轻便，一个大人两个孩子，这么多麦子肯定能吃到过年，到那个时候我就回来了。

晚上，妻子做了好几道菜，摆了一大桌，一家人坐在一起吃了顿饭。饭后，她又将装好的行李重新拿出来，放了一地，一件一件地再装进去，唯恐漏掉了什么。

第二天早上，我背着沉重的迷彩包离开了家门。妻子要去送我，我不让，她的眼中含着泪水，滢滢的，却没有流下来。我知道，如果看到我乘车离开，她会比现在更伤心，不管怎样，此时的我还能留给她一个背影。

春寒料峭的清晨，路上的人已经很多了，孩子们快乐地去上学，上班的人们行色匆匆。

背着行李走在熙熙攘攘的街上，心里酸酸的，感觉别人如同鸟儿，暮色来临时就可以归巢，自己却像是一片浮云，飘走了，不知何时才能回家。

走到清真寺前的公交车站时，我看见两个矮矮的身影倚靠着站牌，在寒风中瑟瑟发抖，小脸儿冻得红扑扑的，流着清鼻涕，那是大儿子世林和小儿子世杰。

"你们俩怎么在这儿？"我问。

"爸爸，我们去上学，正好路过这儿！"大儿子响亮地回答。

"哥哥不让说，其实，我们就想送送你！"小儿子用冻红的小手擦了擦鼻涕，说了真话。

我的鼻子一酸，强忍着泪水，紧走两步，把他们拥入了怀里。

到了公司，人基本已经来齐了。一辆车两个司机，十三辆车却来了三十个司机，老板说其余四人是备用的。马村、中站、武陟，每个区或县的人都有。虽然不是一个地方的，但相距不远，而且拉土方时彼此早就熟识了。眼镜、老刘、三蛋、卫星，还有中堂哥等，见我来了，纷纷打招呼。

公司的一角站着几个人：负责汽车修理的吴桐，负责补轮胎的披肩发小李，负责电焊的建国。还有负责做饭的两位大师傅：一位是封丘的，人送外号"一把刀"，也不知道手艺咋样，名字却挺邪乎的；另一位是我们马村区的，老板的亲戚，听说在市里摆过夜市摊。

办公桌旁还有两个大个子，其中一个在桌上坐着，唾沫星子乱飞，正在海吹着什么，听说他们是来自温县的两兄弟——孟老大和孟老二。虽然不熟悉，看着模样倒挺憨厚的。可是，谁也没有想到，后来这两个活宝却闯出了一件惊天的祸事，险些酿成一起严重的群殴事件，最终让我们不得不离开低海拔的马海工区，远赴一千多公里外、海拔四千八百多米的藏北安多。

简单的安全动员会结束，出发了。车队从一挂炸得不亦乐乎的万字鞭旁边鱼贯驶过，右转上建设路，一路向西。

我驾驶的是九号车，这个数字吉利，而且八号车、十号车是中堂哥和红军开的，自己夹在他们当中，在路上互相也有个照应。坐在副驾驶座的搭档是滑县的一个小青年，还没有成家，头发黄黄的——是母胎带的那种自然黄，不是染的——卷曲着，人家都喊他"黄毛"。他有眼色，很勤快。

我们日夜兼程，一路奔波，人歇车不歇，除了吃饭、上厕所，就是一个劲儿地跑。出河南，过潼关，进甘肃，到达兰州，当时的连霍高速还没有全程贯通，时断时续，有时候走国道，有时候上高速。在兰州的外环休整时，得到了青海下雪的消息，此时将近4月底了，家里面开始热了。

过了西宁几十公里后就到了湟源，这儿有两条路：一条是315国道，是青海湖北线，通向新疆；另一条是我们走的 109 国道，经过青海湖南岸，一直行驶可以到达拉萨。

青藏公路从柴达木盆地南缘笔直地进入西藏，地形地貌没有险峻的川藏公路那样大起大落。可是，自然区域却有着纷繁复杂的变化。

如果你经历过青藏线的自驾游，或者乘火车进藏去拉萨，应该多少有些与我相同的感受。从西宁到青海湖之间的地貌与途经的陕西、甘肃所特有的黄土高原地貌极其相似，这里属于东部季风区；从青海湖西到昆仑山口，是广袤无垠的柴达木盆地，属于西北干旱区；而从昆仑山口一直到人们向往的朝圣之地拉萨，却属于雪山林立的青藏高寒区。

对我而言，"一朝踏入青藏线，魂牵梦萦几十年"。每当想到这里，思绪就如波澜起伏的海浪，无法平息！

高大神秘、可望而不可即的万祖之山昆仑山，突然横亘在我面前。在那喷涌的莲花宝座般的王母圣泉前，在那四季飘雪、青藏公路上海拔最高的垭口唐古拉山口，在那寒风凛冽的宗加路口，我一个人茫然无措，不知何往。梵乐声声，我仿佛又看到湛蓝的天空、伸手可触的白云，还有那些沿着公路一步一叩的朝圣者，他们伛偻着身躯丈量着青藏大地，顶风冒雪，只为倾听从心中传来的呼唤。

出了青海湖，就是橡皮山。翻过山后，车队就进入了茫茫戈壁。狂风卷起黄沙，遮天蔽日，没有树木，没有飞鸟，仅仅看见些许矮草在风中苦苦挣扎。路上车极少，人亦难见。

青藏公路，虽然窄一些，但路面极好，修长笔直，抬头一望即可远眺数十公里，特别壮观。

经过都兰、巴隆后，路上就开始有了积雪，有一拃多厚。远眺脱土山，白茫茫的一片，寒风席卷着雪末打在脸上，生疼生疼的。来到脱土山顶，见到一辆半挂车孤零零地立在雪野之中，距离车子百来米的路上，胡乱地堆放着一些充当警示标志的石块。那辆车是老板从郑州某个运输公司租赁的，上面拉了一台沃尔沃挖掘机。

押车的小王是老板的亲戚，是一个文艺青年，拉土方时我们就认识了，他负责给司机发车数票。小伙子人不错，爱说爱笑，挺阳光的，不过却留着长发。前天就是他打的电话，说车子坏在半路了，让我们捎带汽车配件。

车队距离抛锚的车子越来越近，刺目的雪野中，忽然发现一个白色的物体在来回走动。我有点惊奇，难道是藏北雪娃现身了？

近前一看，不由大跌眼镜，这分明是一个人，却又不像一个人，他的装束太离奇了：全身用卫生纸一层一层裹得严严实实，只露出眼睛、鼻孔和嘴巴。他跌跌撞撞地走过来，黑洞洞的眼睛望着我，嘴巴像案板上的鱼一张一合，却发不出声音。

我端详半天也认不出这个人是谁，后来看到脑后那束夹着冰雪的、被冻硬的头发，才断定他就是小王。

我赶紧打开车门，拉着他钻进了驾驶室。孩子抱着我，鼻涕一把泪一把的，"叔啊叔啊"边喊边哭，真是惊天地泣鬼神，比丢了十万块钱都悲伤委屈。

原来，进藏以前家里面天气已经热了，他不听别人善意的劝阻，只穿了一身随风飘逸的单衣单裤就进藏了，还大言不惭地说什么男人必须经受历练折磨，不经历风雨，怎么见最美的彩虹。

他们一行出了陕西、甘肃，进入青海，前半段路没啥问题，阳光明媚，温暖如春。他第一次见识塞外美景，坐在副驾驶座上又是哼呀唱呀的，又是跷着兰花指频频拍照。到了晚上，虽然夜半风凉，但可以吹着暖风，还能对付。

谁知道人算不如天算，汽车上了脱土山就出现了故障，两个司机捣鼓了半天怎么也打不着火，最后黔驴技穷，无可奈何，只好钻进车里给公司打电话，等待救援。

到了半夜时分，脱土山天气骤变，寒风凛冽，突降了一场大雪，两个司机抢先挤进了卧铺，盖上了仅有的一床被子。留下小王一个人穿着单衣单裤坐在副驾驶座上，冻得上牙磕下牙。没有御寒的衣物，冻得嘴唇发紫、浑身哆嗦的他在操作台上翻了半晌，找到了半截蜡烛，赶紧点着，烤手取暖，可是冬夜漫长，蜡烛一会儿就燃尽了。

他侧过身子望一望，本来想跟两个司机大哥说说，进卧铺里面挤挤。可是看见那两位的块头一个比一个大，六十厘米宽的卧铺挤得连根针也插不进去。两个人互抱着对方的臭脚躺着，四只眼睛爱莫能助地看着他。

无奈之下，他只好打消了叠罗汉的念头，四处打量，好不容易在副驾驶座的角落里翻出几大卷卫生纸。于是，他如获至宝，含着泪水把它们一层又一层地缠在身上，将自己裹成了"木乃伊"。

车队初到马海

2003 年 4 月 30 日晚上，车队到达格尔木。

贺老大是老板的合伙人，人脉广，关系硬，马海拉钾肥、西藏修铁路，都是他揽的活儿。贺老大是青岛人，来格尔木多年，开了一家海霸餐厅，专营海鲜，我们都叫他大哥。大哥人很好，高个子、四方脸、大嗓门，说话直，像梁山好汉。

我们这群人可谓鱼龙混杂，啥货色都有。嗜酒如命的二皮，喝酒前一脚踢不出个屁，喝罢酒就成了火脾气；补胎的披肩发小李，干活儿时像个疯子，不干活儿时像个傻子；孟村的老冯，天生就是为情而生的，走到哪里都瞪着一双眼，如同猫儿寻腥般寻找女人；还有牛庄的眼镜，怎么看都像个娘们儿，走路时屁股扭来扭去，说话嗲声嗲气的，每次看见他，都感觉像吃了只绿头苍蝇。

这样一群乌合之众像饿了三天的蝗虫，绿眼红翅，浩浩荡荡地杀进了饭店。山东大哥主持了接风宴，一干人耳朵听、嘴巴动，吃饱喝好之后，拍着圆鼓鼓的肚子回到长途汽车站附近的旅馆休息。

第二天一大早，我就被一阵喧闹声惊醒，趿拉着拖鞋跑出去观看，武陟老王不省人事，被几个人抬上 120 救护车拉走了。前天上橡皮山的时候，他就有点高原反应，嘴里像嚼着个紫葡萄，说话嘟嘟囔囔的。昨天晚上，他又和酒鬼二皮坐在一起，两人推杯换盏好不痛快，谁知道今天早上竟然晕厥了。

上午闲着没事，我们几个人一起去街上闲逛。我买了些水果，一个保温的旅行水壶。我有写日记的习惯，又买了几个笔记本。听说那是个荒无人烟的地方，商店里的东西贵得惊人，烟瘾大的司机每个人都想捎几条烟。金堂在一个街角的商店里发现了家乡才有的彩蝶牌香烟，几个"瘾君子"如获至宝，很快就把商店里的烟瓜分殆尽了。

傍晚时分，我们继续上路，终点是三百多公里之外的马海工区。它位于青海省西北部大柴旦镇西北一百多公里处，距315国道没多远。

出了城区一路向北，刚到收费站，前面的司机就跟收费站的人吵起来了。三蛋开的一号车冲在队伍最前面，负责财务的小王却在车队的最后面，当他气喘吁吁地跑到收费站时，红了眼的三蛋和收费的青海尕娃已经比画着过招了。眼见得事情闹大了，小王又忙不迭地给贺老大打电话，收费站这边把公路运政的人也都喊来了。夜半风寒，我打开暖风，趴在方向盘上竟迷迷糊糊睡着了，就这样一直等到半夜时分，车队才过了收费站。

沿着315国道继续北上，凌晨两点，到了万丈盐桥，此地距离格尔木约六十公里。在雪亮的车灯照射下，白色的路面熠熠生辉。

万丈盐桥是修筑在察尔汗盐湖上的一段公路，全部用盐铺就而成。说它是桥，其实既无桥墩，也无栏杆，路面平整光滑，整条路坦荡笔直。养护时发现坑凹，道班工人只需舀一勺浓卤水，往上一浇，盐粒溶化，坑凹处便平坦如初。万丈盐桥是柴达木盆地里一颗耀眼的明珠。

过了锡铁山，就是好汉岭、第十四道班。车队走走停停，像个怀孕的娘们儿般笨拙缓慢。汽车和人一样，在家里时活蹦乱跳，浑身的本事，好像有使不完的力气，可是一到高原立马就蔫了，动力下降，故障频发，不是这个水温高了，就是那个管子破了，就连三号车刚在焦作换的新轮胎也爆了。在高原待的时间长了才知道，内地与高原的气压差太大，车子如果要长期在海拔高的地方拉货，轮胎气最好放了重新充一遍，要不很容易爆胎！

中午在大柴旦草草吃了饭，天空布满了厚厚的灰黄色浊云，下午翻越绿梁山时又下起了大雪，一道沟一道岭地下。这里的雪好像与谁结了仇，像海水一样狂躁汹涌，妄图淹没一切，寒风握着锐利的冰刀，刺在脸上生疼生疼的。

路面结冰了，汽车打滑上不去，轮胎拼命转着圈，嗖嗖地叫着扒地。冰融化了，胎面上冒着热气，却还是上不去。我心急了，于是从车厢里成摞的被子中抽出一条，塞在轮胎下面，这时车子吼叫着冲了上去。

直到傍晚时分，车队才陆陆续续到了马海工区的钾肥厂。

这是一座投资上亿元的大厂，占地面积很大，现在是边建设边生产的状态，远远地就能看见很多高低不等的车间厂房以及雪山一样的钾肥堆。

湛蓝色的天空下是广袤无垠的戈壁滩，低垂的白云如棉似絮，空气清新却有些沙尘的味道。工区对面是一座土黄色的山丘，没有一草一木，贫瘠得如同一个乞丐。戈壁之上无遮无拦，一天到晚刮着风，好像要把人身上那点可怜的水分都吮吸干净。

这里早晚温差大，白天阳光晒得让人有点迷糊，晚上温度却降到零下好几度。此时，我忽然想起在格尔木时有个人说的顺口溜，雅称"青海四大怪"：

> 马海的蚊子，冷湖的风，
> 大柴旦的学生，格尔木的兵。

那个人掰着指头一一给我解释:

一是马海的蚊子,个头特别大,像蜻蜓一样,而且还傻,落在身上就叮,赶也赶不走,一拍一手血(吓我一跳,如此厉害,那还不得把人咬死)。

二是冷湖处于风口,一年中的四个季节都刮风,风大到能把石头刮得满地跑,也能把刚建好的简易房给刮翻。

三是大柴旦的学生娃,据说都有些来历,惹不起。

四是格尔木的兵,就更不用说了。多年前就有十万城市六万兵的说法。

车子进入马海时我看了看周围,除了一个汽车修理部、两个灰头土脸的青海尕娃,以及一个小小的商店,其他啥也没有。没有饭店,没有加油站,也没有理发店,只有几辆挂着青海、甘肃牌照的重型自卸车呼啸而过,并扬起漫天的尘土。

我们被安排在工区东侧的一排铁皮房里,从南到北依次有宿舍、伙房、仓库和办公室。我和队长老黄、空军、金堂以及孟村的老冯住在一起。

老黄是郑州人,大众脸,中等个子,说话不急不慢,口头语总爱夹带着一句"鸭子毛"。

空军和金堂老实本分,爱好不多,除了上班就是睡觉。车队到藏北安多后,司机们不知何时分成了几派,经常搞些摩擦,我们三个是圈外人士,不参加任何一个"帮派"。

孟村的老冯喜欢吹口琴,也喜欢女人,吹出的歌曲很好听,幽幽的,像是女人的低吟。我曾经拜他为师,学吹口琴。有一次车子坏了,我俩开着车队里的依维柯去格尔木买配件,晚上还是住在长途汽车站附近的旅社。旅社旁边有一家饺子店,是山东菏泽的老两口开的,便宜实惠还好吃，我们两个人要了一瓶青稞酒、一盘花生米、两碗酸汤饺子。我不喝酒，大半瓶酒都进了老冯的肚子。

饭后在街上溜达时，他的特殊爱好又犯了，酒精与久未释放的欲望将他的双眼烧得通红。汽车站的西侧有一排低矮的房子，我俩假装闲逛，凑近一看，褪色的招牌上有"梦妮发廊"四个字，上面还缠绕着五颜六色的彩灯，像女人的手，发出诱惑的光芒。老冯向马路两侧看了看，没有行人，他贴近窗口向里面望去，没有理发用具，只有两张红色的长沙发，上面坐着几个打扮艳俗的女人，漂亮说不上，但是绝对称得上年轻丰满。昏暗的灯光下，蕾丝、大腿若隐若现，看得老冯心如猫挠，不能自持。他瞅瞅屋里又看看我，急切地问："牛，你去耍不去？"我摇摇头。他紧走几步想推门进去，忽然又想起了什么，回过头把口袋里的一沓钱掏出来，捻出三张，剩下的塞给了我。

唉，老冯一夜未归。

货车司机常年在外奔波，辛苦自不必说，更难熬的是寂寞，尤其是像我们这些在外地开车的。忍耐力强的就咬着牙干熬，意志不坚定的就去吃个"快餐"；还有"本事"更大的，像修武的小邢在藏北安多时，搭上一个小姐，是个川妹子。春节前停工时，那个川妹子一直跟到格尔木的旅社，哭着闹着要和他一块儿回家，最后也不知小邢咋摆平的。最不幸的是二皮，在安多浴池找了个小姐，不幸"中标"❶，年底大家一起乘车回去时，他担心被媳妇发现，一个人南下广州继续打工。

其实我们这些司机大多数都是好的，老老实实挣钱，一心一意养家。不过林子大了啥鸟都有，对少数人荒唐的做法，我虽然看不惯，也不愿说三道四，萝卜青菜各有所好，毕竟每个人都有自己的活法。

---

❶ 司机们的一种调侃行话，意思就是被传染了性病。

在偏僻的地方干活儿，最大的好处是省钱。4月份从家里出来时，妻子给了我五百元钱，春节回去时还没有花完。我不吸烟，也不喝酒，车队又管吃管住，没有需要花钱的地方。

老黄心细，经过一段时间的观察后，他发现有的司机行为不检点，担心到了年底这几个人会空着手回去，无奈之下想了一个办法，钱不再发给本人，而让司机的家属每月去东方红广场结算一次工资。

车队为了多出活儿，鼓舞大伙儿的积极性，在保证基本工资的基础上又加了提成，多劳多得。三蛋家里负担大，媳妇一口气给他生了仨儿子，第四个送给别人后，她赶紧结扎了。一家人五张嘴，嗷嗷待哺地等着他去养活。三蛋不免挣钱心切，在路上狂飙乱跑，好几次都差点酿成事故，老冯真看不下去了，趁着吃饭时说他："蛋，跑恁快弄啥哩？"

三蛋头也不抬，一边往嘴里扒饭一边说："那还用问，跑得快挣得多呗。"

老冯说："跑恁快，就不怕把命丢了？"

三蛋满不在乎地说："怕个啥，死了赔俺家里一疙瘩钱！"

老冯说："中，你说的可中。等你死了，媳妇改嫁了，别人花着你的钱，打着你的儿，玩着你的媳妇那多好！"

话糙理不糙，三蛋听罢耷拉着头，一声也不吭了，此后车速慢了很多。

马海风波

第二天早上，工作步入正轨，一辆辆汽车呼啸着驶向矿区。

我半跪在地上，提着风炮卸轮胎的螺丝，膝盖被石子硌得生疼，卸下两三个就得放下风炮歇一会儿。原以为这个地方海拔不算太高，才三千多米，谁知道干活儿时却喘不过气来。

风还在不知疲倦地刮着，鬼知道这风是从哪里来的，从一大早就开始刮，刮得天昏地暗。耳朵里能抠出一指甲盖的沙粒，眼睛实在睁不开了，就戴上一副风镜。当地流传着这样一段话："天上无飞鸟，地上不长草，风吹石头跑，氧气吸不饱。"一番活儿干下来，才真正理解了其中的含义。

搭档黄毛和焊工建国在用手拉葫芦提升后门，门上面的旋转套坏了，必须割掉重换。建国戴了个鬼子兵一样的遮耳帽，难看至极，黄毛被风吹得狼狈不堪，变成了灰毛，他俩各用一条安全绳拦腰拴在铁架上。来自封丘的厨师一把刀正在伙房里忙碌着，准备在中午时亮一手绝活儿。

黄队长和二驴在争论着什么，看样子还挺激烈。一会儿，两个人走出屋子从我的身边经过。黄队长说："油罐可不能埋起来，万一漏了咋办？"

二驴说："不埋起来，厂里不同意。"

黄队长说："鸭子毛，你就不能跟厂里协商协商，真不中弄个加油车放这儿也行啊！"

…………

过了个把小时，司机小路开来了一台挖掘机，然后挖坑、吊罐、掩埋。几天后，还真应了老黄的那句话：越是怕鬼，阎王偏偏来登门。油罐漏了，仅仅一夜之间，十几吨油渗透到地下，只剩下屁股大一摊，其余的都作为礼物送给了戈壁，成为推动地球运转的燃料。

车子修好时正赶上开饭，我用气绳❶吹了吹身上的沙尘，洗手、排队、打饭。中午吃的是炸油饼和汤面条，封丘大厨扬扬得意地执着勺，听着大伙儿的夸奖。油饼金黄酥脆，面条雪白筋道，这个一把刀的手艺的确名不虚传。

不过这样的好日子没过几天，马海这个地方太偏僻了，除了盐壳、戈壁啥也没有，隔个七八天就得派人去格尔木买菜买肉，这个美差被二驴抢到了手。

刚开始的时候，他没有摸着门道，不敢贪污克扣，我们的生活还算凑合，一碗饭吃下来也能看见几块肉。后来简直是王小二过年——一年不如一年，伙食越来越差，成天就是白菜、萝卜、辣椒酱，连根猪毛也找不到。老黄对二驴冷嘲热讽过很多次，恨不得在他身上咬下几块肉，却始终无济于事。司机们每次见到一把刀，他都耸耸肩，做出无可奈何的动作，买不来东西，人家也是巧妇难为无米之炊啊。

马海的凌晨是最静谧的。当东方的天幕被利剑似的霞光劈开之后，伴随着徐徐而至的凉风，马海之晨降临了。在我初始的印象中，这里的色谱应该只有钾盐白或者戈壁黄，今天才发现，在那守护着原始的天地

---

❶ 一种直接连接在货车存气罐上的橡胶软皮管子，一头带有开关，可以充气或者吹驾驶室、衣服上的尘土。

之间，有着世界上最美的景色。在姹紫嫣红的朝霞衬托下，白色的云朵好像展翅飞翔的天鹅，黑色的乌云如同翻滚的巨龙，紫色的霞蔚恰似那翩翩起舞的凤凰，真的是世间少有的天作佳景啊！

从工区到盐湖拉货的距离不等，近的五六公里，远的有二三十公里。其实，盐湖这个概念很笼统，没有确切的位置。我在马海工区干了几个月，只在干盐湖里拉过一次货。拉货次数最多的还是养盐的池子。

在干盐湖里拉货，是我在车轮上度过的生涯中最奇异的经历，那种感觉、那种心情，无处可售，也无价可买。人这一辈子有过此种经历，也算不遗憾了。

那晚的夜空说不清是紫蓝的还是墨蓝的，金黄色的月亮被夜空捧着送到我的面前，璀璨的星星一闪一闪，好像珍贵的宝石。放眼望去，所见之处全部是洁白的盐壳，一地的白，如同突降了一场大雪。一台挖掘机开着灯在等待装车，那长长的手臂，好像大鸟折了的翅膀。此时收音机里正在播放着一首维吾尔语歌曲，那悠扬而又略带哀伤的旋律从耳膜缓缓流进我的内心深处。打开车窗，寒风裹挟着音乐袭来，心如晶莹的宝塔般瞬间塌陷。

在干盐湖里拉货是没有路的，但是又感觉遍地都是路，只要你不去重复走别人的路，大地不会刻意挽留你的脚步。那层坚硬的盐壳其实像蛋壳，只能轧上一次，第二次就碎了。所以，在这片好像白色星球表面一样的洁净荒芜之地，一辆辆汽车如同失去超声脉冲的蝙蝠，东一台，西一台，南一台，北一台，加足油门向前冲着，最后在很远的地方兜一个大圈重新会合到一起。

从工区到盐湖的路面坎坷不平，特别难走，路的两边尽是盐碱地。其实这里的路与万丈盐桥一样，也是用盐铺成的，压实以后像铁板一样坚硬。汽车跑起来实打实地颠簸，这条路上经常能看见折断的半截弹簧板，有时为了避免身体像豆腐一样被颠碎，只好用安全带把自己捆在座位上。

在马海，由于卤水蒸发对云层造成了影响，这里常年不会下雨，但是厂里还是规定，遇到下雨天气就得马上停止运输，防止盐路溶化造成危险。

到了盐湖，就会看到白茫茫的一望无际的湖面，好像刚刚下过大雪一样。盐层薄厚不一，有二三十厘米的，也有四五十厘米的。它们形态各异、宛若天成，有的像蘑菇，有的像宫殿，有的像窈窕淑女，也有的像是雅丹魔鬼城里的怪物，远观近看，特别神奇。谁能想到，这些细小的结晶体，竟然会形成如此丰富多彩的风景画。

工作一段时间后，我结识了看池子的一对中年夫妻，他们俩是周口人，在这里已经干了好几年。他们给我讲了养钾肥的过程：先用机械推拢成一个方形的大池子，把沙地平整好。池子外面挖出深沟，绿色的卤水就会从地下冒出来。将地犁过一遍，然后铺设管道将卤水抽进池子，撒上药物，待土壤洇透后，水会逐渐渗下去。再过几个月，土里就会长出一层雪一样的东西，那就是钾肥原矿了。

一个池子的钾肥原矿完成后，工人用挖掘机扒开一个口子开进去，伸出长臂把它们收拢聚堆，然后拉来一些钢板，一块压着一块，一直通到大堆上，大车就可以轧着钢板倒着进来装矿。有一次，马村的赵生倒车时不小心陷进了池子，轮胎很快就被淹没在泥沼里，特别危险，工友们用了两台挖掘机才把车子弄出来。

卤水其实还有一个神奇的功效。有一天夜里，我开着重型货车经过一个水洼处时，轮胎螺丝全部折了。一个人跪在冰冷的卤水里整整修了三个小时，右脚还不小心被锤子砸破，被卤水蜇得剜心般地疼。那天晚上风还特别大，肉体与心灵遭受了双重折磨，不过因祸得福的是，一直困扰我的脚气竟然不治而愈了。

每天重复地上班下班，日子过得很快，不经意间已经过去两个多月了。本想着会平平淡淡地在此度过一年，可是一件突发的事情，让我们不得不离开这里，去一千多公里外的西藏，历经了人生中又一次磨难。

那天我上的是白班，在开着空车去盐湖的路上，看见一辆车子停放在路边，几个轮胎瘪瘪的，胎面上刻有深深的刀痕，驾驶室也被砸得一塌糊涂，门上还有很多血迹。车上没有人，我认识那个车牌，是温县孟老大和孟老二兄弟俩开的四号车。

我开着重型货车刚刚返回工区门口，二驴就慌慌张张过来把车拦下，让我停工去院里集合。那个家伙看样子慌了神，说起话来结结巴巴的。

来到宿舍外面，司机们都到齐了，大家站着、坐着或蹲着，有愤怒的，有恐惧、担忧的。孟老二头上缠着绷带坐在凳子上，脸上的血迹还没有擦干，两只肿胀的眼睛比熊猫的眼窝都黑。前方不远处，老冯正拼命拉扯着孟老大，孟老大手里提着一根钢管，叫喊着要去替他的兄弟复仇。

切割机在"刺刺啦啦"地嘶鸣着，好像将士出征前的号角。焊工建国不知从哪里弄来了这么多钢管，全部截成一米多长，司机们人手一根。修理工吴桐提着一根撬杠，披肩发小李脸色阴沉，拿着一把割胎用的短刀在砂石上打磨。厨师一把刀和另一个厨师老郑则各自提着一把寒光闪闪的菜刀。

我来到金堂身边，听了他和空军的议论，才知道事情的来龙去脉。

冲突发生在凌晨三点多钟，温县老二拉着一车钾肥，在本地车队的一位司机后面等待卸货。那个司机是个新手，在料堆上倒来倒去，半晌也找不到一个合适的地方。左等右等，老二有些不耐烦了，瞅了个空当，就挂上挡，车屁股一撅，倒了进去。按当时负责收料的老王的话说，各卸各的，谁也不妨碍谁，走开就行了。可是，那个司机是个犟头，就是不愿意，把车横在老二的前面不让他走。

双方对峙了一会儿，事态开始升级，两个人是关公见李逵——互不客气，三句话没说完就开始动手。孟老二来自温县，那是太极拳的故里，孟老二从小深受传统功夫的熏陶，自然有点本事，拳来脚往没几下，那个司机就被放倒了。

眼看徒手不是对手，那个哥们儿动了杀心，竟然从车座后面抽出一把明晃晃的西瓜刀，恶狠狠地朝老二胸口刺去。

情急之下，老二侧身躲过，抬起一脚，将刀踢得无影无踪，然后拿起手里的手灯，把那个哥们儿狠狠修理了一顿，听说把手灯都敲瘪了。老王把两个人劝开以后，孟老二没心没肺地不当回事，又返回去拉料，结果中了人家的埋伏，有几辆车把他堵在半路，他这才吃了大亏。

清晨，老黄知道了此事，去找对方车队的人理论，才知道那个老板去格尔木搬救兵了。他们至少来了三辆大巴的人，要和我们焦作车队决一死战。

黄队长看着这件事情越闹越大，搞不好会闹出人命，"鸭子毛"的口头禅频频出现："鸭子毛，二驴，你领着修理组准备武器自卫。鸭子毛，小路，把挖机开过来，在门前挖一道深沟，再在宿舍外面拢起一道掩体。"

布置好之后，他又去找厂里协商，厂里领导对他嘴里经常出现的"鸭子毛"大惑不解，不过还是道出了实情。那个车队是某部找的，某部与上面的领导关系特殊，而且某部对运输这个活儿很上心，估计会趁着这个机会做些事情，他们也没有办法，劝黄队长最好还是选择报警。

时间在焦急的等待中一分一秒地过去，气氛愈加凝重紧张。千里迢迢出门打工，本是为了挣钱养家，求财不求气，哪知道竟然被卷进了一场武斗。

身上若无千斤担，谁拿青春赌明天？在场的这些人，谁没有妻儿老小，谁没有兄弟姐妹，谁愿意动刀动枪去当炮灰？可是在这茫茫戈壁之上，除了这个七拼八凑的小集体勉强可以安身，一个人想独自走出这片死亡戈壁，根本不可能。

我环视了一下四周，老黄一个接一个地打电话；二驴蜷缩在墙角，像一只被阉割的老狗；老郑去了伙房做饭；一把刀叼着根烟，吐沫星乱飞对着三蛋吹牛皮；老冯不知从谁的床铺下掏出一本黄色小说，正津津有味地看着；披肩发小李还抱着自己那把刀，像一个冷血杀手，闭着眼睛靠在一个轮胎上，默默等待着一场血雨腥风。其余的司机或坐着或躺着，神色凝重，各自想着心事。

下午4点，站在驾驶室顶棚上负责望风的小邢惊慌失措地喊道："来了，来了！"

老黄问："鸭子毛，看清楚点，啥车？"

小邢手搭凉棚再看一次，肯定地说："大巴，就是大巴！"

老黄问："鸭子毛，看清楚了没有，几辆？"

小邢说："一辆，对，就是一辆，看错了恁吊起来打我。"

大巴车上的人下来时，我们这边已经拿着武器严阵以待。不过他们并没有过来，也不像是电影中斧头帮那样的狠角色，刀倒是有几把，可是还没有披肩发小李的那把亮。他们蹲在自己车队的门前吆喝谩骂，我们趴在沙土掩体后面回骂，谁也不敢前进一步。

傍晚的时候，一辆警车摇摇晃晃地鸣着警笛来了。此处距出警的地方三百三十四公里，这是那个老警察说的。是非对错留给后人评说，以大局为重，这句话也是他说的。

三天后，我们的车队离开了马海工区，准备远赴一千两百公里之外的西藏安多！

重返格尔木

斗殴事件之后，我们的车队退出了马海工区，然后折返格尔木，再南下藏北安多。

自这个车队从焦作拉杆子成立，到西行马海，再到进入藏北安多，安多铁路工程结束又到了甘肃武威，最后从武威直接南下江西赣州，奔波辗转换了五个地方，历时三年，其间经历过许多曲折离奇的故事。

三年中，每挪一个地方就像逃一次荒，一群人像受惊的松鼠，双手托举着坚果，在莽莽的森林里窜来窜去，穷其心力去寻觅一处安身之所。

在马海工区钾肥厂，十几辆卡车的大箱里塞满了轮胎、配件、被褥等物品。老黄站在三号车驾驶室的顶棚上，指挥小路用挖掘机吊起空油罐，放到三蛋开的一号车上。两个月以来，老黄对三蛋的车速很不满意。三蛋颠折的钢板摞得一人多高——如果让铁匠打成锄头，能把这片戈壁滩开发成良田——弄得修理工吴桐看见一号车就心悸，做梦都是在为它换钢板。

老黄扒着扶梯从车上下来，指着车厢对三蛋说："鸭子毛，再敢瞎跑，把油罐撑漏了我扣你仨月工资！"

我趴在方向盘上，双手交叉垫着额头，闭上了眼睛，昨天的一幕又浮现在眼前：

吃过晚饭后，我和她沿着戈壁向山上走去。她叫李青，我们是老乡。她与看钾矿池子的两口子是一个村子的，在钾肥厂的磅房上班。她年龄比我小一点，二十八岁，容貌清秀，性格与名字相似，不爱说话，一双明亮清澈的眼睛里似乎埋藏着许多心事。

光秃秃的戈壁之上没有一丝绿意，只有奇形怪状的各色卵石。起风了，风吹起她的发丝，我们默默地走着，彼此没有说话。

走过土黄色的山脊，是一处喇叭口状的河道，挺宽的，有七八十米。

"你看，那边好美！"李青指着左上方的崖壁。那里有许多天然的沙洞，有的深，有的浅，有的大，有的小，在风中还会发出"呜呜"的响声，打破了我们之间的沉寂。

"你真的要走吗？"她问。

"走，事情已经成这样，只能走了。"我说。

"唉，"她轻轻叹了一口气，抬起手，撩起垂在额头的发丝说，"我最近也要回去，那件事也该了结了！"

我将脚下的一颗石子踢飞，心里挺不是滋味的。一个弱不禁风的女子，整天承受着家庭暴力，被嗜赌的男人逼到这苦寒的戈壁，离婚或许是最好的选择。

人的一生中会有许多场邂逅，有的需要穷其一生去厮守，就像婚姻；有的需要冷静地珍藏，就像她赠予的用青藏坚冰雕琢的玉佩，不能捧在手心里时时呵护，而这份情感，也只能深埋于心底。

临别之际，我为她写下了一首诗：

再见了马海，再见了我的朋友

戈壁滩上有位美丽的姑娘

长发飘飘、爱穿云儿的衣裳

走起路来浑身荡漾着青春

话未出口，笑靥已似水流淌

她的出现，令我忘却了孤独

她的出现，让我失去了忧伤

她的善解人意，融化了我的乡愁

她的活泼开朗，让我不知何为相思及惆怅

雄伟的群山啊

浩瀚的戈壁海洋

明天我就要离开这个地方

请你们向我保证

让她永远生活得愉快、幸福和健康

（作于 2003 年 7 月 7 日晚上，赠予李青）

长路漫漫，从马海到藏北安多有一千两百多公里的路程，谁都想找个聊得着的人同行。虎背熊腰的郭壮壮把自己的行李递给眼镜，这两人最近尿到一个壶里了，走得特别近；刘旭提着二驴的包裹，小心翼翼地放进驾驶室里，这个人心眼多，会巴结人；一把刀几天前就和我约好同行了，在枯燥乏味的旅行中，他要给我讲讲行走江湖的逸事。

2003 年 7 月 8 日早上，我们告别了朝夕相处六十八天的马海，驶向千里之外的藏北安多。看着后视镜中逐渐远去的工区，心中说不清是啥滋味。

此行一共二十辆车，每辆车的前挡风玻璃右上角都贴着编号，十三辆重型卡车依次在前，中间是三辆大平板车，拉着三台挖掘机，后面是一辆依维柯、一辆皮卡、两辆越野车，在戈壁荒漠之中跑起来蔚为壮观。

滚滚而去的车轮扬起漫天黄沙，虽然每辆车都间隔四五十米，但是尘土太大，还是得升起玻璃窗。由于路途遥远，既要途经沙漠又要翻越雪山，还要斜着穿越柴达木盆地，路况超级复杂，出发前，老黄一再交代不能随意停车，严禁超车。

这一次返回的路线与来时的不同，怎么走自己也搞不清楚，反正夹在当中，开着我的九号车稀里糊涂地跟着就行了。

此时正值炎热的 7 月，车里有些发闷。我与前车拉大了距离，扬尘小了一些，打开窗户，凉风习习扑面而来。虽然道路不是很平整，但是身处这广袤无垠的戈壁，远眺叠峦起伏的群山，心情就开朗很多。

一把刀坐在副驾驶座上，兴致勃勃地欣赏着车窗外的西部风光。两个多月了，他都没有离开盐湖一步，乍一出来，一切都感觉新鲜。黄毛躺在卧铺上，跷着的二郎腿随着车子如钟摆一样晃动。这小子最近心事太重，听说安多工地没有信号，手机只能当手表用，他还如何跟女朋友煲电话粥呢？买个卫星电话吧，又没有那条件，所以郁闷得很呢！

马海归大柴旦行政委员会的鱼卡乡管辖，有省道 210 线横穿而过，还有火车站。这里很早以前就有少数民族放牧，后来被农垦集团开发，它是大柴旦地区唯一一处有农业开发的地方。青海省虽然地域辽阔，但是只有这里才有哈萨克族村落，这里也是大柴旦地区拥有古遗址烽火台的地方之一。

过了佳西，路边不远处支着一顶帐篷，有牧民在放牧。青青的草，俊美的马，散发着生命的活力。

一望无垠的草原上，正在进行着赛马。沿途三三两两的牧民正往会场赶，有的骑着马，有的开着拖拉机，还有的骑着摩托车。路边的灌木丛旁，一匹白色的骏马飞快跑过，后面还跟着一匹可爱的小马驹。到了居住区，清澈的河水从村前流过。听人说，这里原先并没有人烟，近年来，在河的上游建了一座水库，这些牧民才从其他地方迁移过来。纯净的雪山之水，给这一方土地带来了生机。

过了草甸，又跑了两三个小时，进入了半沙漠半戈壁的土路。说老实话，我对黄毛开车着实不放心。上次他上白班，车速太快，一头撞到空军的车屁股上，前面的暖风系统都撞坏了。这一千多公里说啥都不让他摸车了，自己忍一忍算了。

在沙漠公路上行车，真可谓烟尘滚滚、黄沙蔽日。二十辆车首尾相连，逶迤盘旋好几公里，飞驰起来犹如进行达喀尔拉力赛，煞是壮观！

经过雅丹魔鬼城时，远远望见一座座沙丘奇形怪状，有的像馒头，有的如宝塔，有的像蘑菇，有的好似吓人的妖怪。

公路两侧有道班工人用石块摆放的隔沙带，如"田"字状。落日余晖下，鱼鳞般的沙漠充满着神秘的色彩。一个路牌上面写着"无柴沟"三个大字，一把刀感觉有点奇怪，问："牛，这个名字咋这么怪？"

此刻我正加油冲坡，这是一段"V"字形的道路，从这个坡顶到那个坡顶有好几公里长，看着特别带劲。路边扔着几个没有燃尽的轮胎，那是天冷时被困司机从车上扒掉取暖用的。我指了指，一把刀会意地点点头，深有感触地说："当个司机真是太难了，原来还觉得我做个抢勺子的厨师屈才。"他指了指消失在后视镜里的破轮胎，接着说，"做饭的最起码还能守着火，连轮胎都点着烧的人，该有多冷啊！"

汽车吼叫着冲上坡顶，我俩一下子呆住了，刚才还一望无际的戈壁滩上竟然出现了一堵墙！

"沙尘暴！"我惊恐地说。

黄毛从卧铺上"嗖"地爬起来，只听得一把刀"哎哟"惨叫一声，鼻孔里的血"唰"一下就流了出来。原来黄毛起身太急，一脚踹到了一把刀的鼻子上。黄毛赶紧撕了点卫生纸，捻成纸蛋状，塞进一把刀的鼻孔里，一边塞一边说："刀叔，出血破邪，再大的沙尘暴也不怕！"

一把刀疼得龇牙咧嘴："你这个兔孙货净瞎说，女人的那个血辟邪，我这会中！"

车窗外风沙越来越大，卷起的沙砾好像突降的冰雹，打在车门上"噼噼啪啪"作响。八号车的车厢里飞出来一条被子，在空中漂亮地打了个旋儿，"嗖"的一下，如同阿拉伯神话里的飞毯，消失得无影无踪。视线越来越差，白天仿佛瞬间变成了夜晚，隐约可见前车打开了尾灯。

车窗外飞沙走石，车里面鸦雀无声，三个人六只眼睛死死盯着前车，跟得太近了怕追尾，离得太远了，唯恐它会突然消失在风暴之中。就这样提心吊胆般行驶了一个多小时才出了尘暴区，凌晨两点多才到格尔木。

可可西里遇险

2003年7月9日上午，我们在格尔木市南郊排队洗车。因为钾盐能腐蚀汽车的所有部件，经常拉盐的车子，车架、电路、橡胶件等的使用寿命比一般的货车短得多。

趁着排队的间隙，我溜到外面给家里打电话报平安。我的三舅二十世纪六七十年代作为援藏干部在藏北工作过好几年，和我父亲聊过那里的环境，因此给父母打电话时，怕他们担心，我没敢说实情，啥好说啥。妻子的电话打不通，我心里很着急。想再打时，车队又要开动了。

回到车上，黄毛默默无语，两眼泪汪汪，瘦小的身子蜷缩在卧铺上。家庭的贫困，女朋友的不理解，压得他喘不过气来。一把刀气定神闲地坐在副驾驶座上，为了应对即将到来的缺氧，早已经扔掉塞在鼻孔里的纸团，手里拿着金黄色的蜜橘，一边剥一边欣赏窗外稍纵即逝的景色。其实，他的内心并不平静。

安多海拔四千八百米，气候干燥寒冷，空气稀薄，是一个荒凉的世界。除非土生土长的藏族人，外地人很难适应。听说铁路局的工人在藏北施工，三个月要回格尔木轮休一次，一次休息一个月，就是为了预防内脏器官发生变化。我的指甲从藏北回来以后出现凹陷，两年后才恢复正常。

司机们都说安多一天有四季，六月飘大雪。拍拍自己的小身板，顶住顶不住高原酷寒？想想自己那鱼鳔似的肺，吸收氧气的速度行不行？

思前想后一阵子，竟然缺氧似的喘不过气来了。

过了南山口检查站，车队拉开了距离。青藏公路格拉段路面极好，全是刚铺的柏油路，双向两车道，稍窄，每一个拐弯处都有路标。听说这条线最早是军管的，开始不信，后来看见养护公路的是武警，才知道此言不虚啊！

两个小时后，来到了不老泉。在青藏公路左侧，有一座凉亭，亭前立着一块石碑，上面写着"昆仑神泉"。来到亭内，一泓清泉汩汩而出，像沸腾的开水，又似一盘碧莲。听说此为王母圣水，能治百病，大伙儿忙着拿各种器具灌水。饮之冰凉，但很好喝，甘甜润喉。

老黄站在亭旁，仰望巍峨耸立的昆仑山，俯视碧水潺潺的清泉，顿感心潮澎湃，诗兴大发，口占一首《昆仑神泉》：

> 昆仑山中一亭台，
> 碧波荡漾欲漫沿。
> 手掬一捧甘如蜜，
> 众客疑为天上来。

大伙儿听完，纷纷为他鼓掌叫好！

进入可可西里保护区后，碧绿的草地，蜿蜒的小河，朵朵白云触手可及，巍峨昆仑高大壮观，好像来到了世外桃源！小鸟在自由歌唱，藏羚羊在成群地奔跑，石羊在悠闲地吃草，还有那笨拙的旱獭，扭着肥胖的身躯，在痴痴地看着来往的车辆。

特别有趣的是，因为海拔高，没有树木，这里的小鸟就在草地上穴居，它们竟然霸占了小鼠兔的家。看着小鸟从这个洞口进，从那个洞口出，蛮有趣的！路两侧有专门的动物通道，供各种动物安全通行。

过了索南达杰纪念碑十几公里，有两个人站在路边拦车。司机们纷纷下车，有"放水"的，有活动身体的。孟老大和孟老二还忙里偷闲，面对面地切磋了一下太极推手。中站的杨得胜一下车就朝轮胎上撒尿，三蛋看见了就笑话他："得胜，小心轮胎炸了，把你那东西给炸飞！"

杨得胜左右甩了甩，说："他娘的，都说人过四十三，裤裆常不干，老子还不到三十四，咋就拖泥带水哩？"

老冯说："没事儿老弟，到了安多给你挖些藏参补补，保证让你迎来第二春。"

此时，只见老黄、二驴和一个陌生人一边说话一边向我走来。

原来是中铁十局的一辆越野车执行"勘探"任务时，在距离国道几公里的地方被困住了。两个司机来到路边拦车求救，正巧看到我们的车门上有"中铁十九局"的标志，于是拦住让帮个忙拖车。

为稳妥起见，老黄让我开车去。我虽然有点不情愿，但还是得服从指挥。

其他人继续出发，按约定晚上在五道梁会合。

我开着货车跟着老黄的皮卡驶离了109国道，进入一条便道。路面坎坷不平，颠得旁边的一把刀直吐酸水，嘴里嘟囔着，抱怨老黄吃柿子专挑软的捏。四十分钟后，我们才到达陷车的地方。

下车后，我们来到车子前面。那个小车司机真是个奇葩，放着好好的大路不走，不知怎么竟然一头扎进了旁边的一个沙坑里。

那个小伙子惊魂未定，指着车子对老黄说，赶快想法弄出来吧，这个沙坑是活的，车子还一点一点往里面陷呢，现在的位置比刚才下沉得更深了。

可可西里的流沙是挺恐怖的，在马海拉盐时我就听青海的司机说过。流沙下面其实是沼泽，可可西里是高寒气候，冬季酷寒时有的沼泽被冻住，春季风沙大，严重沙化后表面的草没了，只剩下沙子裸露在外面，造成地面坚硬平坦的假象。到了七八月份沼泽开始消冻，汽车轧上去瞬间就会被吞没，这就是可可西里人车失踪事件多发的原因。

这两个司机的运气还算不错。现在是 7 月份，刚刚开始消冻，可可西里最温暖的时候是 8 月份，如果发生在那时，这二人估计都投进大地母亲的怀抱了！

钢丝绳挂好以后又面临一个问题，铁路局那个年轻司机说他腿软害怕，死活都不愿意再上车了。可是陷得那么深，必须两个车配合着才能拖出来。我心里有点生气：害怕，谁不害怕？谁也不是九条命！生死关头装尿，是不是男子汉？

老黄看了看我，知道不行，牵引车必须老司机开；他把目光移向二驴，二驴吓得头摇得好像拨浪鼓，说："黄哥，饶了我吧，我现在已经快尿裤子了。"

"鸭子毛，没用的东西！"老黄骂了一句。

老黄又将目光对准一把刀，此时的一把刀后悔得死的心都有了，怪只怪自己此行搭错了车，赶忙摆手道："黄……黄队，我……我只会抢勺子，不……不会开车！"

老黄说："鸭子毛，一把刀，在盐湖的时候，为了过把瘾，你开着三蛋的一号车都快飞起来了，还说不会开？"

一把刀尴尬一笑，那神情比哭还难看："黄……黄队，我上有老，下有小，你……你……"

老黄无奈地叹了一口气，最后将目光投向了瘦弱的黄毛。

黄毛哀伤地环视一周，铁路局的两个人脸扭向了一边。他的目光又从老黄、二驴、一把刀的脸上一一扫过，几个人表情各异，有压迫，有怂恿，有同情。他转过身，看了我一眼，说："牛哥，你多用点劲，咱按喇叭为号。"然后迈开艰难的步子，默默走向被困的车子。

看着他下到坑里，打开车门，钻了进去，车子一颤，又陷进一点，我的心提到了嗓子眼。

"走、走、走！"老黄摆手指挥着。

我缓缓加油，钢丝绳慢慢绷直后，按了一下喇叭，车子轰鸣着开始加力。轮胎刨着地面，沙砾打到车门上"叮当"作响，小车一点一点被拖离沙坑，眼看着就要出来了，突然，钢丝绳"砰"的一声竟然断裂了。

"啊"的一声惨叫，半截钢丝绳画了一条弧线，尾梢扫到二驴的脸，那张黑脸上平添了几道血痕。

失去拖拽的越野车向下一栽，瞬间又下沉了很多。

老黄急得大喊："二驴，还有钢丝绳没有？"

此时的二驴顾不得脸疼，像猴子一样，飞快爬进车厢里，"嗖"的一下，又扔出一条比刚才那条粗得多的钢丝绳。

老黄见了，气得骂道："鸭子毛，二驴，刚才为啥不先拿粗的，回去看我怎么收拾你！"

一把刀和中铁十局的司机顾不上听他埋怨，赶紧挂钢丝绳。一把刀边挂边喊："别说了，黄队，再不抓紧，黄毛就要完蛋了！"

很快，又一声喇叭响起，那辆泥孩子一样的车子终于被拖了出来。

晚上十点到了五道梁，才知道车队在这儿没有加上油，已经去了二道沟。老黄让我们先在这里休息一夜，明天早起再去二道沟会合，他们开着皮卡先走了。

忙碌了一下午，我们三个人又累又饿，看见路边有一家好又来川味饭馆，门面不大，墙上写着"河南山东，河北辽宁"几个大字，瞬间有种回家的感觉。掀开厚厚的布帘，热气腾腾的暖流就扑面而来，屋里屋外简直是两重天啊！屋子中央有一个火炉，炭块发出蓝色的火焰，一把大肚小嘴的茶壶放在上面，水开了，冒着一缕缕的蒸汽。坐下以后才感觉到脑袋有点沉沉的，似乎被灌进了些水银，轻轻一晃就隐隐作痛。我问了问他们两个，都有点相同的感觉。此地海拔四千四百米，而且屋里生着炉子，含氧量自然少，估计是有点高原反应了。

老板娘是个漂亮的四川女人，她一面给我们倒水，一面说："'到了五道梁，哭爹又喊娘'❶，有点反应是正常的，我看你们几个壮爷们儿应该没事儿！"

一把刀从口袋里掏出烟和打火机，"啪啪啪"摁着就是打不着火。老板娘从柜台里摸出个打火机扔给他："来到这儿，普通打火机、火柴都不行，缺氧，啥都得用高原型的。"

一把刀调侃道："啥都不行，男人干那事也不行？"

老板娘俊俏的小脸一片绯红，呸了他一下，说："我老公的行，你就是不行！"

菜是黄毛点的，新疆大盘鸡，感觉还没多长时间就端上来了，满满的一盘子，色香味俱佳，还挺实惠。几个人像是三天没吃过饭，狼吞虎咽的，没一会儿就消灭干净了，最后又下了几片面。老板娘坐在一边，看着我们的吃相一直在笑。

一把刀作为专业人士，开始吃的时候还评头论足，指点着几处不足，什么都说了，就是没有说面片有点不熟。

一夜无事。第二天凌晨，我就感到肚子不舒服，接连上了几次厕所，自己也没有在意，平时跑车饥一顿饱一顿，胃不是太好，向老板娘要了几片药就上路了。可是，一路上还是不停地泻肚，人很快就没了精

---

❶ 五道梁由于海拔和地势因素，空气不流畅，土壤含汞量较高，植被较少，空气中含氧量很低，被认为是青藏线上最难行的地段，很容易发生高原反应。

神，无奈只能让黄毛开车，我躺在卧铺上休息。

到了二道沟加过油，一把刀转了一圈也没有买到药。我们一直到了沱沱河，才看见路边有一家铁路医院。一把刀陪着我去找人看病。一位穿着白大褂的中年女医生给我检查了一下，说是急性肠胃炎，但是很遗憾无法提供治疗。问其原因，医生说这里的工程即将结束，医院没有药品，注射盐水也过期了，建议我立即返回格尔木。

她说的话我们难辨真伪，一个正规医院竟然连普通的药品都没有吗？一把刀恨恨地说，把自己的腿打折他都不会相信。唉，我们这些大货车司机常年在外，遭受的冷言冷语多了，对被人欺负、遭人讹诈的事儿也习惯了。多一事不如少一事，人家医生不想管你也正常，可是想想自己昨天还救助过别人的事儿，心里就觉得不是滋味。

黄毛在一个小药店买了些药，估计是假的，吃了以后一点都不起作用。

搭车返回格尔木去，这个念头我想都没有想过，平时自己身体好得很，感觉挺一挺就能过去。路上又拉了几次肚子，脱水严重了，手背上的皮一下子能揪起很高，下车方便时也是出溜着下去，上车时得一把刀拽着才行。

下午4点，到达三江源，这里是母亲河长江、黄河的源头。旅游的人很多，但是环境污染也很严重。我在河南老乡的一辆半挂车上要了两板药片，吃了以后，徐徐睡去，到了雁石坪后才醒来，此时药片起了作用，人感觉舒服多了。

翻越唐古拉山时，又下起了漫天大雪，我强撑着再次接过方向盘，小心翼翼地行驶。来到山顶时，一辆半挂车翻到了路沟下面，我和一把刀冒着风雪找到了司机，他们搭上我们的车子去了安多。

与车队在安多县城会合时已经是晚上11点钟。草草吃了饭，我又驾车跑了整整一夜才到达错那湖工地。

至此，青海之行告一段落，我在藏北生活的序幕即将拉开。本文虽以"青藏"作为开头，其实给我留下最深印象的还是在安多的半年生活。在这里，我的肉体与精神遭受了此生从未经历过的蹂躏，其间经历过"捞鱼风波""压沙区斗殴""藏族人扎西""午夜消失的女人""神秘蒙古包"等事件。

漂泊在藏北的日子

西藏，几十年前还沉睡在梦乡，雪山、冰河底下埋藏着永不消融的寂寞和荒凉。近些年来，随着祖国经济的发展，交通越来越便捷，许许多多的人在生活和好奇心的驱使下，把探索的目光投向了西藏！

我在 2004 年夏天来到了这个世界上海拔最高的地方！

西藏，被高海拔的几座山脉层层环绕：东面是山高谷深的横断山脉，西面是连接巴基斯坦的喀喇昆仑山脉，南面是拥有世界最高峰——珠穆朗玛峰的喜马拉雅山脉，而北面是万山之宗的昆仑山脉！

有人说，西藏是"生命的禁区"，地球上的最后一片净土。而藏北呢？藏北海拔有五千多米，环境恶劣，有沼泽、流沙、湖泊、暗河，还有高寒缺氧、风沙雪雹，无数的探险者在这里九死一生。常常一天过四季，春夏秋冬轮番上场，让人苦不堪言。即使在最温暖的七八月份，美好景象也是昙花一现，草儿未青又枯黄，生命在藏北这部词典里是苦难的近义词。

可是，环境和人生一样，有忧就有喜，有苦也有乐，有丑陋就有美丽，有渺小也有壮观！藏北的神秘成为许多人梦寐以求的风景，越来越多的人心驰神往，不远千里踏上这片广袤的土地！这里是千山之巅、万水之源，是藏羚羊的摇篮、牦牛的乐园。蓝天、白云，高耸的皑皑雪峰，辽阔的高原牧地，充满神秘、充满诱惑，无数的人用颤抖的手指叩响雪域风情的神秘之门，一起去靠近它，探索它，感受它。

豫北的 10 月，凉爽怡人。藏北的 10 月，寒风刺骨。真是冰火两重天，让人感到恍若隔世。

10 月 8 日，我下火车刚到格尔木城东旅社，一杯茶还没喝完，公司王总的电话就匆匆打来，语气焦急万分，让我带领两部车子进藏救援。原来郑州总公司调往安多工地的一辆吊车在唐古拉山口出了故障，天气预报报道第二天还有大雪，十万火急，得赶紧出发！

"唐古拉"为藏语，意思是高原上的山，而在蒙古语中指"雄鹰飞不过去的高山"。唐古拉山的整个山体宽约一百五十公里，山的两坡冰川堆积物厚达八百多米，巨大广袤的冰川是长江、怒江和澜沧江的源头，山口高度五千二百三十一米。初次进藏的人，由于高寒缺氧，稍一活动就气喘吁吁，最多下车在此匆匆留影就下山了。

我带着修理工和几个队友，开着一辆皮卡和一辆大牛头越野车就匆匆上路了。皮卡上装满了被子、衣服、食物和饮用水，路过回民街时又买了十几个烧饼夹牛肉。我听王总说这次开车的是二驴，我的哥们儿，这小子不地道，经过格尔木也不通个气，估计是害怕请我喝酒吧！不过咱也大人有大量，不能斤斤计较，这家伙最爱吃白吉馍夹肉，还是多带点吧！

车子在青藏线上奔驰，我心里却一直犯嘀咕：跑了将近二百公里了，来来往往没见几辆车，这是怎么了呢？

路过一个道班的时候，我让李子把车拐了进去。这个道班由三座平房组成了个院子，大门朝着公路，里面静悄悄的。我推了推大门，一只灰尾巴小狗"汪汪"叫着跑了出来，隔着大门卖力地朝我吠着。南边亮灯的那间屋门开了，一位穿着橙红色衣服的道班工人走了出来。

我话还没有说完，就被他打断了："你们出来就没看天气预报吗？

从 8 号起唐古拉沿线有暴雪，马上就要封路了。"他又看了看我和身后的几个人说，"你们最好别上去，太危险了！"

危险肯定危险，10 月进藏最担心的就是下雪，在这高寒地带，10 月的地表温度就降到了零度以下，下了雪很难融化，在冰面上开车就是捋着老虎须子玩，很危险啊！但是，我们不去救援，那二驴还不变成冻驴了！走吧，没法，硬着头皮还得上！

这时节，青藏公路上车辆本来就不多，今天就更稀少了！

此时已近傍晚时分，天空飘起了鹅毛大雪，并且有越下越大之势。车窗刚打开一条缝隙，凛冽刺骨的寒风就像一把锋利的冰刀，无情地刮噬着脸庞。过了雁石坪，远远看见路边有一堆火光，在雪幕中格外醒目，到了跟前，才知道是一辆拉着蔬菜的轻卡，燃烧着的是汽车轮胎，再看看车子，车架被千斤顶顶着，只剩下空空轮毂，轮胎早已经烧完了！司机流着泪水扑过来，大喊救命！

拉上遭难的司机，又跑了一阵儿，唐古拉山口就在眼前了。可是雪下得太大了，气温越来越低，雨刷刮着刮着就冻住了，皮卡车开始打滑，加上四驱也不行，只好下车绑防滑链。

一开门，那种风、那种雪、那种彻骨的冷，让人简直有种脱光衣服被扔进冷库的感觉，哭的心都有了。我一边绑着链子一边想，这种情况下，估计二驴早就冻成冰驴了。

就这样走走停停，终于在风雪中看见了唐古拉山口。

前方有一个大铁架子，孤零零地矗立在山口，那可能就是吊车了。我扭动把手，拼命推开车门，风席卷着雪霜吼叫着扑面而来，我打了个趔趄，差点摔倒！

我一步三滑地走到吊车的驾驶室旁，拨了拨玻璃上的积雪，往里面看了看，厚厚的冰凌子下，啥也瞧不见。于是用力敲了敲车窗，半晌也没有动静，心想，二驴会不会被冻死了。我心里一急，攥紧拳头，"咚、咚"砸起车门来。终于，车门艰难地被推开了，往里一瞅，哟，吓了我一跳，只见里面有一个缠着白绷带的"木乃伊"！

坐在我们的大越野车里，吹着温暖如春的空调，吃够了香喷喷的烧鸡，二驴抹了抹满嘴的油花，手也不擦，拉着我声泪俱下地讲了他的苦难历程：

从郑州出来前，他跟人家打听青藏线的情况，遇见了公司的客车司机光头。那货没有来过西藏，却大侃神吹说西藏四季如春，到处是捧着哈达的美女和说着"巴扎嘿"请你喝酒吃肉的藏族老乡。

二驴被他吹得一愣一愣的，第二天穿着大裤衩、戴着蛤蟆镜就开车出来了。山潼关进甘肃，过西宁上青藏线，越跑心里越没底，越跑天气越冷。这家伙也是一根筋，冷了就开暖风，饿了就到路边店对付一口，一个劲儿地开，眼看着就要拥抱热情的藏族人民，车子却坏了，怎么也发动不了。

唐古拉山口不但海拔高，而且极其寒冷，在一天经历了四个季节的摧残后，二驴又冷又饿，差点崩溃了！他翻遍了驾驶室，什么御寒的衣物都没有，只有一提卫生纸。病急乱投医，他啥也顾不上了，就把纸一层一层地往身上缠，只露出眼睛和嘴巴，活像一具"木乃伊"！

所以，人对自然一定要有一颗敬畏之心，尽管它是博大的、宽容的，但是它一旦发怒，谁也无法承受。就像眼前的藏北高原——藏语称它为"羌塘"——它可以是浪漫的，也可以是残酷的。

用一首诗歌作为本文的结束语：

辽阔的羌塘草原啊

在你不熟悉它的时候

它是如此那般的荒凉
当你熟悉了它的时候
它就变成你可爱的家乡

在藏北安多

唐古拉山脚下货车司机的宿舍里。晚上睡觉前，队长老黄拿着一把手套推门进来。金堂不解地问："晚上睡觉还得戴手套？"

老黄总是答非所问，来到安多后，这毛病更严重了，他说："鸭子毛，我让二驴买好的，这小子他娘的又以次充好！"——发过手套以后，临出门时，又扭回头交代，"切记一定要戴上，最好再剪一下指甲！"

为了不影响休息，白班司机和夜班司机分开各住一处。俗话说得好：物以类聚，人以群分。司机们像是屎壳郎找粪球——各寻所求。我和金堂、空军、长喜、卫星、效忠、小三等人住在一起。这些人性格沉稳，老实本分。最难得的是没有人抽烟。我这个人闻到烟味就恶心，睁不开眼睛。三蛋、小邢、老冯、老外、光头、瘦眼镜和商丘的蹦蹦等人住到了一起。他们是臭味相投，正好聚到一起了。那个屋里成天乌烟瘴气的，散发着一股让人窒息的脚臭味儿，地脏了没人扫，水桶干了没人挑，还时不时传来偷放黄色电影的声音。

我躺在床上，一动也不想动。初次来到海拔四千八百米的藏北安多，高原反应挺厉害的：头疼，两边太阳穴一跳一跳地疼，好像孙悟空被该死的紧箍束缚着。人反应迟钝，如同一头笨牛，走起路来拖拖拉拉的，提不起精神。

中午吃饭用了将近一个小时，吃几口就得歇一歇，喘口粗气，食物也咽不下去。吃得稍微快一点，就能听见自己吭哧吭哧的急喘声，能把人憋死。耳朵里传来最多的就是喘气声，时不时还得来次深呼吸，才会好受一点。

听人家说初上高原，得有七天的适应期。七天，为何不是七个小时？难熬啊！看着身边放着的手套，也懒得戴上，真是奇怪，又不干活儿，戴什么手套啊？

来到高原的第一夜，真是吃尽了苦头。白天卸车、整理行李早已累得要死，在这个地方干活儿得多付出两倍的力气，好不容易能够休息了吧，又睡不着，胸闷，喘不上气。闭上眼睛，迷迷糊糊刚睡着，又被憋醒了，就这样反反复复无数次，才勉强入睡。

第二天早上起床，金堂指着我大喊："别动，别动！"我诧异地望着他，不知他发什么神经。金堂一边递来镜子让我看，一边忙着寻找碘酒和纱布。我对着镜子看去，我的天，喉咙处鲜血淋漓！再看看自己的右手，指甲上也都是血。昨天晚上憋得难受，自己竟然将喉咙抓得血肉模糊，这下子算是明白老黄发手套的原因了。

"七天以后再开始出车，大家适量活动活动。"二驴说罢就走，也不关门，好像害怕门会夹住他的尾巴似的。

其实在这个地方，别说是人，就是动物也不行。那一次，我们四个人在压沙区围住一只兔子，惊恐万分的它跑几步，跳几下，还得停下来歇一歇，喘口气，看了看我们继续逃命。

与铁路局的正式工人不同，我们这些打工的司机没有条件吸氧，只能死扛。别说我们，就连老板的嫡系二驴突发高原反应，脸色铁青，嘴唇发紫，眼看就要驾鹤西游了，也无氧可吸。无奈之下，老黄只能让他趴在修车用的氧气瓶上吸了一会儿。

为此车队还闹出两个笑话：一个是二驴，他产生高原反应时写了遗书，内容详细，从少年写到青年，有理想有抱负；从银行密码写到存折藏匿的地点，都一清二楚。其实二驴是他的小名，大名挺棒，叫郑启功，与收复台湾的民族英雄郑成功只差一个字，人品却是天壤之别。还有一个是司机赵红星，那家伙的嘴相当厉害，打磁卡电话时专挑晚上10点以后，因为那个时候院子里没有人排队等着打电话了。他运用三寸不烂之舌，搜罗淫词浪语，把几千里之外的娇妻说得面红耳赤。所以大家为他们两个编了句顺口溜：写遗书不学郑启功，打电话不学赵红星！

金堂把藏在被子里的酒拿出来，倒进一个矿泉水瓶里，那是一瓶五十六度的青稞酒。自从武陟老王酒后出现高原反应，车队严禁喝酒，发现一次扣二百块钱的工资。金堂在家时酒瘾就大，来到青海后更是迷上了青稞酒，不上班喝三两，下班后喝半斤，用他的话说，爹亲娘亲没有酒亲，一天不见无比伤心！如今不让明着喝，他就把酒倒进矿泉水瓶里偷偷地喝！

在高原，人体吸收得不好，过了适应期后，人特别能吃，非但始终不胖，反而一直消瘦。铁路工区流传着一个故事：公司老总给职工们开会时说，现在大家挨个称一下，如果谁到年底下山时胖了，每增长一斤奖励一千块钱，结果没有一个人能拿到奖金。

我们来到安多后，伙食由铁路局供应，鸡鸭鱼肉每天不断，大家吃得好，一把刀面子上有光，手艺也得到了最大程度的发挥，每天都在琢磨着怎么做菜。虽然如此，年底下山到格尔木称了一下，我的体重由原来的一百八十斤降到了一百四十斤，短裤和秋裤穿上去像裙子一样，就全都扔掉了。上山前那条皮裤子怎么都穿不上，后来没有多长时间，穿上去就松松垮垮的了。但它暖和得很，陪着我度过了无数个零下四十度的夜晚。

我们住在中铁十九局四处桥涵二队的院子里，人们都叫这里为工区，门口挂着一条横幅，上面写着"钢轨铸就幸福路"七个大字。工区在青藏铁路右侧，距离路基一百多米，登上路基就能看到烟波浩渺的错那湖。错那湖位于西藏那曲市安多县，安多的意思是"末尾或下部的岔口"，曾译为庵木多。错那湖在县城西南二十多公里的地方，距离那曲地区一百六十公里，距离拉萨五百公里，地处唐古拉山南侧，是西藏的北大门。

错那湖是怒江的源头湖，海拔四千八百米，面积约三百平方公里，是世界海拔最高的淡水湖。传说这里曾经是西王母沐浴的地方，每年都会有很多虔诚的信徒来此朝拜。它的对面是赫赫有名的卓格神峰，错那湖车站是一个会让站❶，不提供上下车服务，只供火车错车时使用。

宿舍区一面依山，一面临近草场退化后形成的沙漠，为了防止晚上受到野兽的袭击，工区四周用铁丝网拦着。

去年在二道沟就发生过野狼咬伤工人的事件。一个工人在夜里上厕所时，感觉后背有动静，而且脖颈处听到呼哧呼哧的喘气声，这个人虽然怕得要死，但是万幸没有扭过头去看。就在那短短几秒钟之后，饥肠辘辘的饿狼终于忍耐不住，等不得他回头，就在他的脖子上狠狠地咬了一口，那个人大呼小叫地逃了回去。后来，铁路局规定所有野外的驻地都要围上铁丝网。

工区的院子里装了一台磁卡电话，有铁通卡卖，分别有三十元、五十元不同的面额。打电话的人经常排着长队，因为紧挨着我们的宿舍，嘈杂的声音挺影响休息的。

我们车队的工作首先是压沙，范围在铁路两侧各有一段，左侧压沙区为五百米，右侧是三百米。压沙是为了预防沙漠对铁路的侵蚀。工作

---

❶ 指提供多趟列车相互会让的车站。

方式是从其他地方拉来泥土、石头的混料，用推土机推平，五十米填压鹅卵石，五十米用石块均匀地摆放成田字格，以此来阻挡风沙的脚步。这里的沙漠化特别严重，我们这段的工程量是十万方，得一万车左右。

西藏的环境保护管理得特别严，不准建设污染型企业，用量很大的水泥是用半挂车从格尔木拉过来的。我们压沙用的混料是在远离铁路线十几公里的山里挖的，那个地方的秃鹫特别大、特别多。

在青藏铁路沿线，如果迫不得已需要占用一点点草地，必须经过环保部门拍照取证后，才能小心翼翼地把草皮揭开，装到车上，拉到另一个地方养起来，等到工程结束后，再拉回来种上。便道上还有经常检查卫生的流动车辆，发现一个烟头罚所在区域的公司一百元，发现一个饮料瓶则罚两百元。

傍晚，碧蓝的错那湖像一块光滑的绸缎呈现在眼前，湖水倒映着卓格神峰，成群的鱼儿激起阵阵涟漪，如同此刻我们的心情。

我和长喜坐在铁轨上聊天，望着醉人的景色，心中却无半点沉醉的感觉。我俩闲聊的内容不轻松，挺沉重的。相同的职业，不同的经历。

他给别人开车已经好几年了，日子还是过得紧巴巴的，一只眼睛在武陟修车时被铁渣击伤，视线从此变得模糊，车老板连一分钱都没有赔他。两个朋友气愤不过，陪着他去讨说法，对方不仅连句道歉的话都没有，还喊了一帮人来打他们，无奈只好作罢。眼睛弄残了，在家里不好找活儿，就在 7 月初来到了这里，之前没有去过马海。

此时，我们的心情如同错那湖上的云彩，变幻不定，以后的路该怎么走啊？

背井离乡的山西小伙儿

这里是四五亿年前奥陶纪地壳运动的作品，这里是被称为"世界屋脊"的海拔最高处，这里是许多人窥探洪荒的天堂，这里也是我们的主人公历经磨难的地方！

对于藏北，也许你感到很陌生，但是对于藏羚羊，大多数人都很熟悉。一部电影《可可西里》震惊了全国，那残忍的屠戮场面让无数道目光从全国各地投向了藏北！

藏北的风是赞神❶麾下的使者，日复一日地巡视领土里的圣洁与邪恶，它看到盗猎者握着枪支、淫笑着屠杀生灵，就会卷起漫天的冰雪和尘暴，摧枯拉朽般地将他们埋葬！

藏族聚居区的年神住在天界，它无时无刻不关注治下信众的安危！藏北的云就是神灵派下的智者，它披着洁白无瑕的外衣，迈着飘逸的步伐，在雪山、草地、湖滨上徜徉。它那柔软的白衣，白得让人恍惚、颤抖，让人不由自主想低声吟唱。

而藏北的夜呢？

我始终觉得藏北的夜就是青藏高原的水幻化来的，因为它们都是同样的纯净、同样的清冷、同样的孤寂。这里是地球上最静谧的地方，没

---

❶ 藏传佛教中的一类神祇，被称为"世间护法"，生活在雪域高原的各个地方，代表了自然的力量。

有工厂的噪声，没有夜市的喧嚣，没有鸟儿躁动枝头的搅扰，没有夜虫低声的鸣叫！那种静谧让你能听见自己的心跳，那种安静能让你感觉自己被孤独反复缠绕，你在死寂般的静处思考：思绪时而一片空白，时而荆棘丛生，时而艰难跋涉，时而一跃千里，但是，你却知道，所有的一切都来自心脏，那颗"咚咚"狂跳的心脏，像用一截绳子牵引着大脑，使其被动地接受信息罢了。

人来到高原，心已经不属于自己，从登临高原的那一刻起，就不由自主地、虔诚地皈依到它的门下。你要将自己坦荡地呈现在它的面前，所有做过的、想过的美好与肮脏、高尚与卑鄙、善良与邪恶，都毫不保留地摊开在它的面前，接受从头到脚、从里到外、从皮肤到血管再到内心的冲刷、洗涤，让那些阴涩、秽暗的污垢顺着山脚的暗渠飞快地流走，消失在地心深处！

你感觉到在这一刻，自己特别轻松，轻松得想要打盹，好困啊，从来就没有这种如释重负的感觉！是的，放下就放下了，尘世间的烦恼都被剔除掉之后，就感到自己有种云的飘逸，而且还是高原的云，慢慢地升腾而起，好像要羽化成仙俯视大地。看吧，错那湖的水如宝石般的蓝，蓝得幽幽发光，那是天空的光照射着湖水，湖水的光又映射给夜空，光影朦胧，碧波粼粼，此湖真是一枚天然的翡翠！看吧，夜空也似水晶一样剔透，无数颗宝石镶嵌其中，好像荷尖上的露珠，闪闪发光！

又一天过去了，元月三十日，志伟撕下日历，把纸揉成小团儿，扔进门后的垃圾桶里，然后重重地躺倒在床上，床板发出"吱吱呀呀"的呻吟声，好像腰板就要断裂一般，发出不堪重负的声响！

又一天过去了！每撕去一张日历，就像是谁用刀子在他的心上重重地刺一下，很疼！三年，离开家已经三年了，来到青藏铁路安多工区也三年了！三年里，除了不顾死活拼命地工作，他无时无刻不想念着几千里之外那个破碎的家庭！与妻子已经离婚，或许已经没有必要，更确切地说是自己没有资格再去想她，可是他的心里谁都放不下，想念前妻，更想念乖巧的女儿！

他站起身，来到窗前，今夜没有星光，没有明月，只有漆黑的夜空和荒野堆积的寂静，湖水也少见地平静了。是啊，这个夜晚与离开家的时候多么相像，往事一幕幕又浮现在眼前……

在离开晋东南那个被群山环绕的小村子时，夜特别黑，月亮可能也伤心了，躲进乌云里默默流泪去了！他站在石块垒成的院墙外，痴痴地注视着灯光下熟悉的背影，那个背影正在喂女儿吃饭——熟悉的声音，亲切的声音，温柔的声音，让他肝肠欲断、撕心裂肺。他默默地看着，两行热泪顺着脸颊无声无息地流下来，流进了嘴里，苦苦的，涩涩的。他扭过身子，背靠着石墙，坚硬的石块扎进了肩胛骨，他却没有感到丝毫疼痛！猛然间，他抬起手背，擦了擦眼泪，毅然消失在黑沉沉的夜幕中！

那原本是一个无比幸福的家庭！妻子贤惠，女儿乖巧。端庄秀美的她从来不会大声说话，具有山里女人所有的优点，吃苦耐劳，温柔善良，勤俭持家。面对如此善良懂事的妻子，他还有什么不能满足的？可是，在一次做生意时，他中了朋友的圈套，落得血本无归，还欠下了一笔不小的外债！他崩溃了，为了孩子、为了家，他忍痛在妻子的哀求和泪水中离了婚，离开了家！他是个男人，像大山一样有着坚挺脊梁的男人，他不会选择躲避，也不会去苟且哀求，他要独立承受压力与痛苦，即使走到天涯海角也要把欠债还清！

初上高原是极其痛苦的，在这个海拔四千八百米的地方，他用顽强的意志与自然做斗争。面对四五十米高的铁路路基，空手上去尚且吃力费劲、心跳加速，更别说背负着几十斤重的石块了！

他攒足了劲与青海小伙子尕娃暗暗比试。尕娃擦了擦额头的汗水，边扛边唱起了花儿小调：

> 千万年的黄河水不干，
> 万万年不塌的青天。
> 千刀万剐我情愿，
> 不唱我花儿是万难。

他也不甘示弱，一边艰难地蹬着土阶，弓着腰，脸几乎贴到地面，挪着小步，一边也一字一句地唱着：

> 头一道圪梁梁上（哎哟哟，哎哟哟），二一道那洼，
> 三一道那圪梁梁上（哎嗨哟，哎来哟哟），双骑上马的。
> 骑马你不要骑（哎哟哟，哎哟哟）带了驹驹的马哎，
> 马那驹驹想了娘（哎嗨哟，哎来哟哟），人想家。

那凄凉、哀婉又铿锵有力的声音在这广袤无垠的荒野中飘荡！

闲了的时候，他总会独自来到唐古拉山大声呼喊："藏北安多，你这个荒芜了万年、沉寂了千年的地方，今天终于要苏醒了！"他站在最高的山顶，拥抱着洁白的云朵，看着湛蓝的天、雄伟的山、晶莹剔透的雪、宛如玉带的湖，深深地陶醉了。他忘记了烦恼，忘记了疲劳，坐在冰雪簇拥的巨石上，仰望苍穹，一只雄鹰在广阔的蓝天上盘旋……

天越来越冷了，雪一场接着一场地下。藏北大地被喧嚣搅得不能安宁，它发怒了，扬起漫天飞舞的大雪。风也来了，它可是雪的铁哥们

儿，风推雪，越刮越紧，雪驾风，越下越猛，直刮得人喘不过气、直不起腰，眼睛里也灌满了雪，睁不开！雪花盘旋着飞过沟壑山坳，飞过被冰封闭的湖面，飞到了一群群愤怒的人身上！远远望去，这不像是一群活生生的人，而像是纹丝不动的雕塑，他们聚集在项目部的门口一动不动！暗流在涌动，火山将要爆发，这是一群怎样的人啊？

包工头携着巨款溜掉了，打工者数月的辛苦将要付诸东流，回家的喜悦也将成为泡影！还有什么比这还要紧的事儿，还有什么比这还大的事儿？缺氧他们不怕，吃苦他们也不畏惧，但是想到遥远的家中嗷嗷待哺的孩子、老泪纵横的爹娘、发鬓微霜的妻子，都在苦苦盼着等着自己，他们就发怒了！

终于，在风雪中沉默抗争了一天的人群逐渐散去，他们拿到了血汗钱，终于可以回家了！志伟也夹在人群之中，拿到了属于自己的那份，可是，他无家可归！

安多的早晨冰冷冰冷的，是那种沁入骨髓的冷。一只大脑袋的藏狗在雪地上扒拉着什么，忽又神经质地乱吠两声。一个卖五金的店主被惊醒，从门里探出个头，茫然地四下张望，龇牙咧嘴地喊着"真冷"，关上了门。孕娃坐在开往格尔木的客车上和志伟挥手告别："回去吧，大哥，到地方就按地址给你家打钱，过了年我就回来了！"发动机轰鸣中客车驶出了县城，被扬起的雪花遮住背影，逐渐消失在公路的尽头。

志伟转过身，一个人孤独地走向工地。藏北的严冬来临了，工地放假，人都走光了，为了留守看厂的双份工资，他独自一人留在安多工区里！在以后漫长的几个月里，陪伴他的只有寒冷、风雪、孤独和无边无际的惆怅！

时间一天天过去了！

这天下午，他从山西面馆出来，扑面而来的寒气让他打了冷战！在安多，这里是他唯一愿来也是唯一能来的地方。原本就不热闹的街上，仅有的几家店铺也歇业了，只有经营面馆的山西老两口还撑着门面，他们春节也不回去，领着唯一的女儿漂泊他乡！或许他们山西的老家也没有亲人了吧？志伟胡思乱想着就走出了县城，到处是白茫茫的，山野间银装素裹，好像连太阳也变成白色了，晃得他睁不开眼睛！

开面馆的老两口六十多岁，男的好像姓杨，名字却不甚清楚，大伙儿都喊他老杨，山西运城人。这样的称呼显得更亲近，出门在外无亲无故，有个相隔不远的老乡自然感到亲切。听着那熟悉的乡音，喝着滚烫的热茶，围着火红的炭炉，吃着香喷喷的饸饹面，家的氛围就愈加浓烈了！

回家是期盼，家是流浪在外的人梦得最多、为之流泪最多的地方，唉，志伟不知何时才能了却这份牵挂！

他叹息一声，告别了善良的老杨两口子，走进了风雪，走进了孤独，他那瘦削的身影逐渐消失在漫天飞舞的大雪之中！

藏北那曲

在我的内心有一块净土，那是所有欲望和杂念无法到达的地方。

它像一座圣湖，风平浪静，清澈见底。每当对这个人口多、资源少的世界感到困惑和迷茫时，我就会来到它的旁边，给我身体最柔弱的部位来一场洗礼。

对生活的不懈追求，诱使我离开了喧嚣的都市，带着美好和天真的向往，走进了这片广袤的土地。

不会融化的雪山、不会解冻的土地，在我的面前竖起了一道道屏障。我退缩过，狼狈得一败涂地。这里是世界最高的地方，能俯瞰社会所有的欲望诱惑和世态炎凉，能听到千里之外世俗所有的欺骗和谎言。

这里的风也会说话。当幼稚的理想被雪峰上的冰块撞击得粉碎时，我拿起了笔，想让心灵与文字做最后一次接触，这时，风来到了耳边，呢喃细语，告诉了我春的消息！

溪水淙淙，阳光明媚，绿茵茵的草地上格桑花悄然开放，这里的一切洋溢着生命的活力。

人在高原，头顶蔚蓝的天空，脚踩结实的大地，仰望积雪覆盖的山峰，饥饿、缺氧和遭遇狼群一样可怕，没有信仰就寸步难行。

我的信仰如同腹中的结石，生在斯，长在斯。它是意念的混合体，好像鸡血石，每一道纹路都是我流动的血管，每一道纹路都是它澎湃的河流，坚韧不拔是它永不停歇的动力！

踏上高原，应该有畏惧的心理，畏惧它的神圣，畏惧它的包容，因为，在这里你会发现自己是多么渺小，小得如同一只蚂蚁。不，也许比蚂蚁还小。青藏高原上的万物，哪一个不是历经沧桑、千淘百汰的珍品？即使一棵小草，大不过手掌，也经历了风风雨雨。

我时刻对高原充满痴情和膜拜，所以当我游历到藏北那曲，随牧场的主人在草原上采蘑菇时，碰到一草一木、一花一叶都格外小心，因为，眼前的生命太珍贵了！它们7月发芽，8月开花，不到9月就纷纷凋零、枯萎。

当芸芸众生为了金钱耗尽脑汁，穷其一生孜孜追求时，一个或一家朝拜的人却叩拜在高原大地上。他们背负着沉重的行囊，奔波在风雪中，身体特别疲惫，灵魂却无比自由和轻松。也许，我们有时对身处的环境无法选择，但是，我们可以选择自己的信仰。这或许就是俯视和仰望的区别！

行走在高原的夜晚，乌云遮住了明月，霓虹灯下的嘈杂淹没了庄严的梵声。十几年中，我走遍了青藏高原的山山水水，从世界上最高的公路唐古拉山口到藏北那曲的帐篷寺院柏尔贡巴，从三江源到冈底斯山，从日喀则到墨脱，每到一处，我都被深深地震撼，心中久久不能平静。那绝美的风光给视觉带来决堤般的冲击；那淳朴飒爽的民风，轻松自在的生活，是你蜗居在钢筋混凝土的鸽笼里无法体验的！

无论是偶尔路过，还是刻意停留，我都会融入其中，大碗喝着青稞酒，用藏刀削着风干的羊腿，豪爽而又艰难地把肉咽下。有时，我还坐着藏族小伙儿扎西的摩托，放着嘹亮的藏语歌曲，把音量开到最大，在草原上尽情地驰骋。也许明天，也许明年，我将会离开这里，重新回到家乡。但是，这苍凉的风、洁白的雪、庄严的山、神圣的湖、热情的人，将会永远留在我的内心深处！

在藏北那曲的一个晚上，我独自流连在一个小酒馆里。酒馆很小，只能放下四五张桌子。安多铁路工地上急需的物资已经发走了，紧张了几天之后，终于有了一点歇息的时间。

酒馆的老板是四川成都人，一个二十多岁的女子，由于她和我的侄子同在一座城市，共同的话题还比较多。她看着模样娇弱，人却极其干练泼辣，这不，人未至话已到，久在江湖的气势扑面而来！

一盆热气腾腾的毛血旺、一盘绿油油的油麦菜，很快就端了上来。这里的毛血旺做得确实挺地道，红彤彤的鸭血上躺着肥嘟嘟的牛肚，一根根绿豆芽星罗棋布，嫩嫩的笋芽和宽宽的白粉色泽明亮，绿色的香菜散落在几片火腿上，火红的辣油填补了菜与菜之间的空隙，香气诱人，令人垂涎三尺！

菜好酒也得好，我去隔壁超市买了瓶青稞王子，玉酿倾出，纯净透明，顿觉幽雅细腻，满口生香，心情也和酒一样沉醉了！进藏后几个月的劳累瞬间消失了许多！

5月份进藏时，在一次午餐期间，公司王总曾半开玩笑半认真地说：弟兄们一会儿称称体重，等到年底下山时再称一次，如果谁增重了，公司每斤奖励一千元！大家哄堂大笑，其实，来过高原的人都知道，在这样的环境，即使伙食再好也胖不了。高原嘛，吸收量只有平原地区的一半，生病了吃药，在家一片，来这儿是两片。

我在11月份回到格尔木之前，称了称体重，整整瘦了四十斤，上山前一百八，下山后一百四，内衣、内裤和许多衣服都不能穿了，裤子套在身上像条大裙子。回到焦作家中，妻子云儿看着我消瘦的脸庞，心疼得一个劲儿地抹眼泪！

公司有规定，在高原是不让喝酒的。今天我偷摸着喝上一杯，也是自得其乐。窗外，湛蓝的天际下，静卧着一条银雕玉塑的飞龙，壮观秀美，让人久久不愿挪动目光。

忽然，小酒馆的门"砰"的一下被撞开了，一个藏族男人闯了进来，跟在他身后的还有一股刺骨的寒风。我往外看了看，门前放着一辆摩托车，车子装饰得很漂亮，油箱、两只前把还有尾灯上都垂着五颜六色的穗子，好像一位待嫁的新娘。

男人坐下后不说话，老板跟他好像挺熟悉，给他拿了一瓶酒。桌上的筷笼里放有一次性杯子，藏族男人取过来，打开酒，也不点菜，自斟自饮，一会儿工夫，一瓶酒就见底了。

看着他脚步踉跄地出门，而后在一阵摩托车的狂吼声中离去，真是来也匆匆去也匆匆。我看了看人家的空瓶子，再看看自己花费了一个小时才喝了二两的杯子，不禁有些羞愧。

女老板一边收拾桌子一边说着话：藏族男人一般都是这样，他们天性豪爽，敢爱敢恨，酒风如同性格，粗犷奔放。他们喝起酒来没有节制，喝多了随便找个角落，用宽大暖和的藏袍一裹，倒地就睡！

酒在藏北婚礼上很重要，在那曲，提亲时必须带着"雅叙酉仓"（提亲酒）。女方如果有意，就会邀请村里的长者和媒人一起喝"订婚酒"，此酒一喝，名花就有主了，其他的驹觉（小伙子）就别打主意了！这就是高原，一个神奇的地方，一个让人向往的天堂。

饮完杯里的残酒，走出屋外，望着触手可及的白云和巍峨挺立、常年不化的雪峰，只见草原上牧民的帐篷星罗棋布，偶尔有骑着摩托飞驰而过的藏族小伙子，车上的音响播放着节奏轻快的藏语歌曲！牧羊姑娘从白云之中款款走来，身后跟着似雪的羊群。

人生若如此，未尝不是一件幸事啊！

想想都市里的芸芸众生，省吃俭用，只为了购买一个锁住自己的鸽笼，那种钢筋水泥构筑的冷酷，哪能比得上帐篷中贴近草地的温馨！都市里的人们时刻都在人为地制造各式各样的欲望，然后用欲望铸成的铁链把自己拴起来，在幻想中膨胀、在失败下残喘、在绝望中怒号，最后在叹息中死去。

人若如此，还不如青藏高原上的草根！

球形闪电

我们几个人在一块草场旁边下了车，这里到处都是沁人心脾的绿草的香气。草场一直延伸到山脚处。

在高地上住着一户牧民，他们的纳含包（帐篷）是褐色的，与我们车队草绿色的帐篷不同，那是用牦牛毛编织的，牦牛毛纤维粗长、厚实，隔潮性能好，能遮挡雨雪风霜。想想也是，牦牛号称高原之舟，能在零下几十度的野外生存，还不是依仗那一身长长的毛吗？

草场上的朵蘑是白色的，与草地的绿色泾渭分明。它们个头很小，虽然现在正值采蘑菇的季节，今天蘑菇却不是很多，走上几十步才会发现一朵。沿线的藏族老乡与铁路工人接触久了，也知道这个东西好吃，再加上牛羊啃食，数量锐减，所以不是太好采。

那几日，我已经采过几串，用细线穿着，挂在床铺上面，晾干后带回去让家里人尝尝。

微风带来凉意，我独自一人沿着路基一侧向前行走。绿油油的草地上有许多不知名的植被。有的开着洁白的小花，有的头顶蓝色的花蕾，有的如章鱼的长须，叶片里还有一串果实。我试着去揪一株青草，手指拉痛了也难动分毫，可想而知它们的根有多么深。它们深深地扎入土壤，茎也紧紧缠绕在一起，即便枯死也坚如磐石。藏北的草活着实不易，一年只有两个月的生长期，往往是草叶未染绿，冬来春已去。

最有趣的是草地的主人兔鼠了。这个名字的准确性无法考究，我们一直这样喊，也有的人说是鼠兔，不过它们长得名副其实，看着是一只袖珍兔子，却顶着个老鼠脑袋，你说气人不气人。宽广的草原遍布它们的洞穴，每走一步都能遇到它们的家。刚才前面就有一只，它好像预感到了危险，一边像兔子似的跳跃着逃离，一边扭过小脑袋警惕地张望。

青藏高原的兔鼠已经成灾，它们破坏草场，挖空了地面，许多牛羊踩上去，腿脚都崴折了，估计这些小家伙儿以后的日子也难熬啊！

"咕索得波"（你好），我和一位采朵蘑的藏族老乡打了个招呼。那是个中年男子，他点点头，笑了笑，挥了挥手，算是回应。我来到他的身边，原以为会有语言障碍，影响交流，没想到他的汉语说得还挺好。

他叫扎西，是安多县帕那镇人，山脚下的蒙古包就是他的家。他有两个女儿，平时流动放牧，转场时有一辆机动三轮车。扎西很热情，邀请我有时间去他家坐坐。

与他告别，我继续沿着路边采蘑菇。刚才下车的时候，就看到西面的山上有一大块黑云，所以就多了一个心眼，没有离涵洞太远。果不其然，那朵乌云乘着东风，飘着飘着就来到了头顶，而且越来越大，没多大一会儿，竟然将头顶的天空罩住了。四周暗了下来，寒森森的凉气马上就弥漫开了。

我一看不妙，赶紧往涵洞里跑。"咔嚓，咔嚓"，远方天际闪出一道道绛红色的闪电，霎时间电闪雷鸣，草场之上乌云压顶。一个个闪电像一柄柄利剑，划破天空，轰隆隆的雷声震耳欲聋，特别瘆人。我刚钻进涵洞，冰雹就砸了下来，铺天盖地。

空军也提着袋子，像只受惊的兔鼠，"嗖"的一下钻进了涵洞。金堂离得最远，只见他捂着头，袋子也扔了，冰雹"噼里啪啦"砸在身上。不过他跑的线路不对，好像是"之"字形的弯路。

"难道你的脑袋是铁皮做的，不赶紧过来，还在干吗？"我想。

可是，再次观察，却隐隐觉得有点不对劲，他一边跑还一边扭头看，好像身后有什么特别可怕的怪物跟着。忽然，空军指着金堂的身后，惊恐地说："牛，快看看他的身后，跟着个什么东西？"

我顺着他手指的方向看去，不禁大喊："哎哟，老天爷呀，鬼火！"

原来他的身后竟然跟着一个蓝色的火球，不远不近地滚动着尾随着，而且还发出"嘶嘶啦啦"的声音，场景十分诡异。那个火球好像有弹性，或者说它能够控制飞行的高度，与地面始终保持一米高的距离。不过万幸的是它没有跑到金堂前面挡住路，这真是惊心动魄的一分钟，我们的心都快蹦出来了。它在离涵洞十几米远的地方，没有任何征兆，突然就不见了。

我和空军面面相觑，金堂一头栽了进来，蹲在涵洞中间，背倚着水泥墙，吓傻了一样，脸色苍白，一句话也不说。虽然涵洞里"呼呼"地刮着寒风，他的额头还是渗出一层层的汗珠。

这是我平生第一次看见球形闪电，也是第一次见识藏北的闪电。那种感觉非亲自经历不能体会，用笔无法准确地描述，只能说是有种世界末日来临般的恐惧。

之后没几天，我在进山拉石料的时候，又一次遇见了球形闪电，还是蓝色的。当时我坐在车子里面，它在车子旁边转来转去，"噼里啪啦"乱响，雷声一次次炸响。我摇上了车门玻璃，唯恐它会钻进来，内心却没有第一次见时那么恐惧了，毕竟轮胎是绝缘的。那时的位置在错那湖对面的山上，能够远远俯瞰那座圣湖，可是心中却没有半点沉醉，只有害怕、担心、惊悸、忧虑……

一道道雨帘从山脚向这边飘来，特别清晰，自己长这么大从来没有见过雨还会这样下，好像一幕幕用珍珠串起的帘子，一直向我们所处的方向飘来，直到飘过涵洞，好看极了。这样的美景只有在空气极好的高原才能看见。

　　雨停了，我们钻出涵洞，在路边搭车。东边山脚处，一条美丽的彩虹像一座拱桥挂在草场上空，西边是犹如蓝宝石般的错那湖，波光粼粼的湖水，蓝得纯净，蓝得深邃，也蓝得温柔恬雅，宛若一面天镜。

　　放眼远眺，唐古拉山又下雪了，两只巨大的秃鹫怪叫着，从土坡上跃起，射向天空。

错那湖畔的捕鱼风波

这里位于藏北安多县西南二十多公里处，是青藏铁路格拉段的错那湖工地。

昨天晚上，压沙区的推土机坏了，当地买不到配件，得从西宁发，这下子我们能好好休息几天了。

第二天上午，车队老黄拿着一沓钞票站在院子当中，笑容可掬地给大家分发提成。人为财死，鸟为食亡，刚才还死气沉沉的宿舍瞬间热闹了起来。

"今天去县城办事，谁要去的话上车！"

话音刚落，二驴就钻进依维柯里，拧开钥匙发动，发动机"呜呜"叫着，却怎么也打不着火。修理工吴桐拿着瓶启动液上下晃了晃，头朝下朝进气口喷了几次，"咚、咚、咚咚咚"，车子如同放了几个臭屁，冒起一股黑烟，不情愿地打着火了。

二驴探出脑袋吆喝道："去县城消费的坐小轿（驾驶室），去草甸采蘑菇的坐车厢！"

依维柯有两排座椅，能坐七八个人。二皮、三蛋、小邢、老冯等几个人都坐在里面，嬉笑打闹着。

老冯说："牛，走吧，去县城潇洒潇洒，花的是提成，又不是工资！"

我一边向车厢里爬一边摇头。三蛋从老冯旁边伸出脑袋，两眼放光，像一只发情的野猪："走吧，牛，让你的小老弟开开荤吧，时间长了不试试，别放着不管用了！"我扒着车框屈起手指朝他头上敲了一下，大伙儿都哄笑起来。

二皮递给老冯一根烟，身子凑近按动打火机，"吧嗒"一下点着，说："冯哥，听说浴池小姐的价格不低啊！"

老冯深深地吸了一口烟，又吐了出来，烟雾好像溃坝的洪水，说："浑小子，多少不说，只要有价钱就中！"

二皮竖起两个手指，又伸展了一下巴掌："得这么多，二百五。"

老冯拍了拍二皮的肩膀："老弟，这么高的海拔，小姐们赚这种钱也不容易，耍罢了加十块吧，二百五太难听了！"

车子驶出了工区，顿时觉得天高地阔，心情无比舒畅，每个人都像出笼的小鸟，开心极了。

披肩发小李和建国在河边下了车。建国在车队修理组搞电焊，在这里跑的工程车损耗大，加上路况差，点点焊焊是家常便饭。最难弄的还是车子后门设计有问题，经常被顶掉，焊一次就得个把小时，眼睛经常被电焊的强光灼伤。在高原紫外线的直射下，人的脸上脱了几层皮，成了名副其实的"藏格恒泰"❶！

李师傅，大名不详，家乡住址不详。一头如女人般的长发，潇洒飘逸，他爱护头发比女人都细心，一有了空闲，就拿着梳子柔柔地梳理。他对付胎中胎是把好手，高原上的工程车，为了节约成本、减少维修次数，许多都装上了胎中胎，不过安装时太费力。

在错那湖的上游有许多条小河，源源不断地向湖内注入雪山融化的淡水，水质清冽透明，极其干净。披肩发小李和建国这俩货几天前就瞄

---

❶ 青藏公路上一个车队的名称，开车速度快，跑得很野。

上了一个地方，河里的鱼多得很，而且是那种无鳞鱼。

隔壁工区的回民老甘曾经说过，在藏北抓鱼，不用钓不用网，随便在垃圾堆上找个旧窗纱，两个人各拽一头，在河里一兜，就能捞出十几条。这里的鱼的确好抓，前几天，我和得胜、长喜在错那湖里洗澡，那里的鱼根本就不怕人，在我们身边游来游去，有的还用嘴巴触碰我的身体，乖巧得很。

不过藏族有个传说，有一位名为"鲁"的神，生活在水面之下，水中的各种鱼都与这位神有关。另外，藏族家居区仍然有水葬的传统，吃鱼等于间接吃了自己的祖先，所以不让捕食。铁路工区也曾经下发过文件，要尊重当地人的信仰，禁止捕鱼，不过美食的诱惑还是让很多人铤而走险。

其实，在藏北发生大规模盗猎以前，人与动物都是和谐相处的。藏羚羊见了人根本不会躲，在草原上，你走你的，它吃它的，有些胆大的还会跑过来舔舔你的手心，和谐的自然生态环境往往被金钱利益与口腹之欲所破坏！

从草原回到工区，宿舍里面空荡荡的，时间还早，出去的人都没有回来，看了一会儿书，竟然迷迷糊糊睡着了。忽然，一阵嘈杂声把我惊醒，我探起身子，看见门被推开了，门口站着三个藏族女人，一个年长，两个年轻。看着她们窃窃私语又亲密的样子，应该是母女关系吧，两个年轻女孩还互相轻轻推搡着说笑。

年龄大的穿着深蓝色藏袍，戴着白色的头巾，手里提着开水瓶。两个少女，服饰鲜艳，样式相同，头上也戴着如哈达般洁白的头巾，穿着有许多花纹图案的红色藏袍，衣服下摆有青白色的银环，上面挂着银锁，走起路来叮当作响。

年长的脸色黑红，皮肤粗糙，年轻的却长得挺漂亮，皮肤光滑细腻，如果不是这身藏族装束，与城市的美女也没有啥区别。

她们站在门口叽叽喳喳说话，语速极快，我也听不懂。无奈，我只好一字一句地边打手语边问："咕索得波（你好）！"

年长的女人说："格拉（师傅），秋郭（热水）……"她边说边指着桌上的热水瓶。

哦，我这才明白她们的来意，那个年龄小一些的女孩还躲在姐姐身后，羞涩地对着我笑。我下床帮她们将水壶打满。

年轻女孩又指着水桶，那种水桶是机油桶，特别结实，虽然不金贵，可是清洗一次太麻烦。不过藏汉民族一家亲，我还是把我床底下清洗好的送给了她们。两个女孩子一人提了一个特别开心，临走时一直说着"吐基奇，吐基奇（谢谢）"！后来我才知道，她们就是我在草原采蘑菇时认识的扎西的妻子和两个女儿。

我随着她们走到工区外面，旁边院子里住的是另一个施工队，几个甘肃小伙儿正在打篮球，累得满头大汗，其中一个矮个子来了一个漂亮的三步上篮，绕过阻拦，将球投了进去。

看到他们的冲劲，我是自愧不如啊，如此高的海拔，长时间走路都费劲，何况打球！

正看得发呆，忽然听到一阵呼喊："站住，别跑！"我转过身子，只见披肩发小李和焊工建国抬着水桶跌跌撞撞地跑了过来，后面还远远跟着一个藏族小伙子，手里举着一把明晃晃的藏刀。

"别停，快跑！"小李和建国互相鼓劲加油。"坚持，被追上，屁股肯定得挨刀子！"小李气喘吁吁地说。

建国的样子特别惨，衣服凌乱不整，头顶湿漉漉的，冒着热气，汗水从额头流淌到脖子上，他的右手抓着桶襻，左手提着一只破鞋，再看看他的左脚竟然光着，袜子也磨烂了，两只脚一高一低，一瘸一拐，无比狼狈。

而披肩发小李也好不到哪儿去，在高海拔的地方这一阵子狼奔鼠窜，体力早已经透支。平时如女人般疼爱的长发，现在成了摔碎的鸟窝，披散在眼前，遮挡住了视线，只露出两个青眼窝，估计这熊猫眼就是被人家揍的。刚才如果不是建国提醒，他保准一脚踩在石头上，再弄一个狗吃屎。

不过二位贤兄还真是敬业，无论形势紧张到何种程度，无论多累多害怕，装满鱼的水桶始终没有撒手。

我赶紧跑上前去接应，进了院子，"砰"的一声，就紧紧关上了大门，只听得藏族小伙子在门口徒劳地喊了一阵子，最后没有了声响，估计是悻悻离去了。

晚上，车队的弟兄们每个人都分了两条鱼。厨师一把刀听了披肩发小李的叙述后，感动不已，拿出了从老家带来的独家秘料，精心烹饪，做了一道干炸湟鱼，金黄酥脆，鲜嫩无比，香气扑鼻，特别好吃。

大家边吃边听披肩发小李讲起事情经过：

两个人一下车就看见鱼多得很，石头旁、河沿边到处都是，游来游去。

两个人拉着窗纱，站在两边，沿着水底一兜，头一下就抓了十几条。而且这些鱼傻得可爱，同伴都被抓走了，剩下的不但不跑，还向你的手边款款游来。

二人正抓得起劲，忽然传来几声怒骂，一块大石头"嗖"的一下砸了过来。披肩发小李眼疾手快，脑袋向旁边一闪，石头擦着脸颊飞过，还好只擦破了一层皮，原来他们捉鱼被附近的藏族同胞发现了。

两位师傅从被藏族同胞发现那一刻起，就开始了逃命生涯。藏族同胞挥舞着藏刀在后边追，两位师傅抬着装满鱼的水桶在前面跑；后方追得杀声震天，前面跑得长发招展：真是一场信仰与美食的赛跑，忠诚与执着的较量。

二位师傅跑丢了最后一只鞋，以百米冲刺的速度跑进工区后，追捕者才怏怏离去，可能他临走时还在困惑地思索：这两个比藏羚羊跑得都快的家伙，究竟是何方人士呢？

午夜的神秘女人

2003 年，藏北安多青藏铁路格拉段，中铁十九局四处桥涵二队。

工地上，车轮滚滚，机械轰鸣，一片繁忙的景象。

院子里，我和黄毛换过班，看着车子驶出工区，驶进便道，消失在茫茫尘海。

修理组的门前胡乱堆放着几个瘪了的轮胎，披肩发小李埋下头，戴着一只遮耳帽，满头"秀发"盘起来塞进帽子里。手中的打磨机与胎皮摩擦，发出刺耳的鸣叫，好像不堪忍受繁重的工作。小李看见我走过来，问："牛，昨晚他们的车子咋开的，弄烂这么多胎？"

我看了看外胎侧壁上的车号：一号是三蛋开的车，九号是二皮开的车，十一号是老邢开的车。唉，我叹了一口气，怎么回答呢？昨晚拉的是道砟，块头比较大，装载机司机又不熟练，撒了一地的石头，那几个人像公子哥一样，叼着香烟坐在车里，从来不会下车去捡，轮胎直接就轧了上去，如此锋利的石块，别说胎中胎，就是三条胎套在一起也会扎破啊。

走进宿舍，三蛋、二皮、大个子孟老二正围在一起，眉飞色舞地和金堂聊天。他们几个人住在隔壁，和我一样都是上夜班，下班后却不睡觉，吹牛、打牌，没有正形。厨师一把刀坐在一只空桶上，翻看着一本破烂杂志。

洗完脸后，我爬到上铺。从青海到西藏，我们住的是上下铺。刚到安多时，车队从格尔木带来的一批床是伪劣产品，孟老二试着躺在上面，竟然把床压折了，只得用机油桶塞到下面顶住。后来焊工建国全部又加固了一遍。

我住的是上铺，上铺干净，下铺人来人往地打牌、聊天，被子和褥子经常被弄得乱糟糟的。不过上铺也有个缺点，前半夜火炉燃得旺时，热气上涌，别看室外寒风凛冽，在上铺只能穿着背心裤头，而到了后半夜，无人侍弄的火炉成了没娘的孩儿，炭块燃得衰乏，室温剧降，在上铺捂两层被子还冻得瑟瑟发抖。

我躺在床上，头枕着双手，想着心事。前几天妻子打来电话说，两个孩子同时报了绘画和英语补习班，需要一笔钱，他们弟兄俩主课成绩也很好，让我不必担心。不过，家里面的商店却被撬了，虽然损失不大，可是让我揪心的是他们娘儿仨的安全。于是在电话里张罗了一番，央求朋友去帮忙修理加固一下，又给父母打电话，让他们从老家过来陪伴一段时间。

我拿出笔记本，想写一下日记，可是下面几个人聊兴正浓，干脆放下本子听着。

三蛋："咱们几个上夜班的运气真不好啊！"

二皮："咋了不好？"

三蛋："这几天中央电视台的来拍摄施工的节目，咱上的是夜班，连个露脸的机会也没有。"

孟老二接过话茬："露脸？俺哥上的白班，啥事谁有我清楚！"

三蛋："别卖关子了，快说说啥情况。"

"有个戴眼镜的人要拍摄卸料的镜头，让俺哥在路基上倒车。俺哥想在家乡人民面前露个脸，就从驾驶室里探出了脑袋，"孟老二咽了一口唾沫，接着说，"谁知道被铁路上的人看见了，一顿好吵，说是违反了安全规定要罚款，于是他赶紧缩回了脑袋，再倒时看不清后面，差点摔下路基。"

二皮坏笑着："掉下去了，给你哥拍个高原逃生的片子估计更好吧？"

三蛋也打趣道："末尾再写上某民工因操作不慎受伤，望大家吸取教训。"

几个人哄堂大笑。

我从上铺探出头，看见一把刀拿着一本老杂志，封面是个女人头像，他的眼睛一眨不眨地盯着，不停地咽着口水。

杂志背面有几行大字："男人的福音，专治不举，举而不坚，坚而不久！"

我嘻嘻讪笑几下，三蛋也看见了，说："一把刀，你应该换个名字叫一根枪，看个书用恁大劲儿，还能闻出味儿？"

一把刀张张嘴想反驳，二皮接过话茬："你还别说，那广告上的药或许还真管用。"

一把刀好奇地问："老弟，你试过？"

二皮说："试倒没试过，咱这体格，用不上那种玩意儿，只是听人家说过，俺村的张好进在乡里上班，有人要使坏治他，趁他不注意，在杯子里下了猪场用的催情剂。"

"真的？后来咋样？"三蛋听后起了兴趣，好像苍蝇发现了臭肉。一把刀见状也将那本烂杂志扔到床上，屁股往这边挪了挪，凑了过来。

"后来……"二皮咳嗽两声，故弄玄虚，然后，端起水杯喝了一口，润润嗓子说，"张好进喝了水后，没过一会儿就药性发作，像一头发情的公牛，在屋子里蹓来蹓去。回家去解决吧，妻子去了娘家，最后实在无法忍受，就登上了去县城的公交车，估计是想找那个发泄发泄。车上的人都被吓了一跳，他皮肤发赤、眼睛通红、呼吸急促，看见女乘客恨不得撕巴撕巴，一口吞进肚里去。听说那玩意儿马上就要炸裂了，后来还是被人送到县城医院做了手术才解决！"

…………

我躺在上铺听着听着，就迷迷糊糊睡着了。

晚上 8 点交班，半夜没有加班饭，每个人拿了两个鸡蛋、几块油炸的馍片就出车了。高原的夜晚特别寒冷，吃凉东西肚子会痛，我们带的这一点干粮得放在暖风出口处。

今天晚上特别不顺，在错那湖边卸第一车料时就发生了倾斜。我下车用手灯照了一下，车厢升得很高，虽然不会马上翻倒，可是无论如何也不敢再动了。最近半个月里已经翻了两辆车，损失惨重，司机还被扣了工资。这种车子设计有缺陷，没有回油阀开关，不能马上落下来重升，只能等车厢自己慢慢落下来，得几个小时。

坐在驾驶室里，看着高原的夜空，月明、云低、风轻、山静，美极了。一轮皓月映得夜如白昼，银辉洒满山峰、沙丘、湖边。

我离开车子，穿过压沙区的便道，踩着月光，登临一处高地，俯瞰湖之美景。铁路左侧，波光粼粼的错那湖在月色掩映下，如同出浴的少女，神秘而又庄严，光洁而又诱人。铁路右侧，施工队的一顶顶帐篷，在夜色中像一座座古代的城堡，真实却又感觉遥远。

望着延绵向远方的铁轨，我的内心也像这波光粼粼的湖水，泛起阵阵涟漪。

我是一个情感丰富的人，常常会由一些极其平常的事引发细碎的感伤。这种感伤并不昏暗，也不落寞。只是当心灵的触角尖锐地刺到自己时，会觉得有点痛、有点沉，最后被一波又一波的情感暗流吞没。

人生最苦是别离，在那个笼罩着淡淡忧伤的清晨，离别的惆怅占据了心扉。离家虽然不到一年，却感觉已经过了很长很长时间。我呆呆地望着巍峨的唐古拉山，感到了生命的苍凉，自己虽然也喜欢纯净无瑕的雪山高原，但内心真正思念的却仍是生我养我的家乡。在这广袤荒芜之地，哪里能寻到乡村袅袅的炊烟，哪里能邂逅暮归时纯朴的问候呢？

人啊，有时竟是如此奇怪，我们拥有乡情时，竟日日渴望着逃离；但是与它挥手告别时，却又百感交集、失落忧伤。人的一生，果成花败，梅绽雪飞，来来去去，失失得得。

是的，我就是这样一个容易感伤的人，会因一叶而思秋，会因一雨而怀人，会因一个平淡无奇的生活细节而不能自已。神秘的错那湖啊，你能懂我的心吗？

卸完料已是半夜两点多钟了，夜漆黑，没有了星光，没有了月明，只有淅淅沥沥的小雨扑打着车窗。

我驾车驶向十几公里外的一号料场。

四周如死亡般沉寂，就连乌云也阴沉着脸，没有风，没有人，没有车，只有冰冷的铁轨和偶尔出现的涵洞。便道上静悄悄的，白天车水马龙的喧嚣不翼而飞，一丝灯光也不见，只剩下夜行的我和孤独的车。

仪表盘上显示午夜 3 点，我驾驶车子经过 12 号涵洞时，突然发生了一件诡异的事，让我终生难忘。

惨白的车灯在起伏不平的路上颠簸着照向前方，车子起伏跌宕，好像大海中迷航的小船。我裹了裹棉大衣，在暖风的慰藉下，渐渐有了些困意。

土黄色的路面向前无尽地延伸，灯光下，路边好像有个身影一晃。

"有人！"

职业的敏感让我赶紧握紧了方向盘，松下油门，车速迅速降了下来。

车灯照射下，路边的确站着一个人，还是一个女人，一个白纱蒙面的女人。

真的是不可思议啊，三更半夜，在这荒无人烟的野外，竟然有一个女人！要知道，藏北无人区刚刚开发，野兽还多得很，二道沟一个民工在半夜上厕所时被狼咬了后颈，差点死了，后来所有的工区都围上了铁丝网。

蒙蒙的细雨中，女人穿着一件黄色棉大衣，虽然臃肿，但也掩盖不了她婀娜的身躯。她面对着涵洞，背临便道，看不到面容，只有洁白的纱巾在微风里颤动。

在我疑惑、紧张和莫名的期待中，她缓缓地转过身子。

那是我一生都忘不了的场景。

那是我一生都涂抹不掉的记忆。

那是我一生都没有见过的眼神。

在默默的对视中，我不禁冷汗涔涔。那是一双晶亮明净的眸子，长长的睫毛。虽然面罩纱巾，但有着西藏女人特有的面部轮廓，这一定是个极其美丽的女人。她的眼神有所怨而无所求，冷冷的，幽怨的，或许还有些许淡淡的哀伤，却又充满诱惑，勾人心魄的诱惑。她望着我，我看着她，眼神在迅速交流，却又有一种莫名的障碍阻挡住我进入她的内心。我急切得想哭想喊，想祈求她敞开心扉。转瞬间，我又呆住了，继而又濒临崩溃，身上的血液像岩浆一样涌动，冲撞，在寻找血管中最薄弱的环节，头脑里一片空白，耳边好像已悄然响起古老的旋律。似乎来自遥远的楼兰，凄美婉转，击打着心脏；又好像听到了古代巫师追魂时的吟唱，怪异而又恐怖。

车子不知何时竟然停了下来。

我打开车窗，凉风袭来，前方一无所有……

走婚的扎西

　　2003 年冬，藏北安多错那湖工地往东五公里，在藏族人扎西的帐篷里，我一边喝着扎西的阿佳（媳妇）格桑曲珍煮的酥油茶，一边听他讲着自己走婚的故事。

　　晨光熹微的早晨，扎西从贡巴村一座土房里露出头，四下环顾，没有人，就偷偷摸摸溜了出来！

　　昨夜突降了一场大雪，村子被掩埋住了，和远处的天、近处的山交融成一种颜色，雪白成了此刻最美的词语！

　　外面的雪有一尺多厚，扎西走出几步后，听到身后的门"吱呀"响了一声，好像嘴馋的小猫偷吃鱼后，哑巴哑巴嘴发出动静。门错开了一条缝，格桑曲珍俊美的脸庞探了出来，挤了挤眼睛，嘴角露出微笑。扎西光顾着回头看，不小心摔了一跤，脖子、头发上沾满了雪，像一头刚打完滚的牦牛，狼狈地跑出村子。

　　村子里很安静，静得能听见雪花划破晨曦的声音。太阳从山顶又跳了一下，露出半张脸，一丝一缕的热量就开始融化这座冰封的村子。

　　扎西与格桑曲珍就是通过走婚的形式相识、结婚的。他是一个真正的男子汉，黑红色的脸庞，身材高大魁梧，坚毅勇敢有责任心。

　　两个人结婚后就离开村子，过起了游牧生活。藏北无人区广袤无垠，他们去过很多地方，随着季节变换着草场。后来又生了两个女孩子，为了能让她们上学，才在错那湖旁住下。这里距离安多县城所在的帕那镇只有十几公里，一家四口人生活得特别幸福。每当聊起自己家的生活时，扎西与格桑曲珍都会双手合十，感恩国家给了他们现在的幸福生活。更让他们期待的是，铁路通车后，他们全家不但要去拉萨朝圣，还要坐火车去北京看天安门。每当说到"北京"两个字，他们都特别激动。

我和扎西是在草甸上采蘑菇时认识的。

他这个人特别聪明，会做生意，时常骑着那辆打扮得如同新娘子般漂亮的摩托车，载着阿佳在各个工区里来回飞驰，卖一些自己采的朵蘑、冬虫夏草、藏参，也会买一些他们没有的小家电或者生活用品，所以他的汉语学得很快，讲得很流利。

扎西骑的是一辆125排量的摩托车，高大威猛，两只前把上垂着长长的彩穗。格桑曲珍用五彩的毛线织了一个套子，把油箱裹住，只露出银光闪闪的加油盖子。坐垫也是她织的，上面还有牦牛图案，特别好看。摩托车的保险杠上安了银色的盒子，那里是音箱，每当工区院子里传来高亢嘹亮的藏语歌曲时，我就知道扎西来了。

认识扎西以前，我和金堂、空军曾经在错那湖旁挖过一些类似东北人参的草根（现在可不行哦，那里的一草一木都受保护）。那种植物很神奇，它们在沙土表面只露出两三片叶子，看着小小的、怯怯的，想挖出来却没有那么容易，根须扎在地下很深很深的。如今想起来懊悔不已，那里的植物活得如此艰难，自己竟然还要去剥夺它们的生命。

金堂回去后，把草根斩断泡了一瓶酒，喝了以后流鼻血，嘴巴上火出口疮，之后就没敢再喝。二皮知道后，三天两头来我们屋里和金堂说好话，死皮赖脸地缠着把酒拿走了。后来听老邢说，那厮把酒喝了以后，药性上来，兽性大发，在上铺滚来滚去一夜没睡，吓得躺在下铺的老邢提心吊胆，唯恐二皮把床板扎个窟窿，危及自己。

我们隔壁住着铁路局的医生，是个四十多岁的男人，戴着一副眼镜，说话文文气气的。有一段时间风沙特别大，我睡觉时，手经常不自觉地抠着肚脐眼儿，因为里面有些沙粒，谁知道竟然发炎了，流着脓水，痒痒的很难受，就去找那个医生。开过药后，他说你们在沙地挖的不是什么藏参，而是普通的草根。

　　回到宿舍，大伙儿听后信以为真，纷纷把挖的藏参扔进了垃圾堆，结果可想而知，第二天被人捡走，一根也不见了。更可惜的是我挖的那一根，有头、有胳膊、有腿，身子中间还有个"小鸡鸡"，也被扔掉了。

压沙区的搏斗

在藏北安多县城以北三公里处，有一个世界上海拔最高的制梁基地，为青藏铁路提供轨排和桥梁。

我在基地卸完货以后，下午返回。几十公里的便道上，每隔一段距离就有一个工程队部，不过此时人迹寥寥，有些标段的工程结束了，机械与工人早已撤离。车子蹚过一条条小河，河水在轮胎碾轧下向两边飞溅，驶上便道后，又重新沾上泥土，胎面上附着土黄色的泥块，车子过后留下两道湿漉漉的辙印。

我的右侧是高大的路基，左侧近处是草甸，远处是群山。

安多县山脉众多，以唐古拉山主脉为脊。唐古拉山在藏语中的意思是"高原上的山"，又称"当拉山"或"当拉岭"，是长江和怒江的分水岭，与喀喇昆仑山脉相连，在蒙语中的意思是"雄鹰飞不过去的高山"。

此处北有唐古拉山、可可西里山和祖尔肯乌拉山，中部有托尔火山，南部有桑卡等山脉。唐古拉山主脉由 6621 米逐渐下降到唐北、唐南的 4704 米，形成屋脊状，这也与"世界屋脊"一词的形成有着密切的关系。

翻过一个垭口是一段长下坡。远远地就看见路右侧站着一个人，褪色的蓝上衣，肩膀处磨烂了，有个小窟窿，灰白的裤子，一边长一边短，右手捂着脑袋，表情痛苦，挥手拦车时还有点怯怯的羞涩。

我停下车，拉住手刹，跪在中间的操作台上，探过身子，给他打开右边车门。这是一个十六七岁的孩子，上车后用方言说着"谢谢"，声音很低。我看着心中不忍，抓了一把花生米、火腿肠之类的小食品递过去，他却不要。

我看着他捂着脑袋的右手有血液渗出，就左手把住方向盘，腾出来右手，把卫生纸叠成手帕大小的一沓递过去，让他捂住先止止血。

眼前这条便道虽然限速每小时四十公里，我还是尽量加快车速，好早一点到达工区，让眼镜医生给他包扎。我问他："家是哪儿的？"

他答道："海东互助。"

我问："怎么受伤的？"

他说："拆脚手架时，被钢管擦破了。"

车子颠簸了一下，看着那他痛苦的表情，我的心里很是难受。如果在城市里，这么大的孩子正在上学读书，可是他却早早离开家，在这个荒凉寒冷的地方受如此大的苦。我记得有位名人曾经说过，痛楚难以避免，磨难可以选择。可是面对此时此景，这句话有意义吗？

他看了看我，又看了看前方，低下头说："领着我们干活儿的包工头跑了。"

我问："工钱给你结了吗？"

他摇摇头，目光瞬时黯淡下来。

几天后，就发生了民工围堵项目部的事情，后来如何解决的，我就不得而知了。

在家千日好，出门一时难。

今年的冬季早早地来到了高原，虽然刚到农历八月，凛冽的寒风一夜之间就给小河穿上了冰盔冰甲。只有中午的短暂片刻，才是一天之中最暖和的时候。

我抱着一盆脏衣服来到井边。井是项目部打的，不是很深，但是水却冰凉彻骨，连洗衣粉都化不开。我伸出双手去搅拌，瞬间手便冻得没了知觉。

我想起了家，想起了妻子，想起了虽然陈旧漏水但仍然坚守岗位的洗衣机。

好不容易忍受着冰凉搓手跺脚地洗完衣服，回到了宿舍，坐在火炉旁边，又想起还有许多事儿得做。袜子磨破了，但是没有针线；人不知不觉间瘦了，内裤显得太肥，腰细了挂不住，却没有松紧带。几样日用品也用完了，距离县城太远，只能凑合着了。

人近中年回忆往事，感触颇多。童年和少年是在父母的呵护下度过的，二十岁结婚后万事皆由妻子张罗，除了开车，其他事儿没有亲自去做。到了藏北才知道，再细小的事情都得自己一件一件去做，这是做人的责任和义务。

中午开饭了，厨师一把刀做了油炸鸡块，特别好吃。他把鸡块用淀粉包浆，炸好以后，在一口大锅里面炖着，热气腾腾，满屋都飘着香气。

蒸的米饭也不错，雪白的米粒颗颗晶莹剔透，看着都诱人，这一切多亏了那个新买的高压锅。在藏北高原，水在六七十度就已经沸腾了，无论是蒸米饭还是吃面条，都离不开高压锅。

一把刀图个清静，不再亲自掌勺给大家舀菜了，司机们自己打菜舀饭。这不，做好以后，他自己先盛了一碗，蹲在墙角和二驴边吃边聊。

前几天，喜欢挑事儿的三蛋就为自己碗里的饭多菜少和一把刀发生了争执，抢起凳子要把一把刀打回原形。

可是他想错了，人家一把刀也不是徒有虚名。一把刀曾经在平原县最热闹的美食一条街混过。这个绰号与做菜无关，而是他手舞菜刀要砍几个寻衅的红毛痞子，整整撵了两公里，寒光闪闪杀气腾腾。最后几个小厮实在跑不动了，跪在地上求饶，才算捡回几条狗命。

三蛋和一把刀的对峙没有人拦得住，二驴害怕血溅到自己身上，躲得远远的。多亏了老黄，盛怒之下拿起一瓶酱油砸在地上，才算平息此事。

可是，一波未平一波又起，经过大半年的磨合，几十个司机形成了三股势力。俗话说得好，狼找狈开黑会，日子难安稳。这些人凑到一块儿准没有好事，几派人，你看不上我，我看不上你，明争暗斗打了好几次，让队长老黄苦恼不已。

不过今天闹事的两个人，与我、金堂、空军几个人一样，都是圈外人士，不属于哪个帮派。

老外，正名没有记住，现在只记得他的绰号，市里人，四十多岁，瘦削脸，布满皱纹，一脸狠样。年轻时是个练家子，讲义气、认兄弟，为人正派，唯一的儿子继承父业，在少林寺旁边的武院习武。

有一次，我曾经听到他打电话，好像孩子哭诉在武院吃饭慢，经常吃不饱。老外教导孩子，第一次时盛半碗，第二次时盛满碗，肯定能吃饱。

光头，三十来岁，老板的小舅子。平时依仗着自己的身份飞扬跋扈，看谁都不顺眼。藏北的晚上零下二三十度，我们都戴着遮耳棉帽，他却耍酷，摇晃着三天一剃的光脑袋显摆着。第二天早上收工时，光脑壳上结了一层薄冰，那货冻得龇牙咧嘴，就这还改不了烧包 ❶ 的毛病。

一天中午吃饭时，老外和光头就像斗鸡眼遇见独眼龙——谁也看不上谁，推推搡搡想动手。不过当时屋里人多，劝的劝，说的说，好歹还是拉开了。

---

❶ 北方方言，由于变得富有或得势而忘乎所以。

他们二人积怨很久了，都是因为卸车时光头故意刁难人，让老外一直无底线地向后倒车。错那湖边的沙地都被水浸透了，一不小心就会陷车，陷车后不仅一个夜班拉不出趟，挣不了提成，还得拿铁锹挖，累得人要死要活的。

晚上拉混料比较顺利，12点以前我已经拉了三趟。第四趟来到错那湖卸料场时，有一辆车子打着双闪停在那里，灯光有规律地闪烁着，一边高一边低，看样子是陷车了。

我的前方有个月牙儿，好像一只乳白色的小舟在蓝色的大海里航行，没有风，夜很黑。打开手电，沙地特别柔软，我深一脚浅一脚地走过去，想看看那边到底发生了啥情况。

来到车子后面，照了一下牌照，是老外开的四号车。

正当我钻到车子下面，准备检查一下陷得多深时，忽然听到前面传来了叫骂声，就赶紧跑了过去。

灯光下，光头和老外扭打成一团。光头先动的手，他一只手抓住老外的衣领，另一只手攥紧拳头，冲着老外的脸就是一记猛拳。老外的鼻血马上流了出来，鼻梁好像也被打折了，疼得他嘶嘶地吸着凉气。

老外被打得实在是忍无可忍了，左手发力抱着光头一个漂亮的锁喉，右手挥动石块，朝着光脑袋就砸了下去，鲜血顿时顺着光头的脖颈流了下来。

我挥舞着手电，喊着他们的名字，呼唤着"住手"。可是二人已经失去理智，抱在一起滚进了水坑，一身的泥土泥浆，谁的话也不听了。

随后，金堂和空军陆续来了，几个人一起用力，总算把暴怒中的两只狮子拉开了。可是，二人还是不肯罢休，满脸的鲜血也不擦一下，指着对方叫骂，一次次冲击众人的手臂，吆喝着还要再战。

二驴闻讯后开来了依维柯车，连夜把他们送到了安多医院。

几天后，老外收拾行李回家了，工资是否拿到，不详！

人就是这样一种奇怪的动物，可以容纳山，可以容纳水，可以餐风茹雪，可以吃苦受累，但是有时候却不能接受自己的同类。建设青藏铁路，不仅有让人激情澎湃的大场面，还有许多普通人的小插曲。

青藏铁路安多段

晚饭后，来到街上，人迹寥寥。晚春的风送来阵阵凉意，一盏昏黄的路灯在夜幕下发出寂寞的光芒，我的影子如同一位资深的魔术大师，对着路灯做出变幻莫测的动作，最后潇洒地退到幕后，说：别了，明天我们就出发！

穿过小巷，走进小丽理发店，等待理发的人们闷闷地坐在椅子上，像寒风中僵硬的石头。

走出店外，一个破旧不堪的塑料袋在风中舞着芭蕾，如同美女遗弃的红色裙子，暧昧地离我而去。一个孩子百无聊赖地踢着一个易拉罐，背着的书包沉甸甸地压在肩膀上，一本折皱了的书无精打采地从书包的缝隙里探出头来，打量着我。

终于轮到我。理发的小丽使劲地摩擦着我的脑袋，好像这物体会发电，会给这个黑暗的屋子送来光明。

"买过票了吗？"她问。

"嗯。"我答道。

"又要去赚大钱了吧？"她问。

"我……嗯……"我苦笑着，不知如何应答。

在这位热情的"小妹"面前，我没有任何秘密可言，她的问话如同一双贪婪的大手，把我从头到脚扒得一丝不挂。从开始剪第一缕发丝到最后结束，她一共问了我九十九个问题，只有最后一句话切到了正题：

你一来我这里"刮泡儿"❶，就知道你要去西藏了。

每年进藏之前，我都要剃一个光头。也许光头之下，我的样子有些滑稽，甚至有些像浪迹江湖的痞子，不过在脑袋后面，小时候调皮时留下的疤痕"八"和"一"，也许能证明我是与黑某类无关的好人，因为八和一的组合是多么有说服力。

无论别人怎么看我的光头，调侃、恐惧或厌恶，我总是不改初衷，因为有个叫醉秋风的家伙说过："刮自己的泡，让别人说去吧！"

在藏北无人区，理一次发和你中了五百万一样难得。这里的人很少谈及"理发店"这个词，因为在他们看来，人应该和牦牛一样顺其自然。

去年在昆仑山，很久未理发的我像一头在爱情大战中失意的野牦牛，孤零零地在草甸中瞎转，乱七八糟的头发可以让小鸟做窝了，那种感觉让我做梦都以为自己是侠客。

第二天的天气预报传来一条不好的消息，我即将踏上的旅程或许会充满坎坷，因为那条天路正在飘着鹅毛大雪。

一个离家远行的人是悲凉的，也是哀伤的。远离了家乡，远离了亲人，远离了熟悉的山，远离了绿色的林。坐在西行的列车上，蓦然回首，家已消失在遥远的东方。

在高原上一声叹息，黯然神伤，步履艰难地走向昆仑深处，流下的是苦涩、失落的泪水。

今夜是离家前最后一个夜晚，郑州至西宁的车票孤零零地躺在床头柜上，它默默地看着我，我郁闷地瞅着它。时钟不紧不慢地转着圈，像一头懒洋洋的驴儿拉着磨。

妻子在看偶像剧《星天之上》，专注的眼神丝毫不逊于年轻的追星

---

❶ 指剃光头。

族。一排排的书排着整齐的队伍，像是在等待检阅的列兵。

"又要离开你们了，我的最爱。"我对着书说。

"没有你们的日子我该如何度过？"我又说。无语，相视无语，也许书和我一样难过！

打开屋门，一阵凉风扑面而来，枯黄的落叶竟然随风而起，打着旋儿，像是在为我跳舞、为我送行，其中一片转着、飘着，飞过路灯，飞过房顶，直直地飞向了月儿。

游子离家时，月儿亮半边，原来它才是最善解人意的，其实也只有它才能时刻陪伴在身边。

在西藏、在南疆、在海口、在沈阳，我像一只萤火虫，提着小小的笼子飞翔在天南地北，到处都留下了我孤独的足迹。只有月儿，散发着淡淡的光芒，好像妈妈牵挂我的目光，始终慈祥地注视着我。

当藏北的暴雪从天而降时，没膝高的积雪冻僵了我的身体，只有她——月儿，勇敢地冲破黑暗的魔爪，毅然将乌云密布的天空撕裂了一道口子，把柔和温馨的光芒投向艰难跋涉的游子，给了我求生的希望，给了我战胜困难的力量。

漂泊之人如无根之叶，少的是团聚，多的是乡愁。愿世人都珍惜与家人相知相守的时光。

在海西的经历

姐姐，今夜我在德令哈，夜色笼罩
姐姐，我今夜只有戈壁

草原尽头我两手空空
悲痛时握不住一颗泪滴
姐姐，今夜我在德令哈
这是雨水中一座荒凉的城

除了那些路过的和居住的
…………

——海子

我去德令哈拉矿是老田介绍的！

2012年夏天，老田两口子也在依吞布拉克开发区拉铁矿。有一天我准备上山，在开发区电厂的门口，他们搭乘我的车。

从开发区到矿山有一百五十公里，全都是无人区，除了沙漠、戈壁就是雪山和野兽！那里有一吨多重的野牦牛，有阿尔金山狼，有熊，当然也有憨态可掬、惹人喜爱的旱獭。这些胖乎乎的小动物过着群居的集体生活，天气好的时候，一大家子出来，小的嬉戏打闹，大的寻找食物，而行动敏捷的充当哨兵，站在高处，警惕地巡视着天空，如果发现了鹰隼，一声呼哨，马上就都钻进洞里！

妻子云儿最喜欢看旱獭，每次经过达坂、小坂❶，总是坐在副驾驶座向外聚精会神地瞅着，发现了那些胖乎乎的小家伙，一边开心地喊着指给我看，一边还把自己带的饼干、水果撒给它们。

行车的路上，我从不会错过每一个帮助别人的机会，也从不吝啬自己的任何东西，包括工具、备胎、油料，还有最为重要的水和食物。我不指望谁会对我的付出表达出感激之情，也不希望受助的人返回来报答。因为我知道，沙漠中那轮徐徐欲坠的夕阳，还会在明天早上继续升起，明天在这条路上苦苦谋生的我，很可能就会变成刚刚被救助的他。

这些年，在路上，我做过许多这样的事，虽然都是那么微不足道。我曾经在一个悬崖下面背起一名刚刚出了车祸的司机，身边是支离破碎的车体，还要攀登陡峭的崖壁。那是一场时间和生命的赛跑，数不清的阴暗的隧道，高悬在车顶的像剑一样的尖石，一个又一个急转弯，弯道尽头是深不见底的悬崖，我在盘山公路上驾车折返了几十公里，将他送到了医院。一路上，最让我惊悸的，是他昏迷时不停地喊着"妈，妈"，那种声音就像刻进了我脑海，一辈子也忘不了，让我写到此就心酸难受。最终，那个人算是保住了性命，但是永远失去了双腿。生活，有时洋溢着幸福，有时也会把人踢下深渊，让人终生被痛苦笼罩！

老田是河南商丘虞城人，就是花木兰替父从军的那个县城。他有一辆德龙重卡，不过跑的年头长了，车况不好，在路上总是坏。

这一次，两口子搭我的车上山是去修车！

"车坏在小坂了。"

---

❶ 达坂指的是阿木巴勒阿希坎达坂，小坂指的是小盘山。

老田愁容满面地说。

田嫂是个心直口快的人，除了不会开车，找活儿、算账、洗衣做饭都由她张罗，这也是随丈夫在外漂泊的河南女人共同的特点。

田嫂埋怨老田："让你靠左开，你非得走右边，陷沙地里，车也弄坏了！"

老田不顶嘴，只是专心致志地吃着馒头，半晌了才说："修好车就走，不在这儿干了，听说大柴旦拉煤的活儿还行！"

山上一别，将近一年。在这一年之中，发生了许多事儿，开发区停了，飞机场工地停了，流落到敦煌以后，铅锌矿也停了。正当陷入绝境之时，老田的电话来了，喊我去德令哈大碱厂拉石灰石！

我和老田在绿草山下会合后，一路奔波，终于在下午时分进了城，饭也没顾上吃，就直奔老火车站寻找房子。那里有几十年前建的老院子，价格便宜，最适合我们这些不分好赖、有个安身之所就行的司机！

老火车站旁边有一些土坯房圈成的院子，地方挺大，就是房子确实有些破旧，有一间房的墙壁还摇摇欲坠，好像随时都会塌下来。房东注意到了我的表情，安慰说："别担心，塌不了，几年了一直是这个样子的。"

我对房子的安全性不是很满意，田嫂却对房租挺感兴趣。她跟在房东身后，进这屋出那屋，忙得不亦乐乎。趁着房东去收拾几件旧物的空子，她把我拉到室外，压低声音说："牛，这价格挺合适的，一所院子咱们三家合租，花不了几个钱。"

"三家？"我诧异地问。

"嗯，刚才，我又拉来一位采枸女，她也正没着落，正好三个卧室住咱们三家！"

…………

接下来，又是打扫、拉电线，又是卸东西、铺床，等一切都安顿好，早就累得筋疲力尽了！

人是很奇怪的，忙忙碌碌的时候，把什么都抛在脑后，刚刚才坐一会儿，肚子就"咕咕"叫了。看着为我帮忙的满头大汗的田嫂，心里挺过意不去的，就喊他们一起去吃个饭。

田嫂说啥也不去吃，她嫌外面卖的饭油太重，没有自己做的好吃。我知道她是节俭惯了，就转而邀请老田哥。

老田捧着个馒头正啃得有劲，见我喊他，刚想抬脚，田嫂又说："牛，你去，别管他，让他吃馍。"

老田哥不满地看了一眼媳妇，嘟囔道："光让我蘸着辣椒酱吃馍！"

德令哈在蒙古语中是"金色的世界"的意思。它是青海省海西州的首府，有蒙古、藏、回、撒拉、土、汉等二十六个民族，还有黑石山水库、外星人遗址、怀头他拉岩画、褡裢湖等景点。这里海拔不高，是一座美丽的城市，矿产很丰富，柏树山的石灰石储量有七亿多吨。

第二天一大早，我就起床发车，准备上山拉矿。可是，到了车前发现两只前轮都没有气了，看看四周，发现有补胎充气的小广告，赶忙打电话。

一边充气一边和流动修车的小伙儿聊天，他告诉了我轮胎没气的原因，并且详细指明了正前方三公里有两个大型停车场，专为货车准备的，而且全部免费。他看看轮胎努努嘴，又指了指前方，墙上赫然写着：严禁随意停车，维护城市整洁。

唉，谁也别埋怨，只怪自己昨天没看见！

充好气出来，直行百米左转向北，就驶上了向机场方向的外环。路边慢车道旁，一支野营训练的部队正在吃早饭，队伍长长的，有几公里!

行驶十几公里后，离开大路上了小路。小路上坑坑洼洼而且扬尘很大。有时候，每当看到自己所在的地方环境不达标被曝光，都会有些内疚。可是，路是如此，除了尽量放慢速度，真的是无可奈何！

承包矿山的是江浙的老板，有好几个场地，有往大碱厂拉的，也有往小碱厂拉的。

在料场负责装车的是一位六十多岁的老人，他不但管理得井井有条，还亲自动手，把散落在轮胎下面的石块清理得干干净净。在外面跑车这么多年，从来没有见过这样负责的，像我们这些货车司机在路上看着个头挺大，到了装车卸车的地方从来都是弱势人员，经常被人呼来唤去地折腾，自己都已经麻木习惯了。

装好车下山，到了厂门口排队卸车，回停车场，刚站在大富的修理铺前，田嫂来电话了："牛，车又坏了，快来……"

德令哈的两兄弟

大富和二富是弟兄俩，青海平安县人。平安县距离西宁三十公里。

我是在德令哈停车场先认识二富的。那时，我刚在花土沟遭受挫折，一个月没有干成活儿，还赔了几千元，心里有些郁闷！

二富的脸黑黑的，还有些高原人特有的鲜红色，那是供氧不足造成的。他的眼睛很大，有轻微的血丝，和他干的活儿有关系，应该是睡眠不足导致的。

他刚一开口，天生具有的诚恳和善良就显现出来！他修车时很认真，话也不多。我坐在旁边一边打量着四周，一边和他聊天，偶尔帮忙递个工具。

他哥叫大富，回家盖房子去了。在农村盖一座房就像城里的人买一套房，是件天大的事儿。如今的社会，压力太大，有的人辛辛苦苦干了一辈子，最后连个落脚的地方也没有。他们哥儿俩这样辛苦忙碌，还不是为了盖上一座好房子，娶个媳妇、生个娃吗？

农民进城打工后，无论是在大都市还是小县城，后面都会加一个"工"——农民工！"工"字往好处想，可以理解为"功"。说到底，再有钱的人，没有农民工挥汗如雨、一砖一瓦地把楼建起来，也无处安身，所以农民立下了功劳。

可是，看到手机、电视里的新闻媒体播放农民工跳楼、跳河的消息，有多少人不是抱着看热闹的心态去对待这种问题的？

我和二富的聊天，是在蓝天白云下愉快地进行的。他穿着一身福斯机油赠送的工作衣，躺在货车下面的土窝里，衣服或许从来没有洗过，和身下的尘土是一种颜色，像狙击手穿的沙漠装，隐蔽性极强。如果不是那一双忽闪忽闪的大眼睛和上下张合好像鱼儿呼吸般的嘴巴，你一定猜不出这里还有一个人。

他戴着一顶宽檐的沙漠迷彩帽。在高原，大家最常穿的就是迷彩服，修车的工人、卖机油的老板、洗车的小妹，包括配汽车钥匙的，统统都是穿一身迷彩服，有沙漠装，有空降装，有海军装，五彩纷，各种颜色都有！

大伙儿来来往往，忙忙碌碌，互相打着招呼，好像海陆空三军的士兵在此拉练！最可笑的是一个打黄油的阿弟骑着破三轮从身边呼啸而过时，竟然身着美军陆战队的服装。有时候碰见从老火车站方向迎面走来的官兵，自己竟然也难辨真伪！

二富很忙，一会儿从轮胎后露出头，一会儿又在钢板下和我说两句。灰尘落在眉毛上，鼻尖蹭上了一点黄油，远远望去，好像赶着马车去给孩子们赠送礼物的圣诞老人！

河南土话和青海方言在这里发生了碰撞，我讲三句，他能听懂一句；我酷爱听青海的"花儿"，所以他讲三句，我大概也只能听出两句话的意思！看来，正如有人所说："离京越远，方言就越晦涩难懂。"

大富来了！二富走了！

大富的房子盖好了，他日夜兼程、风尘仆仆地赶了过来。

二富走了，因为有"难言之隐"！他马不停蹄地回去看病了。俗话说得好：有啥别有病，没啥别没钱！真是明枪易躲，暗箭难防，左躲右闪，还是让老实人碰上了！

二富结婚后又离婚了，婚姻只持续了半年，他的媳妇既中看又能持家，人还很善良。离婚是二富提出来的，他不想因为自己的缺陷耽误人家一辈子。

听二富说，他哥也是有故事的人。出于好奇，我于 2015 年 10 月 10 日晚上 7 点 50 分正式去"拜访"了大富！

今天是个好日子！距全年结束还有八十二天。

今天是个值得纪念的日子！一百零三年前的今天，伤痕累累的祖国终于结束了两千多年的封建制度，辛亥革命打响了争取自由民主的第一枪！同时这也是新生事物泛滥的日子，四年前的今天，网友"集体"投票将 10 月 10 日定为"卖萌日"！

大富的卧室也是厨房，还兼有小卖部的功能，是个多功能的办公场所，现在临时征用为客厅，来招待我这个不请自来的客人。我坐在一把摇摇晃晃的椅子上。我的到来让它很不舒服，发出"吱吱呀呀"的埋怨声。

头顶上，大富的发明让这个狭小空间的作用发挥到了极限，一排排钢管躺在槽钢做的架子上，一个破内胎从钢管的缝隙里探出了头，摇晃着，好奇地打量着我！

大富坐在一个铁凳上。这个低矮的铁凳子是他焊接的艺术品，估计一百年也用不坏。身后是两大瓷罐子青稞酒，大大的肚子上有两个商标，证明了它们有正宗血统的身份。

二富是个好人！

大富也是个好人！

大富深深地吸了一口烟，然后把烟从鼻孔中排了出来。烟雾打着旋飘散，有一丝飘着飘着竟然飞到了我的耳边，喃喃自语着，好像在讲述什么故事！

大富和二富原来是搞建筑的，既看得懂图纸又舞得动瓦刀，十几年来踏遍了海东的山山水水，眼看着辛苦换得了回报，可是一次意外的"看活儿"，差点毁掉一个家庭。那一年熟人介绍了一个在尖扎的工程。尖扎位于海东和黄南藏族自治州交界的地方，大富的女人没有出过远门，这一次百般央求，想出去看个新鲜，夫妻二人就比翼双飞去了尖扎。

地名不好听丝毫不影响生意，一切都很顺利，图纸拿到了，合同也签了。两个人就坐着客车打道回府，在返程的路上，妻子靠着大富昏昏欲睡。突然，不知什么原因，车子毫无征兆地翻进了沟里。受伤的人不多，满满一车乘客，只有坐在最后一排的大富两口子受了重伤。接下来就是住院、抢救、治疗。车主以及保险公司开始了漫长的拉锯战。俗话说得好，除了割肉就是拿钱让人最疼。两家谁也不想往外掏钱。可是，病不敢耽搁，大富只有自己先垫着。

好人难当啊！大富虽然是个好人，但也是受害者，妻子还躺在医院等着做二次手术，家中已经一贫如洗了。看看病床上的妻子，面容憔悴，再看看小桌上放着医院的催款通知单，大富一咬牙，病未痊愈就踏上了讨债之路！

琼沟，一个比名字还"穷"的村子。几十里的艰难跋涉之后，大富终于来到了琼沟。

望着这个荒凉颓废的小村庄，虽然满肚子是按捺不住的担忧，他还是鼓足勇气走了进去。一瘸一拐的他走在崎岖不平的村道上，远远望去，他不像是一个上门讨债的债主，更像是一个历尽艰辛的流浪汉。

敲响了村子东头的一户人家，开门的是一位白发苍苍的老人。

院子里，听过大富一次长话短说的讲述，老人擦擦眼角流下的老泪，摇着头不住地唉声叹气："唉，败了败了，小小的一个尕娃，非弄什么大汽车，家里啥都卖光了还不够赔哩！更可怜的是两个娃娃，爹被抓了娘跑了，小小年纪学也上不了喽！"

听了老人的话，大富的心情像天上的乌云一样阴沉！摸摸兜里，给老人留下了身上仅有的两百块钱，算是给娃娃凑了个学费，从此以后，再也没有去过琼沟！

我说："大富你真是个好人！"他看看我，视线移向一边，用手中的铁丝在地上胡乱划着，不好意思地说："当个男人，啥不能挺过来？你看，只要舍得吃苦，房子不是也盖起来了吗？等以后情况再好点，我还想去一趟琼沟，再看看那两个娃呢！"

德令哈的采杞女

2012 年秋，青海德令哈老车站。

来这里拉矿已经三个月了！这几日，大碱厂检修，难得休息几天，就收拾几件衣服去洗洗。

出院门左转有商店、菜店，直行向西，又是一排房子。

卖大饼的在第一家，这是一个很大的院子，一个铁制的容器竖立在院子里，不知是做什么用的。他们家的饼子很好吃，一个两块钱，个头大、外皮焦脆，掰开后饼子里面还很虚软，吃起来特别香，刚出炉的更好吃。每次路过，我都要停下看一看。有时看见院子里两个孩子在玩着游戏，裹着头巾的大婶端着一摞金黄色的大饼走向里屋。我总爱嗅嗅刚出炉大饼的清香，那醇厚的香气是这世上最好闻的味道！

有一条小河，把这片老院子隔成东西两部分。河的那边，一个年轻的回族女人正在晾晒衣服。她拎起一件，用力抖了几下，然后顺势一扬，搭在铁丝拉起的架子上。水珠迅速汇聚到衣服的一角，滴滴答答地流着，一会儿就形成了一道水流，蜿蜒而下，重新流进了小河！

小河的水量不大，但河水极其清澈。我拿出一件衣服，在水里浸湿，慢慢搓洗。冰凉彻骨的雪水给我留下冰凉彻骨的回忆，慢慢地揉搓，手心手背冻得通红，连指甲缝里也浸满了寒意。

翻转手掌，粗犷的纹路像眼前这条小河，纵横交错。上面的每一条线都像我人生中跌荡起伏的经历，每一道纹都是我平凡生活里的轨迹。

小河静静地流淌着。我将洗过的衣服搭在灌木丛上，水从衣服上渐渐沥沥地滴到地面，在沙地上砸出一个个小坑，将它们注满后，又慢慢地汇聚成小小的水流，用力向小河冲去。但是由于地势太低，水流往前的速度慢了下来，距离看着虽短，对它而言却是漫长的，它终于变得无力，逐渐消失在草根旁边。

风轻轻地吹着，天空的云彩不断变幻着形状，时而像美丽的蒙古族姑娘，模样秀美，长袖飘飘；时而又像极了云儿，身影苗条，一袭黄裙，款款走来，像二十五年前那般娇柔。

小河静静地流淌着，河边的藤蔓低垂到水面，虽与河水亲密接触，但不随波逐流。一叶枯黄，被风席卷着，落入水中，转眼即逝，流向东边，那是家的方向。

德令哈的山巍然屹立，远远眺望，像一面深蓝色的屏风，如被刀劈剑砍过的山峰上早已没有雪的痕迹，可是眼前这条源源不断、清澈见底的河流又是从何而来的呢？

刀郎的歌曲《德令哈一夜》，唱得婉转凄美，让多少人沉醉其中，又让多少人为此慕名而来。那苍凉、浑厚的嗓音给这座塞外小城带来多少浪漫的故事啊！

我爱这条小河，我爱她静静流淌的姿态。她像一位柔弱的少女，纯洁而又善良。我静静地坐在她的身旁，向她倾诉着衷肠，我的泪水湿润着眼眶，却不轻易涌出，我怕它们肆意洒落，它们的苦涩会玷污满地的芳香。

一个窈窕的身影款款而来，我认得那是与我们合租的采杞女人。

老院子的房东在另一条街上开超市。我靠着柜台和他谈房租时，田嫂领着一个女人走了进来。田嫂和田大哥是商丘虞城人，和我同在大碱厂拉石灰石。

田嫂跟我说了那个女子的事情。

那个女子是甘肃武威人，名字叫初夏，原本是和几个老乡来戈壁乡采杞的。谁料想来了以后，另外几个人变卦了，又要去诺木洪，她不愿再四处奔波，错过了采杞的季节，就独自留了下来。可是老车站附近又没有小一点的房子，正犯愁呢，恰巧遇见了热心肠的田嫂，田嫂就领着她来和我们合租！

初夏在我的旁边放下盆子，拂了一下额前的发丝，拿起浸好的衣服默默搓洗着，洗衣粉在她的手背上绽放出几朵花泡儿！

趁着搭衣服的空隙，我偷偷打量了她。

初夏三十岁上下的年纪，模样俊秀，个子不高却长得很匀称，可能是经常在外面采杞的缘故，麦色的肌肤上印有阳光的灼痕。她的发丝束在脑后，似墨色的绸缎，柔顺飘逸！眼睛大而亮，却隐隐露出些许忧伤！

德令哈的天很蓝，蓝得好像能凝聚出水来；云朵白而且厚，白得像棉、厚得像絮，好想躺在上面美美地睡一觉，睡到云儿来把我唤醒，一家人围在核桃树下吃饭，喝上一碗香喷喷的玉米糊糊……

"衣服掉水里了，快，快！"初夏的喊声把我从梦中惊醒！

我们合租的是一个老院子，老得也许房东都忘记了它的年龄。进到院里，左侧是一个堆放杂物的屋子，胡乱放着些纸箱、损坏的旧床，墙角的土坯脱了好几层，尿渍斑斑，看来以前租房子的人经常在此玩灭火的游戏！

我住在主房左侧的小屋子里，地方很小，以前应该充当过储藏室。田嫂和初夏分别拥有一个稍微好点的卧室。初夏的卧室很干净，一个老式的仿席梦思单人床上铺着淡粉色的床单，深红色的被子叠得整整齐齐。枕头旁边有一张小桌，放着一面可以撑起来的镜子，屋里还洒了一些香水，是那种清新的淡淡的香味，闻着很舒服。

有一天，从山上返回时，有一辆车子坏了，堵了几个小时。收车回来已接近晚上10点，在老家这个时候人们早已入睡，而在德令哈却还是白天。

初夏的门半掩着，里面传来低低的啜泣声。我敲了敲门，过了好一会儿，初夏才推门出来，眼睛红红的，一颗晶莹剔透的泪珠儿缓缓地从脸颊上流下。

她倚着门框，看着我，轻轻地说："你能陪我去市区转转吗？"

初夏二十岁嫁到武威市古浪县东的一个村子。那里土地贫瘠，完全靠天吃饭，村里的青壮年一年四季在外打工，春节时才回来几天。

初夏刚嫁过去时，家里穷得很，每到下雨天，房子四处漏水，到处放着盆盆罐罐接水，叮当作响。屋后的一堵墙也快倒了，还得用一根树干撑着。

坐在八音河畔的石凳上，初夏一边说一边抹着眼泪。我打开一瓶水，递给她。夜色下的八音河沉重凝滞，好像有说不完的惆怅，它忧心忡忡地看了我们一眼，缓缓地流向了远方！

初夏的男人弟兄四个，他是家里的老大，脾气暴躁，动不动就拳脚相加。公公婆婆不但不帮她，还唯恐天下不乱，一直挑事儿，撺掇儿子打她。初夏每天就生活在家暴笼罩的阴影之下。

后来，村里的人结伴去新疆塔城摘棉花，一家七个人，六个好吃懒做，啥也不干，把她支了出来。不过也好，虽然吃一些苦，但是总算过了一段安静日子。

在塔城干活儿时，她认识了民勤的一个男人，那个人嘘寒问暖、百般殷勤，对她很好。从来没有享受过家庭温暖的她轻信了他的话，想想自己在古浪受到的虐待，再想想那个暗无天日的家庭，一咬牙，就跟着那人去了民勤!

谁料想，她是出了苦海又跳进了火坑。到了地方才知道，这一家弟兄三个，另外两个光棍儿弟弟看见她，眼睛都要冒出火来，恨不得按在炕上把她吃了。而且她在民勤的消息不知怎么传到了古浪，那边的一家人如狼似虎地找来了。

于是，她在半夜时偷偷跑出了村子，搭上一辆过路的大货车，几经辗转流落到了德令哈。

说到此，初夏泣不成声，我也是百感交集。

仰望夜幕中的德令哈，无星无月，一阵凉风袭来，竟然飘起雨来。

我长叹一声，心情无比郁闷。许多时候，我常独自蜷缩于小屋内长吁短叹，感叹命运待人不公，让自己经受了那么多的危险、苦难，几次与死神擦肩而过，而且还要饱受孤独和寂寞对心灵的折磨。可是与初夏比起来，这又算得了什么呢?

德令哈的雨很凉，像一粒粒冰冻过的泪滴，淋湿了衣服，淋湿了发丝，淋湿了早已经冰冷的心。我脱下外套，给她披上，她的心冷，身体更冷，颤抖着、痉挛着。她好像被狂风暴雨伤了翅膀的小鸟，又好像被雪雨冰霜摧残的花朵儿，茕茕孑立，无所依依!

我伸出手，抱住她瘦削的肩头，让她靠着我的臂膀，风还在吹，雨还在下，像初夏的泪珠……

我想对你说

我想对你说
思念已成泛滥的河
你就这样忍心

让我漫无目的地漂泊

看风沙在我的脸上

镌刻一首忧伤的歌

我想对你说

时间早已忘记了我

就像一枚落叶

寂寞地躺在幽谷的一侧

但我能感觉到

你花朵般的馨香和炙热

难道你就这样忍心

让孤独终日困扰着我

看冰雪将我埋葬

吟唱一首苦涩的歌

我想对你说

请不要离开我

如果你是那天上的皓月

我愿化为荷塘将你的爱意折射

如果你是那纯洁的雪莲

我愿凝结成冰雪将你的柔美衬托

在天峻的坎坷经历

一个人、一辆车，在高原漂泊数年，以车为家，历经了雪崩、流沙、迷路、被劫等危险，就像眼前的这条路，看似平坦，其实布满了无数的坎坷辛酸。

"哗啦啦，哗啦啦"，在德令哈东停车场，大富、二富同时松着倒链，沉重的高栏板缓缓地落进车厢里。大富抬起满是油渍的手臂，擦了擦额头的汗珠，脸上瞬时多了一块黑黑的油渍。

我蹭了蹭脚上沾的黄油，从口袋里掏出两瓶饮料，递给大富一瓶绿茶，递给二富一瓶可乐，弟兄俩的口味不一样。大富是两个孩子的父亲，日子过得平淡如常；二富还没有成家，每天都渴望品尝婚姻的甜蜜。

二富用大剪将铁网剪开，铁网上的一个铁刺划破了手指，血一下子就冒了出来。

我赶紧去找创可贴，二富摆摆手说："不要紧，一点小伤！"然后在夹衣里撕了点棉花，用打火机点燃，将灰烬敷在手指上，重新戴好手套，继续干活儿。

大富蹲在车厢里，一边用尺子量着每边四个竖桩之间的长度，一边问我："天峻的活儿还可以？"

我说："俺连襟的哥在那边干了，听说差不多。"

大富拿起一块小一点的槽钢拖过来。二富边焊边说："木里煤矿不让拉超载，你打听清楚了吧？别跑冤枉路。"

我叹了一口气，指了指地上的铁网："知道，问罢了，没啥好办法，只能用铁网代替加高板，减轻些皮重。"

说句实话，来德令哈几个月了，虽然没有挣多少钱，但是交了几个不错的朋友——跑出租的武威老秦、卖水果的老乡、汽配城里卖轮胎的小刘，还有大富兄弟俩，乍一说走，确实有点舍不得。一个人开着一辆车，在雪山戈壁赚些小钱，如果没有朋友们的帮助，估计早就挂棍子要饭了。

昨天晚上，大富兄弟俩非得拉着我出去喝点酒。夜色之中，德令哈的繁华与喧嚣渐渐沉寂，一座座高楼掩映在月色之下。出了老火车站，向西走有一家烧烤店，我们三个进去以后，要了几瓶啤酒和一些羊肉串。大富不爱喝啤酒，要了瓶青稞酒。德令哈的羊肉串虽然没有若羌馕坑里的大，但是比起内地可就大得多了，而且色泽焦黄油亮，味道微辣中带着鲜香，不腻不膻，肉嫩可口，特别好吃。

出了饭店，大富摇摇晃晃走在前面，我和二富在后面跟着。路灯发出暗淡的光芒，好像我们此刻的心情。

二富三十好几的人了，至今仍然单身，年轻时被一个"穷"字耽搁，如今条件好转了，年龄却成了最大的障碍。路上人迹寥寥，走了一会儿，二富觉得心闷，就扯起嗓子唱起了青海花儿，声音凄凉，从寂静的夜空划过，传得很远很远：

> 尕妹妹的个大门上浪三浪哎，
> 心里跳得慌，
> 想看我的个尕妹妹的好模样呀，
> 妹妹山丹丹红花儿开呀
> …………

车子修好，与二人告别，心里挺不是滋味。此次一别，今生很难再次见面。返回住处去装行李，装车时遇到了大麻烦，两个备胎太重了，一个人弄不进车厢里面，同住一个院子的老田哥已经去了大柴旦，大富兄弟俩正忙着修车，不能耽误人家做生意。

无奈之下，在路边转悠了一圈，发现一棵树。于是爬上去，用倒链将轮胎吊起来，车子再慢慢退到轮胎下面。就这样倒腾了半晌，行李才装完。出门难，一个人出门更难。

沿着长江路出城，在一个专门洗大车的地方停下。我想洗洗车，车与人一样，要去新地方了，也得拾掇精神点。

洗车的老人有六十多岁了，矮矮的、瘦瘦的，头发花白，人看着还挺利索。他一边拖管子一边说："自己洗二十，我给你洗三十。"

我接过他递来的管子，还是自己洗吧。

水凉凉的，亦如我此刻的心情。唉，自从新疆依吞布拉克的铁矿停了以后，自己简直成了一只无头苍蝇，乱跑乱撞。

年初去了肃北，说是拉铅锌矿。去以前就害怕活儿不保险，又让金水和赵军开着小车去当地看了看，两人回来后满口说中，那地方能干。于是，几辆车连夜从花土沟出来赶往肃北。路过冷湖时，获嘉县的小群的车子脱审又被扣了，几个人站在刺骨的寒风里，对交警说了半夜的好话，终于交了罚款才让走。

到了肃北，只拉了两趟活儿矿山就停了，一停就是两个月，而且还遥遥无期。工人们放假走了，厂里的电也停了，只剩下我们几辆车。没有电，通讯塔的联通信号只有一点点，每次打电话都得走路去工厂对面的山上。

后来树倒猢狲散，我一个人来到了德令哈，小群去了察尔汗盐湖，剩下几个人还在那儿死等。那个工厂距离最近的补给点也得百十公里，剩下的眼镜、宝山几个人靠着煮挂面拌盐填肚子，连瓶酱油也没有。

他们又死扛硬扛了一个月，眼见再无开工的希望，最后还是灰溜溜收拾行李回到了花土沟。更悲惨的是顺利，他是曹操背时遇蒋干、蚕豆背时遇稀饭——倒霉透了，雇的司机不堪忍受，工资没要就跑了，他自己没有驾照，可是不走又不行，路过公路检查点时，因为无证驾驶被扣了。警察让他选择住拘留所还是交一万元罚款，他说别说一万元，他现在一百元也没有，住拘留所吧。

唉，想想过去，再看看现在，哪一步都走得特别艰难。

我把驾驶室位置、大厢清理得干干净净，乍一看和新车没啥两样，布鞋也湿透了，灌进了水，走起路来"卟叽卟叽"地响着，鞋面还溢出水花。车就是我的亲兄弟，从我摸到方向盘的那一刻起，它就跟着我东奔西走，风里来雨里去，爬雪山穿戈壁，同样受尽了折磨，尝遍了委屈。

车和人一样，你对它好，它就对你好，加柴油、换机油、买零件，有好的就别用孬的。到了大雪纷飞眼看着要阻路封山，车子轰鸣着、怒吼着冲上陡坡，在悬崖峭壁之间的冰雪路面行驶时，你就能体会到啥叫患难与共，啥叫相依为命了。

洗完车之后，还发生了一件事，险些酿成大祸：我看着车子洗得差不多了，就想升起车厢把车架上沾的盐土冲一冲，那是在花土沟拉盐时留下的，时间长了会腐蚀钢梁。

可是，车厢仅仅升了一半，放在里面的加高板就冲了下来，猛地撑在后门上，安全钩被撞开，两个加高板冲出大厢，深深地扎进了地里，还好当时后面没有人。唉，警钟长鸣啊，安全这根弦儿时刻不能放松！

我在傍晚时分离开了德令哈，驶上茶德高速，在柯柯西下高速，经过乌兰、察汗诺收费站，又翻越关角山，于午夜到达青海湖源——净土天峻。

睡意蒙眬中，一阵电话铃声将我惊醒。我拿出手机一看，是保柱哥的电话，他凌晨 4 点上山去木里拉煤了，估计下午四五点钟就能回来，让我去大院找嫂子。

放下手机，环视驾驶室内，挡风玻璃上结了一层厚厚的冰霜。好冷啊！我不禁打了个寒战，身子向被子里缩了缩。我车子里的卧铺太窄，只有五六十厘米宽，睡觉时翻个身子都费劲。一床厚被铺下去，更显得没有多余的空间了，睡觉时得把驾驶席的靠背放下去，两只臂膀才能支撑起来。人躺在里面，好像被镶嵌进去一样。

我哆哆嗦嗦地穿好衣服，想倒杯热水喝，拧开壶盖寻找杯子时，才发现杯子里的水已冻成冰块了，伸手往暖水瓶里摸了摸，幸好水还是温温的。

我血压低压高，每天必须吃药才能维持稳定，一天一次，每次一粒苯磺酸氨氯地平片、一粒卡托普利片。当初在人民医院就诊时，我就问医生，有没有一天吃一次也能达到效果的药，吃两次的话跑起车来容易忘记，医生便开了这个药方。

没有杯子，就只好将药含进嘴里。我提起水瓶倾斜着向嘴里倒水，没料想却灌了一脖子，胸口冰凉冰凉的。

我强忍着寒冷，找了一张加油卡，把挡风玻璃内侧的冰霜一下一下地刮掉。冰霜冻得挺厚，被加油卡的棱角刮成一缕一缕的，像极了老家超市门口卖的炒冰。

打开车门，跳下车，凛冽的寒风扑面而来，人瞬时就失去了温度，而且还感觉有点头晕，有点气喘。这里平均海拔四千米，有点高原反应倒是挺正常的。

我打量着四周，湛蓝色的天空下，天木公路上大大小小的车辆川流不息。

右边是一座院子，大门右侧挂着"快尔玛农村合作社"的牌子，我听保国哥说过，他就租住在这里，是一个藏族村办的停车场。

停车场北边是一个夜巴黎洗浴中心，南侧是一家汽车配件门市部，再往南是停车场、饭店、超市。超市一旁有一家河间驴肉火烧店，一个火烧六块钱，便宜实惠，我挺喜欢吃的，后来这里就成了我经常光顾的地方，每次上山以前都要买两个当作路上的干粮。

马路对面招牌林立，和这边差不多。可以说整条街都是为货车服务的，据说，这里最兴盛时容纳了两千多辆货车，全国各地的号牌都有，比较常见的有青、豫、甘、鲁、藏、新、辽、冀、晋、陕、鄂、湘等。在这条街上，操各种口音、穿各种装束的人都有，有说"扎西德勒"的，有说"亚克西姆"的，有说"格老子的"，有说"中、太中了"的，这个地方真正做到了天下一家亲、民族大融合。

我面前的这条路就是天木公路，从天峻县城到木里煤矿。前方十几米远，有个一身脏兮兮的司机拿着发货单，打着哈欠，一脸的疲惫，钻进驾驶室准备上山；有辆重型货车刚刚从山上下来，刹车淋水过滤器开着为刹车降温，冒出的热气弥漫着扑天的水雾，车子像是钻进了桑拿房里。

天峻真不愧是一座煤城啊！已经探明的煤储量达到 33 亿吨，占青海省煤炭储量的 66.9%。它地处青海省东北部、青海湖西侧、祁连山南麓，东边距青海湖仅四十余公里。天峻山还是环湖十三座名山之一，青海湖的母亲河——布哈河就是从北部山区发源的。❶

---

❶ 我的文章《布哈河边的女人》对此有过详细的描述。

这里的人朴实热情，说话直来直去，像多数青海人一样，还是蛮可爱的。浪迹青疆藏多年，无论是若羌、花土沟还是天峻等，走到哪里都要结交许多朋友。

见到保柱嫂，找了间住的屋子，卸下行李，去二楼找到老冯开出车发票，明天想上山拉煤。老冯是女的，河南老乡，家是濮阳的，人不错，在天峻开了公司，货源是木里的几个煤矿，发往全国各地。谁知还真不凑巧，这两天山上检查，暂停发煤。

我拉的是从木里到庆华集团焦化厂的活儿，一百四十多公里，五十七元一吨，价格比原来降了许多。我大致算了算，车皮十九吨，山上毛重限四十六吨，自己只能拉二十七吨，除了油钱，能剩余五六百元。

老冯问我能不能拉，我苦笑着说，不能拉还能咋样，其他地方也没有活儿干，既要交分期还得顾家啊。

下楼时，一个藏族女人拦住了我，不分青红皂白地喊着，呜里哇啦的藏语里夹杂着半生不熟的普通话。虽然听不懂，但是从她的表情上看，应该是在对着我嚷嚷。

当时我就晕了，自己初来乍到，怎么会惹了这个"可爱"的"母夜叉"。正在为难之际，老冯从屋里走了出来，问藏族女人："你在这儿吵吵啥了？"

藏族女人说："要钱，不给钱扔东西！"

这句话我终于听懂了，这是来要房租的，而且雷厉风行地准备下手扔我的铺盖啊！

老冯说："要钱，要啥钱？要也轮不到你要！"接着又说，"他住的房子，我已经给村长交过钱了。"

女的一脸不服气地转身离去，临走时还狠狠瞪了我一眼。老冯指着她的背影说:"你和保柱现在住的那一排房子是从村委会租下的。这个女的不做事,男人还是个懒汉,只会喝酒,醉了就打老婆孩子。别人都是越来越富裕,他们是越来越穷,村长被逼得没法,就给她安排了看大门的活儿。"

傍晚的时候,下了一场雪霜,就是那种说冰雹不是冰雹、说雪不是雪的颗粒。温度"唰"的一下又降了许多,雪霜打在铁皮房上叮当作响。我坐在机油桶上,看着窗外白花花的世界,缩了缩脖子,感觉屋里与外面没有什么区别,到处充斥着冰凉的气息,心中有种说不出的阴郁。

床是席梦思样式的,不过没有垫子,这还是旁边修车的甘肃小伙帮忙,从另一个废弃的屋子里搬过来的,上面落了厚厚一层煤屑,而且还只有三条腿,另一条腿临时用两块砖来代替。

没有桌子,衣服、碗筷等无处安放,满院子寻遍,最后在院子里的垃圾堆里找到了两个破油桶,就是容量一百八十升的那种大桶,并排堆在一角,上面放了一块撕成了纸板空气滤芯纸箱。我拿出锤子,准备在墙上钉两个钉子,扯根铁丝,用来挂毛巾之类的东西。谁知道铁皮墙是中空的,里面塞着泡沫,钉子怎么也钉不住,后来只能在两头钉出窟窿,把铁丝穿过去。

院子里的厕所是最让人苦恼的,在这种天气里上厕所,就等于把屁股祭献给风刀做一次雕塑。那个地方下面是个土崖,风头很冲,呼呼作响,每次出来后,臀部都被冻得半天没有知觉。

厕所修在东北角,一堵窄墙将它一分为二,而且是开放式的。任何一个人蹲在那里,都相当于被现场直播。后来不知哪位好心人好歹给女厕所摆放了一块肇事车上脱落的铁皮,算是遮挡了一下。

晚上,我真正领略到了高海拔冬夜的寒冷。虽然自己2004年曾经在海拔四千八百米的藏北安多待过，可是那里的每个屋子都有大炭炉，熊熊火焰，人热得只需穿背心和裤头。而今天我初到天峻，还没有想好要不要买炉子，所以只能在酷寒的夜里死扛了。

布哈河边的女人

阳　康

如果在一个遥远的

离天很近的地方

街上有花瓣飘香

那里就是阳康

一位如诗般优雅的女子

常常

倚在门前

心怀惆怅

布哈河的水

冰晶清冽，绵延悠长

阳康镇的街

人迹寥寥，皓月如霜

人们都说

有诗就有远方

不知

那位如谜语一般的白银姑娘

是否还站在那里

默默凝视我来的方向

一

　　离开天峻有五六年了，心却始终放不下。那里的山、那里的水、那里的人时常悄悄走进我的梦里，和我相依、相伴、相恋、相爱，梦醒之后才知一切如旧，不免泪湿枕巾！

　　记得当时是晚上 10 点，我正靠在大货车的卧铺上看着手机，身旁是车辆稀少的天木公路，远方的关角山好像有些郁闷，黑沉着脸。省道上偶尔有车辆经过，巨大的声音由远及近，下坡的惯性夹杂着嘈杂的风声呼啸而过，震耳欲聋！

　　我把车停靠在一个倒闭的饭店门前。车窗外是黑漆漆的夜空，月亮和星星都没有出现，这的确有些不寻常，因为高原的夜晚一直都是星光璀璨，好像气势庞大、布置宏伟的舞台！

　　梅，是布哈河边的女人。

　　布哈河从龙门镇的右侧流过。这里的龙门不是豫西洛阳的龙门，这里也不是黄河，没有不甘寂寞的鲤鱼来挑战，有的只是满脸疲惫、饥肠辘辘的货车司机！

　　布哈河从四千多米的雪山上蜿蜒而下，滋润着沿途的草场，一座座牧民的院子分布在山峦之间，偶尔可见提水的藏族妇女。一股股清泉从雪山各处汇集到一起，一路欢声笑语，流入了青海湖。

　　清澈的布哈河一尘不染，流经背阴处时，绿幽幽的水好像一块美丽的宝石。我喜欢干净的水，更喜欢在梅的饭店里用刚汲取的河水泡茶，坐在熊熊燃烧的炭炉旁，捧着温暖的杯子，心里身上都感觉温暖惬意！

火炉上放着两个大肚子水壶，一天到晚"呼呼噜噜"地冒着热气。窗外，将近零下二十度的低温，呼啸的北风席卷着落叶，在这个小得可怜的藏族人村镇里徘徊。

我要走了，梅很伤心。

她的泪水冰凉，从乌黑亮丽的双眸里流淌出来，滴在我的手背上，滑落到手心里，冷冷的，像一粒粒晶莹剔透的珍珠。

七年前，她独自一人从甘肃白银到木里打拼。

"七年了，我第一次将吃饭的客人拒之门外，"她哽咽着对我说，"难道你就真的不能留下来吗？"围着热气腾腾的炉子，看着她红肿的眼睛，听着她的啜泣自语，我深深地低下了头。

寒意从窗户的缝隙挤了进来，此时的我感觉不到火的热量，甚至有点窒息的感觉！

每一个太阳初升的早晨，我都会早早地起床，把爱车擦拭得锃光瓦亮，然后发动车子，开开心心地从快尔玛农村合作社的院子里出来，行驶在天木公路上。因为我知道，在九十八公里的地方，有一颗深爱我的心在默默地等待着！

牛头山下，多吉大叔骑着小红马，赶着牛羊走向雪山深处的草场。

汽车在盘山公路上轻快地飞驰。布哈河像一只小鹿在崇山峻岭间穿梭、闪现。阳康镇距天峻县五十公里，拐过两个如胳膊肘般的急弯之后，一个美丽的藏族村镇就出现在视野中。

一排排藏式风格的小院，屋檐上端坐着藏族传说中的脊兽，墙壁上描绘着五颜六色的彩绘。宽敞的街道旁，饭店和商店鳞次栉比，身穿各色藏袍的牧民在路边聊天。一个白发苍苍的藏族老阿妈靠在墙角，转动着经筒，嘴里默默地诵着佛号，古铜色的脸庞上镌刻着深深的皱纹，双眼流露出慈祥的光芒。

车子驶出阳康，前方有两条路。左侧的是沙石路面，前行一百多公里可以到达苏里镇，再往前走，就会翻越茫茫祁连山，最终抵达甘肃。巍巍祁连，四季飘雪，那是一趟布满艰难与危险的旅途，尝试过的人少之又少！

我驾车驶入右侧的天木省道，阳康距龙门镇四十余公里。正所谓山路十八弯，这里的弯道更多，不超过五十米就有一个转弯，左侧是几十米深的悬崖，右侧是高大的山脉，路面极其狭窄，开起车来必须万分谨慎。布哈河由于高度急剧下降，水流又快又急，五颜六色的卵石被冲刷得光滑圆润。

布哈河经过镇子时，河道乍宽，显得异常广阔，汹涌波涛缓缓变成了涓涓细流，蓝天白云倒映在河中，像一幅波光潋滟的油画，两岸的蒿草有一人多高，成了水鸟和牛羊嬉戏的天堂。

梅站在饭店门口等我。

她接过我的水壶，默不作声地回到屋里，随即传来倒水的"咕咕"声和水壶被无奈灌满的撒气声！火炉旁坐着两个藏族女人，年龄有二十岁左右，双手捧着水杯小口啜着，炉上有一份炒菜，让炉火煎得吱吱作响。

"扎西德勒！"我和她们打着招呼，她俩却对视一眼，笑了笑，羞涩地低下头，看着摇曳的火焰，没有作声。

梅回到厨房忙碌着。

她说她喜欢这种每日忙忙碌碌的生活，七年前从老家出来闯荡，就是因为看不惯丈夫的懒惰和游手好闲。

西部的人喜欢吃面，无论回族人还是藏族人。做羊肉面片、牛肉拉面、炮仗面，都是梅擅长的。我坐在厨房里的凳子上，择着青菜，梅和好了面，放进压面机里，机器发出"吱吱呀呀"的声音，不堪重负，好像要散架一般。窗前摆放着高压锅，水开了，梅飞快地下了面，然后开始炒菜。我久久地注视着她，注视着她与众不同的美丽。

女为悦己者容。

梅像一朵含苞欲放的花，生长在冬日的高原上。感情上的挫折，如同冷雨和冰雪封冻了她对真爱的渴望。而我的到来好像春雨，融化了她的心扉。她有一双清澈明亮的眼睛，弯弯的柳眉，长长的睫毛微微颤动着，白皙无瑕的皮肤透出淡淡红韵，薄薄的嘴唇如晨露中的玫瑰娇嫩欲滴。

梅的饭馆和其他路边店一样，有一个土土的名字——兰州饭店。

今天的兰州饭店来了两个不速之客。

门帘掀起，两个藏族男人走了进来。他们点了四个菜、一瓶酒，吃着，喝着，大声聊着天，旁若无人地吹着牛皮，好像在自己家中一样。

梅坐在一旁剥着蒜瓣儿。

两个男人酒足饭饱，推开碗筷，起身要离开，没有结账的意思。

"请结一下账。"梅说。

"你做的菜太难吃了，我们是本地人，算账的不会。"两个男人嬉笑着说，一脸无赖相！

梅微微一笑，走进厨房，拿出两个盘子，放到男人的面前。

藏族男人诧异地望着她，不知何意。

梅指了指杯盘狼藉的桌子说："不好吃还吃了这么多？"又指指盘子，"把吃过的吐出来，再走人！"

两个男人红着脸结了账，狼狈而去！

梅与我是同乡而且是同学，高中毕业后，失去了联系。后来听说他的男人沉湎于赌博，家庭越来越贫困。无奈之下，梅含泪丢下两个年幼的孩子，独自来到了高原。初到木里，梅受尽了委屈，一个女人手无缚鸡之力，选址，建房，置办家具……一个月下来，整整瘦了二十斤。

女人是花，就该悉心呵护，而这朵美丽的格桑花，在这雪域高原一开就是七年，七年中梅的故事犹如布哈河的水花，层出不穷……

二

作为一名过客，仅仅在天峻停留一季的过客，我不敢妄加发表评论，但是，如果我说"我深深地眷恋这片土地"，就不用担心别人赞美或者鄙视的目光了。

我爱天峻，我爱高原，我爱蓝天，那是一种直抵心底的蓝，那是一种净化心灵的蓝。我在蓝天下入睡，我在蓝天下醒来，我在肥沃的草场生根发芽，我在洁白无瑕的云朵中长大，我呼吸着清新的空气，沐浴着透明的阳光，这就是天上的天峻。一个清晨，或是一个午后，云儿聚集起它那晶莹剔透的泪珠，挥手唤来一阵风，顷刻，人就成为清爽飘逸、一望无垠的雨帘里的景色。

我爱高原，我爱天峻，即使远在千里之外，不能徜徉在它的身边，但是，一根线，一根长长的永远也不会扯断的线，将我和它紧紧相连。

深秋，从伟大的藏族诗人仓央嘉措失踪的刚察县沿街穿过，又行驶了不知道有多远，班车就进入了天峻。起初我对天峻的认知也就是它那仙风道骨却又无比霸气的名字。

寒冷是天峻送给我的第一份礼物。说句实话，我不是一个浪迹天涯的驴友，也不是挑战青藏线的骑行客，我不远千里来到这个与天公试比高的地方，是为了梅。

梅是一个美丽却又孤傲的女人，她冷得好像冬克玛底的冰川，总把热情拒之门外。梅又是一个善良仁慈的女人，面对贫弱，她恨不得倾囊相赠。梅还是一个蕙质兰心的女人，许久不见，还写了首词给我：

　　苏里月寒星稀，把酒泪饮烛泣。两年一别未相聚，花谢人子立，心事托归雁带去。

　　我落泪了，一纸香笺好像一排排巨浪，把我的心击得粉碎，往事如潮水般此起彼伏，汹涌澎湃。

　　梅和我都是焦作修武人，但不是一个镇子，梅是七贤镇人，我是西村乡人。我们都在县一中求学，还是同班同学。现在想起来，当时的她就已经出落得很好看，亭亭玉立，衣着朴素却很干净，做事、学习从不拖泥带水，外表一直冷冰冰的，从不给人靠近的机会，对我却很好，因为同样来自乡下，没有城里同学那种居高临下的优越感。

　　我们在大庭广众下从不过多交谈，总是用目光默默地鼓励着对方。因为想起家，想起那个破旧的院落，想起父母额头上的皱纹和那些期盼的眼神，眼里除了学习就是学习。农村娃娃十年寒窗苦，为的就是离开那个贫瘠的地方，闯出一番自己的天地。

　　高三放寒假的时候，我和梅同行回去。她所在的村子叫海固，和我的村隔一道山梁，翻过了山，再经过一条干涸了许多年的河道，就到了她的家。

　　时近黄昏，高高的山梁上还残留着夕阳的余晖，在阴暗处，已经有了黑夜将至的寒冷。远眺我的家乡，从未感觉它竟是如此灰黄，黄色的天，黄色的地，黄色的山，连那些兀立的树木也变得有些灰黄。

　　那空旷辽远的荒凉与寂寞，竟让我感到触目惊心。我的心好像幻化成了一枚枯黄的叶子，在陇西寒冷的风中，飞过了山梁，越过了盆地，又飘荡着，飘荡着落在这寂寥的河道。真的，这么多年了，从未有过如此孤独的心情。

梅感觉到了我情绪的变化，她低声地问："你怎么啦？不舒服了吗？"我的心开始好像是一潭死水，还沉浸在莫名的伤感之中，但是，我听到了梅幽幽的关切之声，就像酝酿多年的火山爆发了，我的心沸腾了，我的双手也颤抖了。

时间如同潮水，前浪追逐着后浪，慢慢消逝在大海深处。高考将至，同学们都疯了般补课、学习，唯恐浪费一点一滴的时间。我和梅也攒足了劲，夜以继日地复习，十年寒窗苦读在此一举啊！

可是命运却捉弄着我，我想说：命运你对我为何如此残忍？！

得知落榜后，我泪流满面，站在陇西的荒野，对着夜空大声呼喊，失望、伤心夹杂着对前途渺茫的绝望，自己究竟要走向何方？还有梅，也以二分之差落榜，她又该怎么办呢？

在盐井村西口的小树林，我见到了梅。她一定是刚刚哭过，眼睛红红的有些肿，她说："你去复读吧！你学习底子好，再考一次肯定行。"

我说："你呢？"

她说："我大大给我找对象了。"她边说边抽噎起来。

我知道她家有一个傻哥哥，是个老光棍，三十多了还没有媳妇。梅的父母一直想换亲，好给傻儿子找个媳妇传宗接代。

听了梅的话，我慌了、愤怒了，连忙攥紧她的手："不行，你不能成为牺牲品，咱们一起复读吧，你一定能考上好学校的。"

梅哭泣说："你走吧，大大把对方的聘礼都收下了！"然后哭泣着扭头而去！

这简直是一个晴天霹雳，我发蒙了，久久地站在那里，最终绝望地回过头，拖着沉重的双腿，不知怎么走回了家中。

第二天，我不顾家人的劝阻，不再复读，踏上了去南方打工的列车。

青藏公路上的生死传奇

2016 年，我应聘到青宁邮政局当了一名大车司机，此后就常年奔波在青藏线上！

我这个人喜欢安静，不爱胡侃聊天，工休时一杯茶、一本书，一坐就是一天。

初到局里分配路线时，大家你吵我嚷，都想挑选好一点的线路。而我却选择了距离最远的青宁到拉萨！

我喜欢安静，但是也不排斥聚会。在静谧的夜晚，龟缩在公园一角，拿上一本书，在灰暗的路灯下，寻找着与自己经历相对应的文字。

有时候，时间长了却又备感孤独，好像是一条被主人遗弃的狗，独自流浪在异地他乡。

生活就是一个谜，任何事物都有正反两面——快乐和忧愁、寂静和嘈杂、感恩与憎恨，让人如烙饼般经受着反复煎熬！

那时的我，不知道原谅，只有怨恨。我恨生我却又抛弃我的父母，虽然他们最终良心发现又把我领了回来，但是，幼小的心灵竟然把怨恨的树苗养成了参天大树，我决然地离开了他们，身后是歇斯底里的哭声。

与人相比，我爱高原，因为它是无私的，它的心里没有贵贱的区别，没有利益的分配，有的只是博爱和公正。高原才是将死之心的归属，无爱灵魂皈依的圣地。

在虚情假意、冷酷无情的都市，一层又一层谄媚的微笑，充斥着谎言陷阱的客套，将人性本来的纯净毫无顾忌地踩在脚下。像这种充斥着杂质又肮脏的土壤，怎会孕育出世界上最无瑕的格桑花。所以，我要把自己交给高原，交给雪山。

2017年12月5日，天气特别冷，在城南的路边店吃了一碗牛骨熬制的杂碎汤，尕娃很实在，肚条、羊头肉盛了满满一碗，我又吃了两张饼，打着饱嗝，身上马上就暖和了。

路上车子不多，也许和阴沉沉的天气有关，过了多巴，出了湟源，公路在此岔开。其实两条路都可以经过美丽的青海湖，不过有南线和北线之分，南线是109国道，就是举世闻名的青藏公路，北线经海晏、刚察、天峻可以到达德令哈，是进入新疆的通道。

我左转走的是南线，冬季旅游的人少，只有呼啸而过的半挂牵引车。湟源到日月山脚下，这一段比较繁华，鳞次栉比的店铺，饭店、宾馆、修理站、加油站应有尽有。是啊，马上就要进入千里青藏线，每一个入藏的人都要做好充分的准备，准备好足够的油料和食品。

路过一个卖大骨头的店，我按了一下喇叭，和年轻的老板娘打了个招呼。每次从西藏回来，我都要在她的店里啃大骨头，因为味道特别好。她放下笤帚，双手合十说着：扎西德勒，一路平安，扎西德勒，一路平安……

过了和平，一路上坡，汽车沿着山路盘旋而上。不知啥时候下了一场雪，远方的群山早已经失去了夏季的绿色，完全被皑皑的白雪覆盖。

日月山上连降了几场大雪，雪山和公路连成了一片，到处是白茫茫的世界，天空也像是被刷子涂成了雪白色，远处山顶上为纪念文成公主修建的日月亭也笼罩在浓厚的云雾中！

109国道上冷冷清清，好像封冻的冰面，死气沉沉，只有我独自驾驶着绿色的邮车踽踽独行。爬到日月山顶时，路上冰雪已经很厚了，有一辆大车坏在路边，司机向我招手求救。我把干粮给了出故障的大货车司机，他们已经两天没有吃饭，饿得有气无力，看到囊和牛肉，像狼一样双眼闪着绿光，一个劲儿地说"谢谢"，激动得泪流满面。

无论在青藏线还是新藏线上，作为一名司机，你是不能拒绝路人求救的。要知道，在这人烟稀少的高原，有些路有时一天可能只有很少的车子经过，你的冷漠可能就会让一个家庭瞬间解体，孩子失去父亲，妻子失去丈夫。如果你的冷漠被别人看到，你的车号将被永远写在沿途道班的墙壁上，从此再无可能接受援助。

下了日月山，百里不同天。前方的路况越来越糟了，天空飘起了雪花，路面有些打滑，离最近的小镇茶卡还有很远，还得翻越三四千米的橡皮山。望着窗外纷纷扬扬的雪花，我不禁有些担忧，后悔自己没有多带点干粮。

美丽秀气的青海湖早已冻结，冰层厚得可以行车。它像一面巨大的镜子，折射着微弱的光亮；它还是位善良公正的天使，能将人心深处的自私和欲念曝光于雪域神灵的目光之下！

倒车镜上结起了冰凌。青海湖啊，美丽的青海湖，逐渐消失在车后。

我有一段浪漫却又失败的婚姻，我深深爱恋的她终究不能忍受住高原的冷清和漫长的等待，在一个飘雪的黄昏离开了我。风雪中瑟瑟发抖的纸条好像一面垂头丧气的旗帜，那上面只有短短的三句话：不要问我从哪里来，不要问我到哪里去，过去或将来一直爱你的燕子！

一叶纸条，寥寥数语，为我八年刻骨铭心的爱情画上了句号。我的燕子飞走了，带走了我的盼望，带走了我的激情，带走了我坚持下来的勇气，只留下一颗伤痕累累的心！

我想呐喊，我想逃离，远离尘嚣，远离人群，我想大声地呼唤，匍匐直至跪在地上，祈求雪域之神回答我：为何我已经失去了亲情，她还要抛弃我仅存的爱情？

　　低沉的马达声响着，绿色的邮车像一只小小的甲虫，在崇山峻岭之间爬行。高大巍峨的昆仑山像一个巨人横亘在面前。举目眺望，我感觉头晕目眩，压抑得喘不上气来。

　　漫天风雪中，来到橡皮山脚下。天已经黑透了，灰暗的灯光照在前方，分不清路面和山脊，雨刷拼命地刮着玻璃，"吱吱呀呀"地叫唤，人累得好像要散架一般。

　　在一个弯道处，轮胎开始打滑，发动机吼叫着，车子却丝毫移动不了，而且随着冰雪开始后滑、溜车。明晃晃的路面像光滑的玻璃，没有为汽车的侧滑增加任何的阻力，慢慢地、慢慢地，车子向悬崖峭壁边滑去，眼见如此，我又无能为力，只能绝望地闭上眼睛。

　　"咯噔"一下，车子停住了，一块山石绊住了右侧轮胎，不过油箱也被硌破，汽油很快就漏完了。

　　车熄火了，车内的温度马上就降了下来。脚最先开始冷，然后是身子，手也快被冻僵了。我裹了裹大衣，点燃一支烟，寒冷和饥饿在浓浓的烟雾中似乎减轻了许多。狂风像一头脱缰的巨兽，肆虐地吼叫，不断敲打着玻璃，想要从狭小的门缝里钻进来。

　　望着窗外越下越大的雪，我的眼前仿佛显现出燕子的面容。她开了一家饭店，在109国道的旁边，我和她是在那里认识的。她有着俊俏的脸庞和长长的秀发，说起话来莺声燕语，很好听；她笑起来更好看，两个甜甜的酒窝让人着迷，见到她，浑身的疲倦就不翼而飞了。

　　接触久了，和她开玩笑时做出色狼状，她没有躲闪而是举起玉指，轻轻点着我的鼻尖，坏坏地笑着说："你这个小河南，有贼心就是没贼胆。"

车窗外飞舞的雪花更大了，下得更急了，像是谁从天上倾倒下来，公路上的积雪快有一米厚了吧？

夜幕下的邮车像一个无助的石块，逐渐被冰雪掩埋，只露出幽暗、冰冷的车顶。车里的气温更低了，和外面一样冷。那一刻，我好想打开车门，爬到外面！厚厚的雪好像妈妈缝制的被子，软软的，暖暖的，盖在身上，一股棉花的清香，真暖和啊！

慢慢地，感觉好困啊，真想就这么睡下去。我勉强睁开眼睛，眼皮好像有千斤重。不能就这么睡过去，为了找回我的燕子，我不能睡。我仿佛看到她在门前焦急地等待着，眼中满含着紧张和愧疚。她像夕阳中亮丽的云彩，飘浮在温暖的港湾之上……

蒙眬中，我好像睡了很久很久，开始感觉像掉进了冰川深处，在裂缝中越坠越深，身体疼痛冰冷，一点劲儿也没有。一会儿，又像一个婴儿被母亲搂在怀中，坐在温暖的火炉旁，炉中烈焰熊熊，真暖和啊！

蒙眬中，好像听到帐篷上的冰消融了，发出"乒乓"落地的响声，还有人们的说话声……

在新疆漂泊的河南人

前往且末的金矿

在路上

从成吉思汗的雕像
到陇西绝美的风光
从桂林的喀斯特地貌
到湘西小镇的广场
我和我的重卡
在路上
从藏北辽阔的草场
到昆仑山冰冷的荒凉
从平潭岛海浪的喧嚣
到古赤壁昔日的战场
我和我的重卡
在路上
在路上
我挥洒着汗水
在路上
我历尽了沧桑
在路上

我播种着希望

在路上

我传承着善良

离开依吞布拉克

2014 年春，全国钢材市场低迷，行情日渐不好，直接影响了铁原矿的价格，矿山停了。新疆依吞布拉克工业区失去了往日的喧嚣，如同戈壁上的斜阳，逐渐沉寂了下来。

工区东边的芦苇越长越密，一只水鸟像离弦的箭从草丛中射出来，刹那间就消失得无影无踪。办公楼的塔吊架子孤零零地插在戈壁滩里，如同一个寡言少语的男人，迎着呼啸的风想着心事。没有人要的破轮胎在风沙的磨砺下，早已失去了新鲜的光泽，它仿佛瞪着一双土灰色的眼睛，看着逐渐被沙砾掩埋的啤酒瓶子。

沉寂也是一种语言！

破碎车间里的机器蒙上了厚厚的一层尘埃，沉淀池里空荡荡的，没有水没有泥，只有几个塑料袋互相追逐着玩耍。一排排的职工宿舍都挂着沉甸甸的铁锁。昔日热热闹闹的老吴饭店、澡堂子关门了。搞汽车修理的南阳老王也走了，投资五六万置办的设备只卖了万把块钱。唉，听对面看场的老聂说，那两口子是哭着走的。

走吧走吧，都走了，自己还傻待在这儿干吗呢？收拾、打包，锅碗瓢盆、轮胎配件、穿的盖的，经过整整一天的打包装车，终于在傍晚时分，我驾驶着心爱的德龙重型卡车出发了，告别了朝夕相处的海西戈壁。

这次同行的有山东济宁的小红帽刘邦、大个子、胖子两口子，还有一个来自喀什的维吾尔族朋友乌得满江，总共五辆车，驶上315国道由东向西，奔向七百公里之外的目的地——且末！

我在开发区奋斗了两年，对这里的一草一木充满了感情，如今匆匆离开，心里确实难以割舍。

八公里，是茫崖石棉矿的工人对我们居住地的称呼。在这茫茫千里、寸草不生的沙漠戈壁中，茫崖石棉矿和依吞布拉克开发区是生命和自然搏斗的两座舞台，狂风、沙尘暴不厌其烦地上演着一幕幕话剧，呼啸的风是调音师，滚动的石砾是道具，而演员就是我们——一群背井离乡的北方汉子。

石棉矿离依吞布拉克开发区八公里，八公里的距离走路的话挺长，开车却觉得很短。但是这个八公里却含义颇深，因为走完这段路程，就完成了从青海到新疆的跨越，就可以看见少许的牧场、零星的牧民、孤独的蒙古包，而在隔界相望的青海却只有在旷野中孑立的几十座房子。

卡车驶过小桥，远处石棉石垒成的几十个墓冢默默屹立在夕阳下，那里长眠着一群人，一群值得尊敬的人。他们是来自大江南北的知青，他们把青春献给了祖国神圣的事业，却把躯体永远留在了荒漠戈壁，而更让人感动的是，所有的墓冢都朝着一个方向——东方。

东方，东方好啊，东方是家的方向。当年伟人的手臂一挥，工人流泪了，农民流泪了，青年人也激动得沸腾了。他们从上海、从北京、从河南、从湖北，从全国各地出发了，他们乘火车、坐汽车，没路了就步行，历尽了千辛万苦，经受了种种磨难，终于来到了这里，白手起家建起了亚洲最大的石棉矿！他们才是英雄，了不起的英雄啊！

晚上10点多了，夜色慢慢降临，石棉矿生活区亮起了点点灯光。车子行驶在环矿区的柏油路上，发出"唰唰"的声音，电厂高大的烟囱也看不到了，矿区医院外的几棵胡杨把绿色藏进夜幕下，让内心干渴的我备感惆怅——两年了，我在此生活了两年。就像一棵树，如果扎下了根，即使再贫瘠的土地，也会结下浓浓的感情，再也不舍得离开了。

走近且末

315国道上，青疆省界检查站的车子很多，我们排队等待临检。

出了省界，过了红柳沟、米兰，就到了若羌，在这里休整了一天。车子开到陕汽重卡特约服务站换机油、保养轮，人也住进了宾馆，洗洗澡，吃饱喝足，休息了一夜。乍一下从海拔三千多米的开发区来到海拔九百米的若羌，感觉呼吸畅快多了。

早上，从楼兰古城所在地若羌出来，一路向西，戈壁千里。在G1594公里碑旁停下车，一条坎坷不平的便道直直地经过沙粒累累的戈壁，通向阿尔金山的腹地。

这里可不是平常的地方。

从此处进山是拾玉者收获运气的天堂。

我有一个维吾尔族朋友艾尼，他常常提起G1594，专业的拾玉人会开着皮卡，拉着一两匹马或骡子，向山里进发。走到车子上不了的地方，就骑上骡马，带上干粮，继续深入大山腹地。越往里进，美玉或玛瑙可能越多，它们在等待着勇敢的幸运者。2002年的时候，艾尼曾经用一块玉换了一辆大丰田越野。

那是一块和田玉原石，说起来还有些玄幻色彩。艾尼独自一人进山已经三天了，携带的食品也快吃完，可是，几天来的收获只有一块如雄鹰状的戈壁石、两块小玛瑙石。他有些丧气，这一次究竟是怎么了，运气竟然如此差。作为一名专业拾玉人，他们选择的时间和地点是常人都不知道的。如果选择进塔克拉玛干捡拾，平时他们是不会去的。这几年大量的旅游者、组团拾玉人越来越多，戈壁沙漠的边缘地带，人来人往快成商业街了，哪里会有那么多的宝贝？

艾尼是土生土长的本地人，他深知此间行情。每一次大的沙尘暴过后，无论白天还是晚上，驾着车一头扎进沙漠，必定会有收获，因为沙尘暴的力量是巨大的，会将深埋的玉石刮出来。

如果进山里面寻玉，就得懂得哪里有玉石矿脉带。所有的矿石，和煤炭资源一样，都是成团状或条状分布的。和田玉脉从喀什到若羌绵延几百上千公里，从古至今几千年出了多少的玉石，谁也无法知晓。作为本地人的艾尼，对山里玉石的分布熟稔于胸，哪一次进来都没有空手回去过，可是这一次却有点失落。

此时的他已经登上海拔五千多米的山，又累又饿，仰望山峰兀立，仿佛没有边际，俯视千里戈壁，同样广袤无垠，心里百感交集。忽然，一声狼嚎传来，吓了他一跳，在前方百米远的地方有一只狼一瘸一拐地走着。他看着有些眼熟，猛然想起来，在依协克帕提保护区，他曾经救助过一条被熊打伤残的灰狼。就是它！艾尼一步一步跟了过去，走到跟前，狼已经不见了，只看见狼刚刚站立过的地方有一块硕大的极品玉石。

上午经过瓦石峡镇。瓦石峡镇距离县城约八十公里，是若羌最西边的一个乡，曾是古楼兰国的经济重镇。《侍行记》中称之为弩支城。瓦石峡乡的面积相当于日本国土的十五分之一，却仅有四千多人。

国道两侧是收获在即的优质红枣和一望无际的棉田。过了检查站十几公里，公路右侧有两个人扛着行李蹒跚而行，沉重的包裹压得后面的人成了一张弯曲的弓。我停下车看到，这是两个维吾尔族人，年龄大的有五十多岁，年少的最多十六七岁。他们惊奇地望着我，有些不知所措，又有点惊奇。我伸手打开右侧的车门说："上车吧，捎带你们一程。"

或许听懂了我的话，年长的人擦擦额头的汗，用生硬的普通话说："谢谢你。"然后做出的一个动作让我心酸不已：他对着孩子叽咕说了点什么，竟然把行李扔到后面的车厢里，向上爬去。原来，他怕自己的行李弄脏我的卧铺，竟然要到车厢里去。我的心一酸："快下来，这么冷的天，坐到上面还不冻坏了。"

其实，民族的不同、语言的差异、地域的间隔是不能阻挡一个大家庭互相交流的，更不应成为地域分裂的借口。在新疆这个地方，汉族和维吾尔族还有其他少数民族已经血浓于水了，恐怖分裂毕竟是少数思想走上极端的人所为，绝大多数的维吾尔族人对我们是非常善良和友好的。在疆数年，我结交了许多的维吾尔族朋友，如乌德满江、肉孜、艾尼等。他们特别勤劳朴实，都拥有和谐幸福的家庭。

一路无话，几辆车不远不近地跟随着，越镇过村，感觉没经过多长时间就远远看到且末县城的绿了。

且末县城远比若羌大得多，临近城区，315国道右转一直向西，此地距和田约六七百公里。一条宽敞的干道从东向西直直地通向三十四团。

眼见到了中午，我们在城外停下车，拦了一辆出租车进城吃饭。饭后到且末的玉石市场转转。这个市场比较出名，一座偌大的市场，摊位挤得水泄不通，有的商贩用车当柜台，打开越野车的后备箱，码着许多形状各异的玉石，以糖白玉最多。留着如卓别林八字胡的维吾尔族商贩，手里拿着喷壶，一边往玉上洒水，一边张望着四周，希望碰到一个豪爽的顾客。

出了市场，就看见一个馕坑，老板正在忙碌着。馕是我特别喜欢的食物。虽然刚刚吃了饭，我还是买了几个烤包子吃！

馕有馕饼、肉馕、烤包子。一个大得像洗脸盆一样的馕才三块钱。刚出坑的馕饼外焦里嫩，香气四溢，非常好吃。闲暇的时候，我喜欢边吃着馕边看着烤馕师傅手脚麻利地往坑中贴着饼子，和面，揪面，揉饼，蘸水，贴饼，那飞快的动作忙而不乱，一气呵成。

进山前的准备

下午，目的地到了。城西，距离且末县城约七公里。自从到了那个院子，我就预感到将要有一段不寻常的经历！

那是一座废弃的棉花仓库旧址，院子挺大，经过平整以后，西边能停七八部前四后八的重型卡车，东边是预备存放金矿原矿的料场。磅房在院子外面，是一台刚刚装好的崭新的八十吨电子大磅。磅房尽头是一条沟，无论空车还是满车，都得开上去再倒下来。一进院子，左侧有一个小房子，来自广西的老常住在那里，过磅兼看场是他的工作。

院子东头是原新疆军区生产建设兵团农二师三十七团下属的一个单位，现在成了一个村子，从远处看郁郁葱葱，绿意盎然，在这灰黄浸染的戈壁滩里很是醒目。

我们几个人曾经进村溜达过，村里的房子有些破旧，院子很大，里面停着许多农耕用的机械，其中有一台手扶拖拉机看着挺面熟，走到跟前一看，哟，还是来自老家洛阳拖拉机厂的呢！

村里很安静，很少见到什么遛遛逛逛的闲人，估计都在地里忙活着呢。进村后几十米是一个小十字路口，向左边看有一个商店的招牌，店铺不大，生活用品却应有尽有。让人啧啧称奇的是竟然还有现做的卤肉烧鸡，散发着热气腾腾的香气，味道和在老家买的一样，特别好吃，是老板自己做的。

店老板姓李，老家是河南新郑。听他说，现在村里住的都是来包地的内地人，河南的多，种植棉花、枣树、枸杞等，每家都有几百上千亩的地。不过这几年包地的活儿也不怎么好干了，农产品价格变化太大，有时辛辛苦苦干一年还得赔钱，于是承包户渐渐就走了许多。而他们这些兵团人的后代就像骆驼刺一样，扎根在西部，也不打算再离开了。

我们买了一些出车时必备的干粮，有方便面、蛋黄派、火腿肠和真空包装的鸡腿卤蛋等食物。这些年一直在荒无人烟的地方跑车，方便食品真的是吃腻、吃怕了，不是真饿的时候根本不想吃，但是如果没有带食物，在深山幽谷搞不好还真会被饿死。

这一次运气不错，每个人不但买了只烧鸡还买了几副油馕，这些东西十天半月根本放不坏，胖子和他老婆喜欢吃卤肉，喜滋滋地买了一大包。

小红帽调侃他俩："弟妹，晚上吃饱喝足了是不是有节目啊？"

胖子媳妇羞得满脸通红，胖子却不在乎，大大咧咧地说："节目肯定有，就怕动静大了，晚上你熬不住跑马！"

我们这次从若羌过来了五部车，包括我、山东济宁的小红帽、大个子、商丘胖子两口子，还有喀什的一个维吾尔族司机。原先在依吞布拉克拉铁矿时，我们这些天涯沦落客就结识了，后来又一起去若羌水泥厂拉石灰石，在楼兰机场拉戈壁料，最后又结伴来到这里。

金矿老板在院子南墙角给我们腾出两间房子。胖子两口子住一间小屋，我们几个男人住一间大屋。

回到屋里，胖子两口子就开始拌嘴，唇枪舌剑地互相攻击，买卤肉时表现出的亲密荡然无存。真的，我无法对那个女人做出评价，说她是母老虎吧，可是她不壮实还挺窈窕，模样也不难看，而且平时对我们这些"单身"挺友好的，缝缝补补、洗洗涮涮的没少帮忙。

说句实话，在我们这些离开媳妇已经近十个月的男人眼里，胖子应该是特别幸福的。平时有人唠唠嗑、说说心里话，有点想法了，说动就能动，毕竟就在身边嘛。

哪里像我们几个，出车的时候还好，一个人开着一辆车累死累活地憋跑，一个月有二十八天奔波在路上，每天早晨 5 点出车到半夜 12 点回来，哪一天不是在疲惫不堪中度过的。可是，遇到下雪停工不能出车的时候，就更加难熬，还不如不休息。屋里憋屈，绝对待不住，想家，想年迈的父母，想正在上学的孩子，想独守空房的媳妇，那种思念好像树被藤蔓紧紧缠住，怎么也摆脱不了，想得烦了，就站在戈壁滩上、沙漠之中喊，大声地拖着狼叫一样的声音号，然后就飞快地跑，跑累了继续号，直至最后喉咙嘶哑、泪流满面才停下。

车队里有些年轻的、自制力差的就搭车几十公里进城去潇洒，可是在雪山沙漠里赚的辛苦钱毕竟来之不易，那些少则一二百，多则四五百元的"放松"，不是每一个打工者都能承受的。来回的车费，吃吃喝喝的支出，莺歌燕舞，哪一个项目不得自掏腰包，哪一个环节不得靠钞票买单。痛快之后，坐在返程的车上，摸摸瘪了的钱包，那种心疼、后悔和愧疚酿造的纠结，也是极其痛苦的。

我已经习惯了这种漂泊流离的生活。一大车子的东西大半个下午就卸完、码放好了！有三个 1200 型号的备胎，每个估计得有二百来斤，有煤气罐和做饭的厨具，汽车备件，铺的盖的，还有吃的喝的，其实一个人在外面生活的用品也不比一家人的少。

房间里的物品整理好以后，我们马上开始检修各自的车子。因为明天就要上山，去直面一百多公里的无人区，那里有水流湍急的峡谷、耸入云霄的高山、绝壁千仞的悬崖，所有的危险和困难都是未知数，只有让车子无故障出行才放心啊！当我筋疲力尽地躺在床上时，小红帽和大个子已经在准备晚饭了，今天晚上喝一点酒解解乏，明天准备上山。

小红帽是绰号，真名叫作刘邦，是山东济宁人。不过说实在的，在我看来他的真名和绰号没有任何区别，和西汉开国皇帝的大号同名也挺雷人的。小红帽人很好，讲义气。山东朋友能交，他的绰号还是我给起的，因为他一年四季戴着旅游团发的那种小红帽，上面还写着"青岛"两个字。

在祁曼塔格矿山，他的运气差得一塌糊涂，几天之内出了两次事故。装好矿石后，他跟随着前面的车子爬坡，距离太近了，前车上不去后溜，撑坏了他车子的前脸，水箱、冷凝器都坏了。两天后好不容易修好了车子，已经到了午夜，开到阿雅克库木湖边，他困得睁不开眼睛，不敢再往前开了，就占道在路上睡觉，又被后面的车子追尾了。让人诧异的是，追尾的竟然还是矿山上后溜撑他的那辆车。小红帽郁闷得简直想死，真是喝凉水塞牙，放个屁也要砸脚后跟呀。

出发前的晚宴很丰盛。哥几个开玩笑说是"发发家"吧。傍晚时分，乌得满江在村里一个维吾尔族老乡家里买了羊肉、羊排，又把人家烧烤的一套家什弄来，在院子里生起木炭烤了起来。还别说，这老弟的手艺确实不同凡响，烤出来的肉色泽酱红、麻辣鲜香、油亮诱人，而且不腻不膻、外酥里嫩，别具风味。胖子守在乌德满江的身边，嘴里不停地吃，恨不得把烧烤架子都吞进肚子。

胖子媳妇也露了一手，着实整了几个好菜，做的锅巴肉片、鱼香肉丝和红烧排骨真是一绝，虽然考虑到乌老弟是穆斯林，材料用的是羊肉，但是味道丝毫不逊色。

小红帽和大个子喝得有点高了，牛皮吹得咚咚响，满嘴的唾沫星子飞得哪里都是，当然盘中的菜也没有幸免。可是这绝对影响不了胖子的胃口，他一边满嘴流油胡海吃海喝，一边偷偷和媳妇抛着小眼神，我想今晚这两口子又不会老老实实睡觉了!

进 山

第二天天不亮,我们就提着装满食品和水的塑料袋子上车了!出了院子右转再右转就上了315国道,此时方向正西。

在315国道上行驶四五十公里再右转,有一条路直直对准了巍峨壮观的阿尔金山。

如果不想右转也可以,沿着315国道一直向西,就能到达古城喀什,那是一个充满异域风情的地方!

在新青藏开车最喜欢它的路,都是直直的,就像西部老司机们常说的:望山跑死马,远远望着没多远,却有好几十公里。那一次妻子来新疆,在阿雅克库木湖边,看着波光粼粼的水面仿佛就在眼前,特别美丽,产生了看一看的念头,我们俩整整走了一个小时才到。

就像面前这条路,驾车还可以,如果是徒步的话可就惨了,当脚步的丈量与视线的期盼不成正比的时候,许多的徒步者会逐渐失望直至疯狂。

车子飞快地奔驰,轮胎摩擦着地面,发出"沙沙"的响声,公路两边都是土黄色的戈壁滩,车里的音响放着日本姬神❶的《祈り遥か》(《遥远的祈祷》)。那空旷悠长的男声一次次刺痛着我的大脑,麻木的视觉瞬间变得灵敏起来,犹如一只伤愈后的雄鹰,再次展翅高飞,重新拥有了自由,拥有了蓝天。那种感觉非身临其境不能获得,那种人与音乐、与天空的水乳交融,视觉、听觉与心灵的飞行穿越,碰撞直至升华

---

❶ 来自日本的新世纪音乐组合,由星吉昭成立于1980年。

为空灵境界，此生或许不会再有！

阿羌与寂寞一直站在路口等待着我们。阿羌是一个乡镇，寂寞不是一个人的名字，我想你应该知道。

阿羌镇，面积一万四千多平方公里，人口四千多，下辖阿羌村、依山干村、萨尔干吉村、喀特勒什村、昆其布拉克村、吐拉村，真正的地域辽阔、人口稀少！一条路东西走向，穿镇而过，路的两侧是民房、院落，和新疆的大多数村子风格一样，种植着杨树，安静祥和，偶尔会见到一两个披着头巾的维吾尔族女人。

我们放慢速度，沿着镇里的道路向前行驶。在镇子中央，有一个路标，左转是向金矿方向去的，上面写的是一个公司的名字，应该是个大公司，但是不知与我们此行有没有关系。

左转以后是上坡，没走多远就看见一个矿检站。一个年轻人打开车门，钻进小红帽的驾驶室，他是金矿的职工，下山来办事，顺道再领着我们进山。阿尔金山里面有许多矿山，岔路多得很，而且有的地方还没有手机信号，特别容易迷路，一旦迷失方向，就有生命危险。

过了阿羌镇，就没有了柏油路，全部是坑坑洼洼的土路，颠簸得很。土路上的扬尘很大，五辆车错开了距离，不远不近地互相跟着，保持能看见后车的距离。手机信号时有时无，全靠对讲机保持联系。不过这个东西也不可靠，戈壁滩上或者沙漠里无遮无拦还行，有效距离能有十来公里，到了山里面就不行了，有时候前后相隔才三五公里，喊破嗓子双方也听不见。

有一次，在翻越阿木达坂时，我是前车，后车出了故障，看着我就要翻过垭口消失不见了，他赶紧拿着对讲机狂喊，可是我在前面收不到信号，就是听不见，快把后车人急死了。要知道那里海拔接近五千米，随时都会突降暴雪，一个人、一辆出了故障的车，还不把人冻死啊！我在前面等着后车久久不来，没办法又徒步几公里返回去找他。

进入阿尔金山北麓后，道路就成了蜿蜒曲折的山路，而且弯曲的角度极大。有时候行驶了半天，一抬头，会发现前车正在头顶，离云彩很近，好像一头就能扎进去，消失得无影无踪；往后看，最后面那辆车还在沟底，或者可以称为河里，因为沟就是河。

进入一道峡谷，先是靠着左侧行驶，按照方向来说应该是南山，路都是简易的土路。有的地方窄，大车只能通过一辆；有的地方宽一些，两辆车勉强还能擦肩而过。其中有两三段特别难走，"一"字形的山脊特别窄，两侧都是深深的土崖，一不小心掉下去，车子估计就碎成零件了。

过了山脊，我的车子发生了故障。后轮平衡轴上的拉杆螺丝松脱跑丢，轮胎错位了。其实，在家里这些地方是检查过的，发生这样的故障还是因为路况太差。车上带有配件，我们的随车修理工具都很现代化，不比正规的修理厂差多少。随车风炮，气压千斤顶，电动螺栓拆卸机，小的有形形色色的、各种型号的螺丝和接头，大的有起动机、发电机、干燥器、前后拉杆等，此外每辆车都有两个备胎。说句实在话，作为一个常年在无人区里闯荡的司机，应急修理、野外求生，不比国外那个姓贝的 ❶ 差。

修车只用了十几分钟，继续前行。光在这个峡谷里就耗费了一个小时。一路驶来，扔在身后的都是土黄、灰黄的景色，除了雪山融水形成的河流是清澈的，除了天是蓝的、云是白的，所有的记忆都是沙土般的色泽，包括刚刚经过的维吾尔族村庄。

那个村庄在山脚下面，只有一条穿街而过的土路。土坯的房子，没

---

❶ 指贝爷，贝尔·格里尔斯，以拍摄节目《荒野求生》而闻名。

有内地常见的砖头或者混凝土，因为地处偏僻，运到这里的建筑材料远比蔬菜肉类贵得多。他们的土坯房很低矮，窗户小小的，应该是风沙大的原因，窗户特别少，街道两边栽种着杨树，长得高高的，风吹起来"唰唰"响，好像在开一场音乐会。我们开车进村时，一片叶子从树梢落下，开始滑翔；我们开车出村时，它才刚刚落到地面，傻傻地望着车子的背影和扬起的尘土。

矿产检查站在村尾设立了一根栏杆，栏杆高高地升起，一头绑了一块不大不小的石头，扬起的另一头正好指着阿尔金山，像是一位身材修长的智者，为我们指引人生的方向。检查站的屋里坐着一个蒙着头巾的维吾尔族女人，自顾自地给襁褓里的孩子喂奶，看也不看我们一眼。

到了这里，仅仅算是踏入阿尔金山的起点。

阿尔金山如同一位伟大的母亲，所有从她身体里奔腾而出的河流都淌着爱的乳汁，哺育着若羌、且末、车尔臣河绿洲。阿尔金山主要有八条河流，它们与众多的时令河共同组成了高原盆地中的"大动脉"。八条主要河流的流域面积达两万平方公里。河流的水量补给主要有两种，即冰川融水和泉水。

出了村子就下坡，坡头有一个岔道，右转是去往山的北麓，而直行究竟是去向何方只有大山才知道。其实，如果能够做一个沙盘，此时我们这几辆车、这几个人在广袤无垠、巍峨耸立的阿尔金山里面，不过像几只小蚂蚁来到了原始森林的边缘。

大概又走了几十公里，看了一下表，时间已经到了下午两点多钟，感觉有点饿了，这才想起中午还没有吃饭，就把塑料袋子拉过来，拿一些干粮来充饥。

车子转过一个急弯，开始上坡，听小红帽在对讲机里喊着到黑口达坂了。

望着那盘旋而上的公路，感到坡度确实不小，轮胎扒着石块，有的飞起来，打在挡泥板上叮当作响，发动机吼叫着努力工作，传递着动力。

对讲机里时不时传出来胖子和媳妇的吵架声。胖子是司机，在路线的选择上却没有自主权，媳妇一直"垂帘听政"，对他指手画脚、胡乱指挥，不是让他向左转，就是让他往右绕。胖子急得受不了了，大声呼喊："神啊，救救我吧！你就让这个老娘们儿和你一块儿走吧！"

接近金矿时，天阴沉沉的，没多会儿就开始下雪了。最后十几公里全部在河滩里，根本没有什么路，只是矿山的装载机来回走两趟，轧出辄后就成了便道。不过也真是奇怪，明明那么深的水，车子经过时却没有绵柔地陷进去，而能轻松跋涉而过。

雪越下越大，倒车镜上开始结冰凌了，我打开暖风。

远远望去，金矿就在前方！

邂逅阿尔金山之狼

小时候，外公给我讲过"驴头虫"的传说，那种狼身驴头的怪物让人感觉非常可怕，有时候竟然连夜路也不敢走了。

1942年，河南发生大灾荒，老百姓生活贫困，饿死的人很多，有的地方还发生过人吃人的惨事。在豫北山区，大人们在吓唬孩子的时候往往会提及"驴头虫"这个名字，说那东西叼起小孩子就跑，劝诫孩子不要到处乱跑，小心遇到驴头虫。

与大多数大人用来吓唬小孩的传说不同，驴头虫既不是凭空虚构出来的野兽，也不是平日可见的动物。那是一种生活在湖北省神农架和豫北太行山一带的驴头狼身的怪兽，体形和毛驴差不多，但有四只像狼一样的利爪。它是一种食肉动物，在20世纪60年代，有不少人还说见过这种动物。1981年冬，湖北新华乡石屋头村的村民，在当地一条河边看见一只灰毛驴头狼正在喝水。它身高一米多，长约两米，嘴像马嘴，两只耳朵足有三十多厘米，颈后有鬃毛，见到人后逃走了。

我的岳父出生于1926年，听他老人家说，在他小的时候，发生过一件凄惨的事情。

一个傍晚，在山前的土门掌村，人们三三两两坐在门前纳凉聊天。村里零星分布着几个小土屋，破旧的墙壁，塄坎下面种着许多白杨，在夜风中发出"唰唰"的声响，几个七八岁的孩子蹲在大人旁边几米开外玩耍。由于世道太乱，山外面又有土匪和饥饿的流民，孩子们除了在门口玩玩，哪里也不敢去。

谁知道门口也不安全，在大人们的聊天声和孩子们的嬉笑声中，一只好像牛犊子一样大的动物，悄无声息地从人的身后绕了过去，张开血盆大口，一下子叼住了岳父的弟弟，扭身就跑。

另外几个孩子吓傻了，在惊愕之中，孩子们发出歇斯底里的狂叫。孩子们的惊叫声震醒了闲聊中的人们，手快的人操起家什冲了上去，没有工具的则大声呼喊着，挥舞着手臂在后面追。毕竟叼的是一个孩子而不是一只兔子，野兽逃跑的速度不快，慢慢被人追了上来。见势不妙，它丢下孩子，一头钻进路旁的草丛跑了！

岳父的弟弟虽然暂时捡了一条命，不过被咬破了喉咙，得了破伤风，几天后就死去了。而那斗胆大包天的野兽，据说就是驴头虫。后来，据在现场的人说，那驴头虫有一米多高，身长两米左右，四条腿细长，身子跟大灰狼没什么区别，可是头很像驴，不过嘴裂开就满是尖牙。它的叫声很响，跟狼一样"呜呜"吼叫。

其实，关于这种狼的叫法有许多种，豫北山区的人们所说的驴头虫是个口误，应该叫"驴头狼"最准确。后来有专家根据资料，认为这种驴头狼像极了一种史前动物，名字叫作"沙犷"。

沙犷身高一米，而体长接近两米，和人们所说的驴头狼体形相似，驴一样的脑袋，叫声和驴类似。可是，让人迷惑不解的是沙犷早在几百万年前就已经灭绝了。不过无论是驴头虫还是沙犷，在我看来都与狼相差无几，它们都是残忍的化身，我对它们除了恐惧，没有丝毫的好感！

2012年进疆以前，我特意读过多部与狼有关的作品，比如姜戎的《狼图腾》、贾平凹的《怀念狼》，以及美国作家迈克尔·布莱克所著的《与狼共舞》等。

在狼的眼睛里，永远看不到失败的气馁，因为它们知道，不管经历过多少次失败，最后的成功一定是属于它们的！在何马写的《藏地密码》中，我深深地被狼的智慧所迷醉。凭借其对战术安排的严谨、对天时地利的把握，还有其超凡的耐性，以及组织性和纪律性，他就可算得上是杰出的战略家。

一个狼群就是一支训练有素、纪律严明的部队，统一行动，绝对服从，协同作战，这就是狼的纪律。它们的机警、狡诈、团结，给我留下深刻的印象。尽管内心有些许恐惧，但我一直期待着与它们相遇。

2012年10月底，在阿尔金山保护区小盘山的半山腰，当时是凌晨5点左右，外面特别冷，风很大，汽车碾轧过的虚土被狂风席卷着，有些在灯光下还打着旋儿。左侧是巍峨挺立的山峰，几天前下过的一场雪还未融化，在月光下闪着洁白的光芒，右边是个小土坡，一头野牦牛的骨骸发出白森森的寒光。

我裹了裹大衣，车子的节温器坏了，暖风只有温温的热度，脚被冻得有点发麻，我跺了跺脚，嘟囔了一句。忽然，明亮的车灯下，三个敏捷的身影从我的面前一闪而过，在车前稍作停顿，便直奔二号车而去。那是三只灰狼，它们好像是在向我们这些外来客示威，并且证明它们对这里的领地拥有绝对控制权，它们在二号车前飞快地画出几个"S"形后扬长而去。

一切来得突然，让人措手不及，思想还未和文字中的记忆挂上钩，狼就不见了。它们的速度太快了，那种高傲的敏捷，让我见识了另外一种美，不过无法言传，就像谁在你的心里写了一行字，特别优美的诗或词，你感觉得到，却不能和别人分享！

此事过后，我并没有多深的印象，只是在内心提醒自己此处并不安全。车队为此还下了口头通知，一辆车出现故障，不允许司机独自下车修理。

2013 年，我又一次进疆，并且和狼有了再一次的邂逅，这让我对它们的态度有了本质的改变。

那是在 9 月的深夜，天气特别冷。铁木里克至祁曼塔格乡的公路从沙漠中间穿过，我驾驶着重型货车从阿塔提罕检查站出来，上了一个最陡峭的坡之后，前面就成了平路，一路绷着的心有了些许放松。

可是，在雪亮的远光灯照射下，距离公路几十米的沙丘旁，一只狼静静地站立着，如一尊雕像，在凛冽的风中纹丝不动。它冷冷地望着我，那双在车灯下闪烁着绿光的眼睛冰冷地注视着我。哦，那是一种我永远也忘不了的眼神，传递着人类无法理解的信息，直直地穿透我的内心。我木然地待在车上，内心没有了震撼，只有沁入心底的寒冷，它将成为我今生永远也无法解开的谜团，只为那冷漠的目光。我轻轻地打开车门，把带的食物放在路沿上，然后悄然离去，或许这是我唯一能做到的事。

2013 年冬季，我独自驾车又一次进入了阿尔金山无人区。这一次我选了从若羌至青新界某一处作为起点，从此处可以直接进入魔鬼谷，路程却比经过玉素普检查站近了一半。远望广袤无垠的戈壁，没有一丝绿色，只有干枯的骆驼刺擎着无力的手臂。

荒芜的戈壁从来就没有平整的路，只有勘测队留下的车痕。魔鬼谷是一个神奇又恐怖的地方，几年前自治区的一支勘测队在里面迷路，两个队员失踪，至今没有音信。听说山谷里面遍布动物的尸体残骸，死因不明，而且仪器在里面全部失灵，难以辨别方向。

夜半时分，我迷路了。一场飞降的暴雪遮住了一切，我无路可走了。昏暗的灯光下，雪越下越大，越积越深，也许过不了多长时间，车子和我将要被掩埋，永远沉睡在山谷的深处。在绝望和希望的反复折磨下，我的视线渐渐模糊。忽然，一个熟悉的背影在车灯下掠过。那冷冷的眼神，那寒冷的表情，是它，就是它，就是那只我在铁祁公路上救助的狼，跟着它的身影，我离开了魔鬼谷。

多少天来，我独自在戈壁里徘徊，痛苦地思索，深深地自责：为了生活，我们究竟做了什么？为了利益，我们做错了什么？旅游的兴起，公路的开发，矿山上隆隆的炮声，撕破了原生态的宁静；那喧嚣的马达，破坏了野生动物赖以生存的环境。看着那些受惊的牦牛慌不择路，发疯地狂奔，我心里很痛，还有发自内心的自责。也许，我们该为人类的朋友留下这最后一片净土！

从石棉矿到飞机场

来到新疆依吞布拉克工业区已经第三个年头了。

这一年，全球经济危机的浪潮波及至此，矿山停工，加工厂倒闭，我们这些由零星散户组成的车队也作鸟兽散了。

来这儿早、赚到钱的人，已经还完货车的分期贷款，不愿再经受这种颠沛流离的生活，打道回府了。

原来在阿尔金山并肩战斗的伙计们在保养车，准备回河南老家。

而那些和我一样，每月要向银行和公司奉上银子的，都慌了神儿，纷纷联系其他活儿。几天后，去敦煌的，马达一响走了；去西藏的，铺盖向车上一撂，也走了；而我选择了去毗邻的茫崖石棉矿。

茫崖石棉矿在青新两省（区）的交界处，阿尔金山余脉褶皱带东边，处于柴达木盆地边缘，距离海西蒙古族藏族自治州首府德令哈四百余公里，离花土沟将近六十公里，周边都是一望无际的戈壁沙漠。

在冷冷清清的开发区里，我升起重型自卸车的大厢，把铺盖、炊具、备用胎、工具，还有闲时挖的红景天、锁阳都扔了上去。再看了一眼生活了两年的地方，过滤池满了没有人挖，喧嚣的厂房没有了声音。开修理铺的南阳老乡，弟弟早已经远走高飞，哥哥正在变卖工具；经营饭店和澡堂的吴哥也要走了，可是他破产后，那么多的欠款该怎么办呢？他可是个好人啊，唉，想想心里都难受。

走了，依吞布拉克，给我留下太多回忆的地方！

从茫崖石棉矿到花土沟飞机场有六七十公里，途中只有一个加水的地方。不巧的是，正逢315国道升级改造，无论空车还是重型货车都得走戈壁滩里现修的一条土路，而315国道是进疆的重要通道，每天大车、小车、半挂牵引车络绎不绝，车辆带起的尘土腾起很高，跟随前车近的话好像扎进了雾里，什么也看不清。远远望去，硝烟四起，如同古代的战场，蔚为壮观！

开货车的司机，跑长途难，跑短途也不易，长途司机熬的是眼睛、是耐力，而短途司机拼的是劲头，抢的是趟数。

早上，天刚蒙蒙亮，我就吃过早饭，发动车子，来到如同大山般雄伟的石棉废石大堆旁，排了个头班！

石棉废石的粉尘很厉害，有的碎石块可以一层一层地撕开，和平常用的石棉瓦一样。进厂、装车、蒙篷布必须戴上专用口罩。听这里的老工人说，那粉尘吸到肺里就会粘住，导致石棉肺，严重的会引起呼吸衰竭！

装好车，驶出料场，北上三公里就到了315国道，这里是个三岔路口，左转是进疆，直行是往花土沟方向。

由于公路是分段整修施工，我驾着车一会儿在国道上，一会儿又驶入戈壁便道，路面坑坑洼洼，颠得腰都快断了。可是与上坡相比，这都不值一提，有的大坡路基太软，左低右高，车子倾斜得好像一根指头就能捅翻。怕啥来啥，在一处地方，我们一起拉料的河北小孙翻车了，一车石块倾倒出来！不过万幸的是人没事儿。

我下车问了问情况，看看也帮不上什么忙，见人没大碍，就留下几瓶水先走了。一路上唏嘘不已，这次孙老弟的损失可不小，光一个液压缸就得万把块，唉！

在飞机场工地卸完车后将近下午1点了。由于工地6点下班，第二趟的时间很紧张，顾不上吃饭，路过加水站的时候，提上为我准备好的饺子，边走边吃。饺子因为出锅的时间太长，凉了而且粘连到一起，就扔了筷子，用手抓着吃。

加水站是来自山西运城的老两口开的。他们原来在附近山上经营着一座铁矿石加工厂，就是最简单的那一种，将块状的矿石磨成粉状，不淘不洗。可是，时运不济，出了安全事故，苦苦支撑了一段时间，还是破产了。

回山西老家吧，心不甘，亏损的外账也没有还。两人一商量，就在荒无人烟的路边挖了一个深坑，再垫上两层塑料布，放进一个水泵，就开始了年复一年的加水、赚钱、还账！

那里没有电，仅靠着一台小汽油发电机，来车加水了，就发动一会儿，没有车了就马上停，心疼那点油料。晚上他们就蜷缩在铁皮房子里，点上蜡烛。戈壁滩上风很大，肆虐的风沙把铁皮房打得叮当作响，老人的脸灰秃秃的，手也皲裂了，无情的岁月让他们飞快地变老，刚到六十就显得老态龙钟了！

老人说："现在老伴抽空还能卖点饭，收入也多了，再过几年账还完了，就堂堂正正地回山西老家去！"

阿拉干胡杨林

2014 年 8 月，是新疆古城若羌最热的一段时间。

早上从鸿玉宾馆出来，在楼下的早餐店喝了两碗米汤，吃了三块钱的水煎包、一个鸡蛋，又打包了一些作为午饭，与服务员老乡挥手告别。女老乡是漯河人，来新疆有一二十年了，在这儿安了家，除了乡音未改，已是大半个新疆人了。

从宾馆出来以前就烧了满满的一壶水，又提上昨晚买的一个西瓜和一兜葡萄，出车！

在新疆，西瓜是每日必吃的美味，水灵灵、红通通的瓜瓤，又甜又沙，价格便宜还消暑解渴，我通常是买些个头小的，等待装车时，用小勺子挖着吃。葡萄是我在楼兰市场里买的，每到傍晚，只要有空，我就会去逛市场，那些从整串上掉下来的葡萄粒，老板清底时，五元钱就能买一兜。

我将货车停在城南的一个重卡特约维修站门前，那里不收费。我对自己的德龙重卡感情很深，就像兄弟般，它跟随我从河南焦作出来，去过青海天峻、德令哈，攀登过耸入云霄的阿尔金山无人区，穿越过五百公里沙漠无人区。唉，当哥的没本事，小兄弟就得跟着受罪，我们哥俩儿一起经历了数不清的磨难，有时候我真挺不住了，累得哭过，恨得骂过，可是它总是不离不弃，随我漂泊四方！

格库铁路若羌段铁路的路基工程进展得很快，我今天拉戈壁料要运往县城一百五十公里以外的喀拉答侬。装料的地方在县城东边315国道左侧，距离大路有四五公里。说是戈壁料，其实就是露天在戈壁滩上挖的沙子，若羌附近的沙子颗粒多、粉末少，是天然的沙场，用作铁路基建是最好的材料。

驾车出了县城，几公里后驶下315国道进入戈壁滩，远远就看见排队等待装料的车子。

两台挖掘机同时装车，速度很快。装好了车，上去盖篷布时，在大厢里捡了一块玉石，别提有多高兴了！若羌毗邻阿尔金山，山上有和田玉的矿脉带，每年夏季，雪水融化、山洪暴发时都会冲下来一些玉石，洪水退后，会有许多人去若羌河滩上捡玉。

驾车经过县城北环时，下车在维吾尔族同胞开的包子铺买了几个馕坑包子，纯羊肉馅的，焦黄酥脆，一口下去，香喷喷的油汁就流出来了，真过瘾！

出了城，驶上218国道，过了铁干里克，到达公安检查站。若羌县对格库铁路工程特别重视，专门在右侧开了工程车专道。

汽车在国道上轻快地奔驰着，我却不敢有丝毫大意。218国道上长途半挂车很多，路面平整却很窄，面对呼啸而来的车子，每小时六十公里和每小时四十公里会车那是完全不同的概念。一般情况下，我会沿着右侧画的白线靠边走，因为218国道上除了来往穿梭的汽车，很少有行人。

驶过罗布庄后将近五十公里，就看见了台特玛湖。它是塔里木河和车尔臣河的尾闾湖泊，格库铁路台特玛湖大桥是新疆最长的铁路桥。行驶在湖心的公路上，两侧是波光粼粼的湖水，飞鸟在水面上戏水嬉戏，真有车在水里行、人在画中游的感受！

快到阿拉干自驾营地时，前轮爆胎了。驾驶室里空调凉风习习，下车后才知道烈日炎炎的含义。时近中午，沙漠里的太阳暴露出它残暴的一面，它把自身燃烧的火焰源源不断地倾倒在我的身上。满头大汗地修理完之后，踩着烫脚的柏油路，我一口气喝干一瓶水。

终于看见了格库铁路的施工牌，我松了一口气，左转离开了公路。谁知道车子刚下路没多远，前面就堵住了。听前面的司机说，供应商和项目部有纠纷，用铲车把路堵上了。我听到后就来气了，这么热的天气，又在这荒无人烟的沙漠区，还让不让人活了！

等了一个小时，眼见通行无望，就和两三个维吾尔族司机同胞去胡杨林下乘凉。

他们是南疆本地人，胡杨见得多了，没有稀奇感，提不起兴趣，就在阴凉下打盹。

胡杨林下是虚虚的沙土，抓上一把滑滑的，慢慢从指头缝隙里漏出来。感受着灼热，感受着干渴，感受着生存的艰难！

这是一片贫瘠的土地，而在这贫瘠之上，却有一群强大、顽强的生命。它们没有放弃对生的渴望，它们的根须延伸到地下几米、十几米，有的则更深。为了保持水分不至于在烈日下蒸发，它们那绿色的叶片上覆盖着厚厚的蜡质层。可是，水系日渐干涸，它们失血的面孔变得苍白，为了活下去，它们会让一部分枝丫凄然死去。这是一种怎样的生存法则，这是多么伟大的群体！

其实，它们也有感知，它们也有思想，它们也在无人的夜晚娓娓而谈。

听旁边吸着烟、凝视着胡杨林的维吾尔族兄弟说，胡杨和人一样，也会哭，也会流眼泪。虽然他的汉语表达不是那么流利，但我也听出了大概。

胡杨树被生活在沙漠里的罗布人砍翻后，树身创伤处会流出清明透亮的液体，有时能流一小桶，那就是人们常说的胡杨流泪！

罗布人喜欢吃羊肉，他们通常会在宰羊之前，把胡杨眼泪风干凝聚形成的胡杨碱用水泡一块，热气腾腾的羊肉炖好以后，把碱水倒进锅里，那味道真是世间少有！

我为胡杨林作了一首诗：

胡杨林

夜深了

风停了

月儿从云的褪褓中醒来

端详着戈壁

柔柔的目光

像妈妈关爱孩子的眼神

罗布泊在夜幕下沉睡

它的鼾声像塔里木河的流水

我的灵魂在库木塔格沙漠上放飞

生锈的思想从未像现在如此灵动

孔雀河也融入了大地

它的离去总是无声无息

我寻到了那片胡杨林

寻到了烈日下为我遮挡的树荫

夜幕中

它那干枯的树皮

好像老人额头的皱纹深深

夜风里

它那会唱歌的叶子

还像白天时一样碧绿

我躺在它的怀里

像迷路的孩子找到了焦急的母亲

满脸的疲倦啊

还有那

点滴的泪痕

罗布泊的女子红衣

从青疆省界到且末，时而风，时而雪，途中经过阿尔金山的北麓，陡峭的 315 国道在这里一直向下，向下，十四公里的长坡接近平路时就到了红柳沟一号桥，红衣的饭店就在红柳沟。

红衣是一个女孩儿，一个时而快乐时而忧愁的女孩儿。她快乐的时候好像一只调皮的燕子，叽叽喳喳地说个没完；可是，她郁闷时，就像蔚蓝色的天空一下子阴云密布起来，浓厚的云彩像一匹黑色的布，压抑得人喘不过气来。

我的到来是她最开心的时刻，当沉重的车子像一个跋涉了千里的旅人气喘吁吁地停在旅店门口的时候，她已经站在门帘后面，掀起一角，偷偷地窥探我。她掀帘子的样子很好看，长长的秀发，白皙的脸庞，嫩葱似的小手。但是，她很快发觉我在注视她，脸一红就跑进屋里。

红衣是四川人，红衣不是她的名字。俊秀的她应该有一个好听的名字，可是我却不知道，也不敢问。常年奔波在青新藏的男人都不是懦弱的人，在这抬头是雪山、低头是沙漠的世界屋脊上，胆小恐惧的字眼已经被坚强这部词典删除，这里是男人的世界。只有当像上海女孩金玲在扎达县由于高原反应遇难的消息传来时，我的心才如针扎般疼痛。

女人如花花如梦，每一朵花儿的陨落都是忘不掉的痛。毕竟，无论川藏、青藏还是新藏，都是生命的禁区。所以，每次看到那张俊俏的脸，听到那银铃般的笑声时，我疲惫的心在高兴的同时又感到庆幸。

就这样，在不冷不热的接触中度过了三年的时间，我对她的爱恋好像老树的穹根深深地埋藏在地下，即使地下岩浆滚滚，外表却不露声色。我想将这份纯洁的爱恋永远地保持下去，永远去思念她、呵护她。

2012的夏天，我又一次途经红柳沟。吃完饭后，听说我要独自驾车深入罗布泊，她进了里屋，很长时间后才羞红着脸出来，递给了我一个包裹，说等到了地方再打开。

罗布泊又名罗布诺尔，蒙古语的意思是多水汇聚之湖。我要去的罗布泊镇距若羌县城一百多公里，虽然很偏僻，但是由于去过许多次了，心中并没有当回事。邮件在傍晚的时候顺利送达了，谢绝了库尔班的挽留，我踏上了返程。傍晚的沙漠好像睡着了的海洋，浑圆的落日贴着沙漠的棱线，血色的大地透出一层深红，真是美妙绝伦。

但是我总感觉有些不对劲，路还是来时的路，虽然坎坷不平却也笔直开阔，就是前方好像多了一座长长的、高高的横着的山，风忽然大了起来，身后如同有个巨人鼓着腮帮子剧烈地吹着。山离我越来越近，揉了揉发涩的眼睛，我终于明白了，这哪里是座山，分明是一堵高大的沙墙，铺天盖地——沙尘暴来了。

我无意去描述沙尘暴的肆虐，在这片土地上，除了安拉，它就是这里的主宰。它可以轻松地把一座沙山挪到十几公里之外，何况一辆小如虫蚁的车子。

我迷路了，迷路的原因是没有了路。天昏地暗之时，我竟然鬼使神差地把车子开进了沙漠。

天黑了，我滞留在了这片死亡之地，无粮、无水、无油，手机也没有信号，我像是一个被踩扁的易拉罐，又被人一脚踢进了无底深渊。车窗外，黑漆漆的夜空像一个贪食的怪物，张开大口，吞噬着一切生命。

绝望中，我想起了红柳沟，想起了红衣，想起了卧铺上放着的包裹……

　　我在县城的医院醒来，已经是七天以后，许许多多的人都在问我：是什么力量支撑你活了下来？难道是包裹里的几瓶水、几块馕吗？到底是谁给了你与死亡勇敢抗争的决心？

　　你说，我的朋友，也许你知道原因！

　　罗布泊，一个既让我迷惑而又恐惧的地方，还有些许淡淡的忧伤。

货车司机的不同命运

车　祸

辉，河北邢台人。

2013 年，我俩在依吞布拉克拉沙子时认识。因为货主拖欠运费，我决定去若羌飞机场工地拉戈壁料，他要去红柳沟拉片石。我们两辆车一起过了青疆省界检查站，进入阿尔金山 315 国道段，国道两边都是土灰色的岩石，没有树，也没有人和动物，好像到了无人区。下了将近二十公里的长下坡后，我们在新龙门客栈门前分道扬镳。

红柳沟是库格铁路的必经之地，中铁三局和隧道局要在阿尔金山魁梧的身躯上打个二十多公里的洞。这里地段偏僻，车子少、竞争力小，辉下定决心就在这里拉料！

刚分开那段时间，我俩还经常联系，电话中的辉情绪不错，喜滋滋地告诉我，再这样干几天，这个月的分期付款就有着落了！

再一次见到辉是在一个月以后。

他刚从县拘留所出来，我在若羌一个被人遗忘的角落偶遇了他。他的脸用灰色形容已经不太准确，就像一面过滤尘土的筛子，疲惫的身躯也像一个佝偻的老人。他低着头沿着墙根走着，昔日坚挺的身子似乎承受不了头部的重量，天大的压力把这个来自冀中的汉子彻底摧垮了。

人无证，车未审，倒霉的他撞上了和他情况相同的另一个倒霉蛋。红柳沟的第 1312 号里程碑目睹了车祸的全过程，并在车辆剧烈的撞击下无辜地被击碎，成为此次车祸的第三个倒霉蛋。

手术费、医疗费等名目繁多的费用都成了辉的债务，他成了"主人"——债主，他"无钱以对"，于是也就成了第 n 个进疆淘金失败的男人。

堕　落

奎，河南修武人。

奎的消息是在罗布泊最温暖的 7 月时传到我的耳朵里的。

他在一宗绑架案中担任了主角，可是他不但一分钱未拿到手，还被警察击伤，束手就擒。

我和奎是同一年推开南疆大门的。

当时的他有房有车，妻贤子孝，在单位还被评上过劳模，奖金发了万把块。但就是这样美满幸福的生活，他却不知珍惜，竟然鬼使神差地买了辆重型卡车来到冰天雪地的南疆，想要成就一番伟业。

外行干内行，理想成妄想。开始时新车没有保养好，阿尔金山的环境又极其恶劣，他的车子频频出现故障，一直耽搁在路上。后来又因为疲劳驾驶，在凌晨 4 点把车开进沟里，翻了车！这个没心没肺的家伙，车子扔在那里不管，却钻进牧民乌斯满江的帐篷喝起了小酒！

接二连三的失败，一场又一场的事故，让他赔得一败涂地，血本无归，最终，他铤而走险走上了犯罪的道路。

南疆不是聚宝盆，南疆不是黄金地。所有的收获都是辛苦和智慧的结晶。离家千里不一定能走进幸福的山谷，辛苦劳作不一定每天都能看见初升的太阳。在阿尔金的怀抱中，我见识了许许多多流着眼泪离去的淘金者；在罗布泊的风沙里，我目睹了形形色色绝望却又不甘的脸庞。有一句话说得好，成功需要付出代价，不成功需要付出更高的代价！

天　才

天才，河南获嘉县人。

天才，也叫地主，地主是我们对他的爱称。地主入疆以前有二百亩良田，过着北窗高卧、怡然自得、舒适惬意的生活。

城乡开发、建楼征地让他从农民连跳三级，华丽转身，成为百万富翁。在一摞摞钞票面前，他蒙了，不知该如何是好，继而在这一天晚上，做了一个"鸡变凤凰"的美梦。他的思维是：豆生豆，如何让一颗豆子成功地变成一筐、一担、一车豆子……

经过彻夜思索后，他终于搭上了这一趟末班车，踌躇满志地进入了南疆。

一番拼搏后，伟业未成，个人财产却由最初的五辆重型卡车，减少到三辆，两辆，一辆。当我最后一次与他邂逅时，他的最后一辆爱车刚被银行委托的公司开走。从那天开始，他重新回到了"解放前"，变得一无所有。唉，正像崔健唱的那样：

　　我曾经问个不休

　　你何时跟我走

　　可你却总是笑我

　　一无所有

我要给你我的追求

还有我的自由

可你却总是笑我

一无所有

…………

逃　离

老李，山西运城人。

英雄气短啊，山西老李是在风雪交加的夜晚偷偷离厂出走的。但是，出逃未遂，最后还是被修车的老刘抓了回来。老李做梦也没有想到，当他鬼鬼祟祟犹如周扒皮偷鸡般在车前晃荡时，老刘已像侦察兵一样在戈壁滩里埋伏了多时。

五万块钱，是老刘和他的爱妻在沙漠中顶风冒雪辛苦一年的回报，是他们没日没夜在这高海拔地区劳作一年的酬劳。

其实，老李也不是个坏人。对弱者，他会拔刀相助；对穷人，他会慷慨解囊。可是，他赔了，赔在一部车上，一部重型卡车。跑车以前，他有一个饭店，有一辆昌河牌重卡，比上不足比下有余。

但是，他在南疆努力拼搏两年以后，啥也没有了，饭店没了，昌河没了，只剩下一辆比他的衣服还破的车子和数万元的欠账。

俗话说：做生意不懂行，好比瞎子撞南墙。开重型卡车和做生意一样，时运有高也有低，有赔的也有赚的。正像有位作者说的：方向盘打湿了一生的梦想，风挡模糊了选择的目光，发动机转不回曲折的足迹，货车压垮身躯和脊梁！

朋友，如果有来生，你还会选择从事开重型卡车这个职业吗？

河南人在若羌

若羌县铁木里克

凌晨，新疆巴州，铁木里克工区。

天还没亮，抬头望见繁星点点的夜空，那是镶嵌在女神宝蓝色睡衣上的一粒粒珍珠。戈壁滩上的风很大，大得能把铁皮简易房掀起一角。"胡大❶总是这样，"阿塔提罕河的艾力大哥经常对我说，"这些地方嘛，沙漠、戈壁都是胡大的地盘，在这儿跑车要祈祷胡大的保佑！"

风是沙漠之神豢养的犬，它不分昼夜地侵扰着开发者。风也是一个守旧的男人，盐碱戈壁，蒿草也长不了几棵的荒地，在它的眼中却是风姿绰约的女子，不想让我们与之接触、靠近！

一间简易房的灯亮了，接着第二间、第三间……

女人打着哈欠，打开房门，走进过道。虽然有双层玻璃的阻挡，沙子还是前拥后簇地钻了进来，钻进女人的发隙、衣服，顺着光滑的脊背来了一次旅行。过道里放着机油桶、废弃的汽车零件，当然还有做饭用的炉子。

又一个女人走出房门，裹着头巾，她打开通向室外唯一的大门时，"妈呀"喊了一声，头巾被风扯掉，瞬间就消失在夜空中。女人没有停

---

❶ 胡大即伊斯兰教中的真主安拉。

下脚步，急急迈步走向几十米外的厕所。厕所里也成了风展示力量的舞台，一片片用过或没有用过的纸，在这不大的空间里追来逐去。女人一边动作，一边竭力摆动着头部，躲闪着这些急着"羽化成仙"的纸片。

暮色中一辆重型卡车前出现了一个身影，风太大了，影子有点摇摆。手电筒也随着主人的动作，上下左右，忽高忽低，摇来摆去。沉重的驾驶室在主人的喘息声中被升了起来，机油标尺在卫生纸上擦拭了一下，准确地插进机体，又拔了出来。明亮的电筒光直直地射向机油刻度，光线中，是主人谨慎、满意的面容。电筒的灯光就像神探亨特的眼睛，依次扫描着卡车的关键部位：刹车、轮胎、转向、仪表。数个小时之后，车子载着它的主人要爬山越岭驶向矿山深处，旅途中要经过库木库里沙漠、小盘山、大盘山，以及数不清的急弯和悬崖绝壁，最终还要碾轧冰雪，翻越五千四百米的阿木巴勒阿希坎达坂。

星星眨巴了一下眼睛，像变魔术一样，十几辆车前都出现了人影，都有了忙碌的灯光。

过道里烟雾弥漫，煤气灶散发出热情的光芒。小米粥起劲地翻滚着，几颗若羌灰枣在香气扑鼻的粥里追逐打闹。听，青菜下锅的声音此起彼伏，香气四溢；看，人来人往，提锅的、端盘的摩肩接踵。试想，十几个女人、十几个炉灶同时行动起来，场景会是多么欢悦，煎鸡蛋的"吱吱"声、炸馍片的"嗞嗞"声、炸花生米的干裂"嘣嘣"声，融合在一起。不时还有女人大声呼唤男人的吃饭声，汽车的预热声，提水壶、拿干粮的叮嘱声。生活啊，你是真正的魔法师，你让这贫瘠的土地逐渐变得富有，你让这寂寞的戈壁焕发出勃勃生机！

上午，新疆巴州，铁木里克工区。

天亮了，风停了，简易房前空空荡荡，一辆卡车也没有了。男人们都出发了，他们开着响声隆隆的重型卡车在戈壁上奔驰，身后是漫天飞舞的沙尘，雪山就在前方。

这是一群来自豫北黄河两岸的男人，一群由野草转变成的人，无论身处何等困境，无论环境多么恶劣，只要拥有一点阳光，都能在最艰苦的地方生根、发芽！

在将近方圆两百公里的无人区，没有饭店，没有任何供给，只有厚厚的积雪，雪水泡方便面是家常便饭。

一个女人端着一盆脏衣服走了出来，阳光不强，太阳也不知溜到何处去了。女人无精打采，脸有点黄，长期睡眠不足会让女人像花儿一样过早地凋谢。她来到水井旁，打开了废皮下压着的电源，管子一动一动的，好像被打伤还会蠕动的蛇。水倏地喷涌而出，黄黄的，像女人的脸。这里的戈壁滩上从来不缺水，但是水的重金属含量太高，味道像泡过黄连一样难喝。

工区路口，几个女人在等着搭车。

工区除了有从山上拉下来的铁矿石，生活用品一概没有，即使买包火柴、买包盐也得北上八公里去茫崖。

茫崖又称"农林科"。农林科这个名字，在这四年里，每次想起来就感觉奇怪。说"农"，可这里除了盐碱就是戈壁，哪里有能耕种的土地？没有土地，何来的农民、农业？说"林"也是蹊跷，整个工区加上芒崖全部，活的、死的树木不会超过一百棵，哪里有树林或森林呢？

女人们搭车去农林科要经过一个风口，风口的风来自十几公里开外的祁曼塔格山和乌尔依木山，两山夹一口，风就特别大，大得能掀翻一辆皮卡。风起的时候，人坐在驾驶室里，能清楚地听见并看见沙子有礼貌地拜访的声音与动作。不过那声音的确有点吓人，像冰雹砸在破铁皮上一样暴躁。你能看见沙子从玻璃压条处钻进来，飞快地堆成一座"胡夫金字塔"！

过了风口，映入眼帘的是一片坟场，坟场上有一座挨着一座的铁坟。何谓铁坟呢？就是由黑色的矿石砌就的坟墓。戈壁上有沙却没有大块的石头，就只好使用从山上拉来的铁矿石了。一座座坟茔就是一个个故事，一块块石头埋藏着一段段传说。

在这片广袤的坟场里，埋葬的是二十世纪四五十年代以来支边的志愿者，他们来时或风华正茂或英姿勃发，或满怀激情或立志戍边。他们是这片土地的第一任开拓者，他们的汗水融进了荒漠戈壁，他们的青春奉献给了祖国边陲。在历经坎坷、磨难之后或生老病死，或以生命创造了奇迹，最后就留在了这荒凉的戈壁，就将自己与这片土地紧紧融合为一体。他们的墓碑都朝向东方，那是他们的崇高信仰，也是家的方向，他们是值得我们尊敬的人！

农林科虽然只有一条街，但什么都有，卖菜的菜店、卖馍的馍店、五金小店、理发店等。

国营商场是农林科的特色，如今的个体商店鳞次栉比，这里却还是国营，遵循着早九晚五的工作时间，商场可能还没有农村的中型商店大，却有好几个营业员！

在这一个荒凉的地方，说句实在话，真寂寞啊！除了一天到晚刮个不停的风和暮色中苍茫的山脉，就是浩瀚无际的戈壁。冷冷清清的街上，一个孩子在推着单车玩，到了中午才看见稀稀落落几个人游荡。唉，能在这里长时间生活，真不是件容易的事儿！

傍晚了，工区的女人们提着大包小包，买了各种菜、油、盐等副食品，坐在邮局的房门前等待着搭过路车。

晚上，新疆巴州，铁木里克工区西数公里。

一队车灯汇成的车流，从雅丹土山后鱼贯而出，轰鸣的马达声、轮胎碾轧戈壁的摩擦声划破寂静，满载着矿石的车队在戈壁、在荒漠上疾驰。星星闭上了眼睛，躲到了乌云后面，月亮正好被祁曼塔格和乌尔依木山捧起来，像一位高贵冷艳的南疆美女，默默地注视着车流。

简易房里菜香阵阵，女人们又为迎接男人们的归来开始了忙碌。

这就是铁木里克的一天！这就是一群河南人在新疆的一天！

若羌见闻散记

若羌旅社不是它的真名，真名居然忘了，也许是时间太久的缘故。姑且就叫这个名字吧。

我在若羌居住了一年多，其间在胡杨、西部都住过，然而除了鸿玉宾馆，还是数它最熟悉。

若羌旅社在县府西边，公园北侧。门面不大，周边却很热闹。出宾馆向左走十五米是县城最繁华的街道，再左转百米就是商业步行街，饭店、商场、美发店、彩票站和市场应有尽有。不过出门一定得带身份证，要不连市场也进不去，到处都是智能门禁，一定得刷卡。

通常情况下，我们总是饱餐之后再去逛街。喜欢安静的去楼兰公园，喜欢打扮的去服装专卖店，而有一夜暴富动机的则一头扎进彩票店，看啊，买啊，刮啊，忙得不亦乐乎！

商业街里有一家东北饭店是我的落脚点，老板小刘是我的铁哥们儿，他旗下的厨师也是东北人，来若羌两年多了。名字我没有问过，只喊他张老弟，有二十七八岁，个子不高，但很壮实，四方脸，短发平头，话不多，很憨厚。他最拿手的菜是熘肉段，往往都是我刚报了菜名，就见他走进操作间，炉火声如雷鸣般响起。

我坐在窗边的位置，喝着小刘媳妇送来的竹叶青茶，扫视着楼下。楼下是市场，克热木的烧烤摊前围着好几个人，他的红柳烤肉在县城里颇有名气，肉串色泽呈酱红，块大实惠，焦黄油亮，麻辣鲜香，而且不腻不膻，外酥里嫩，别有一种风味。

如今人们环保意识增强，红柳又是新疆防沙抗沙特有的植物，它们是抵御沙尘暴的最后一道屏障，所以烤肉用的红柳逐渐消失在人们的视野，大多数都改成了铁扦子。

克热木一边翻转着烤肉，一边透过烟雾发现了我，他热情地打着招呼："亚克西姆（你好）。"我伸出两个指头比画了一下，他马上就明白了，边笑边说，"你的，二十元的，明白！"

我点的是二十元一串的烤肉，刚才看到的是五元一串的。小串的能在烤架上烤，但是二十元一串的就得下馕坑了。

馕坑真是个好东西，所有的食材进入之前无色无味、冷眉冷目，可是在馕坑里"镀金"之后，就别有一番滋味了：油馕、馕坑包子、烤肉都是百分百的美味！

我在库格铁路施工时开重型卡车，每次路过北环都要下车买几个馕坑包子。这里的包子特别好吃，皮薄酥脆，馅儿是肥瘦相间的羊腿肉夹上尾油，配上一点点洋葱和孜然胡椒粉，特别鲜香，咬上一口，满嘴流油！临走时，再捎上两张油馕，午饭就不发愁了！

一杯茶刚喝了一点儿，张老弟的熘肉段就端上来了。他做的熘肉段外焦里嫩、咸香可口！上一次在这里吃饭，来了几个俄罗斯的驴友，没有翻译，交流困难，一大帮子人只好看着墙上的菜单，叽里哇啦地点菜。小刘老板的高明之处在于把所有的菜都图文并茂地表现出来，不光增强了客人的食欲，也解决了语言不通的难题。后来听小刘说，那几个外国朋友光熘肉段就吃了八盘，一人一份，大快朵颐，酣畅淋漓，一个劲地伸出大拇指比画："福酷斯拿，福酷斯拿！（好吃，俄罗斯语）"

饭后，出了小刘的饭店，左转走五百米就能看见楼兰公园的身影了，这里可是一个被故事浸透了的地方。

初到若羌，人们口口相传的便是楼兰博物馆，就像去北京必去长城一样，来到这座被沙漠包围的西域古城，最让游客牵挂的还是博物馆！

博物馆除了周一休息闭馆，其他时间都可以免费参观。它占地面积约 13762 平方米，建筑面积有 4688 平方米，主体工程建设历时两年之久。整座建筑具有浓郁的古楼兰建筑特色，其中一侧的建筑模仿米兰佛塔建造，另一侧则是现代建筑样式。现代建筑面墙上浮雕着一个按楼兰女尸复原的貌如天仙的美女头像，在仿造米兰佛塔的建筑下，则有三尊佛陀雕像。

负一层是博物馆的精华所在，二层有画册、图片、信件等宣传品，三层有地理矿石、保护区动物标本等珍品。所有博物馆内的物品都是禁止拍照的。

在博物馆整体格局的布置上，我觉得设计师很不一般！这也是我在此逡巡思考多日所不明白的地方。

在若羌停留半年多，我去了许多次博物馆，而且都是在上午游客比较多的时候去的。可有些解释不清的是，一下到负一层就剩下我一个人了，刚才还话声朗朗的博物馆突然安静了下来。而且我对东入口处的文物、模型都不感兴趣，不由自主就踏着如同棺材板的地板来到西边。

从楼兰遗址和小河墓地出土的八具成人与儿童的干尸和从楼兰铁板河出土的千年女性干尸，都存放在负一层西侧，除了轰动世界的美女干尸，剩下几位都静静地躺在为他们量身定做的胡杨棺椁里。在我看来，棺椁头西脚东的摆放方式，似乎有对死者驾鹤西去、魂归极乐世界的祝福，隐含着对打扰亡灵的愧疚。尤其是女性干尸被单独安放在西侧中央，存放器具也与众不同。不能不说这是一种独特的安排。

女性干尸高约 1.65 米，长发披肩，深眼窝、高鼻梁，戴着一顶插着羽毛的帽子。历经千年后，眼睫毛依然清晰可见，皮肤也可看出血色和肤色。她是因为难产而死，身下有大量血液，早凝固在裹尸布上了。我不止一次登上三层木质台阶近距离观察、凝视。虽然她的眼眶空洞，却有一些不同于精气神的物质在散发，就像是无影的电波。每当此时我就浑身凉气袭来，便慌不择路地转身而逃。上楼时地板发出的声音，在地下室里尤其惊心动魄。

所有细节我都在走出博物馆后，飞快地记录在手机上，可是每次在网络平台发表后，都踪影皆无，也找不到底稿，真是诡异。后来索性放弃了，这也许是她不愿意被更多的人搅扰吧！

那些年独自

走南闯北

南下晋江

我蜷缩在一所破旧的矮房

粗糙的墙壁

驼背的梁

五十年的矸土

压在四十年的竹笆上

一只小小的蜘蛛

钻出墙缝

蔑视着我

大摇大摆巡视它的广场

我长长地出了一口气

三十年的流浪

像狗一样乞讨在他乡

今天

又回归了故土

驼着背、拿起笔、倚着床

写下二哥的故事

与您分享

"老板，我不干了，钥匙放在油箱后面！"

放下电话，我长出了一口气，扭头向家的方向走去……

2002年，经朋友介绍，我来到中集货运公司打工。一辆新买的"欧曼"，有七米多长的平板，两侧车门上各有一个钢铁巨人。

车子停在墙南村附近的公司院内，北边紧挨着的就是红得发紫的汽运八公司。

车老板与我同姓，单字一个朋，不爱说话。

"啥玩意儿，他这种人，不适合玩车！"

老皮坐在副驾驶座上，一根香烟被两片绛红色的厚唇夹着，祭祀般冒着缕缕青烟。他被路上一位短裙姑娘吸引着，一边剜进眼底似的看，一边喋喋不休地说着。

老皮是省运输公司的正式员工，公司转制以后，干过修理也养过大车，有门路有关系，手里也有活儿。在江湖上浸泡一段时间后，觉得自己养车没有租车合算，就改变了模式，以租代养。

其实，租车运输的方式很合算的，司机工资、过路费、油钱还有租金都是秃子头上的虱子——明摆的事儿，花多少挣多少，车没有上路就能估计个七七八八。

相比之下，我们这些替人打工的司机就难得多，不说路上受多少苦、遭多少难，光工资一项就让人郁闷得很。翻翻家中笔记本里夹的欠条，现在都2022年了，2004年在待王镇开重型斯太尔半挂车时的工资还没有结清呢！听说那个老板现在落魄得很，正开着破三轮在焦作北山拉石头，还怎么好意思去讨薪呢？唉，那可是一位资产曾经千万的大老板啊！

工资按趟结算，对司机来说最好，下车给钱自不必说，还有二三十元的洗澡钱。前提是老板得有固定活儿，三天五天还可以，司机耐着性子在家等着，十天八天的那就坐不住了，都是要养家糊口的，一家老小好像家雀儿似的张嘴等吃的。如此这般一套"大保健"下来，没到月底，司机就跳槽跑完了。

可是按月结算吧，对司机来说，那就是瞎子摸鱼——碰运气了。遇到一个好老板，工资准时发，多劳或许还能多得；遇到赖皮货，别说工资得不了，弄不好还得挨顿打，这种事就像和尚敲木鱼——哆、哆、哆（多多多）。我在福建认识的冷链运输公司的香港老板阿彪，就是被四川司机黄德富追讨工资搞急了，派手下把老黄装进麻包，扔进了闽江，多亏其中一个马仔于心不忍，扔的时候把绳子松开，老黄才捡了一条命，爬上岸后，连夜坐火车逃回老家去了。

这座位于焦作市区一个热闹地带的锅炉厂，就是被厂长和几个业务员给弄得倒闭了，巨变大，大变小，西瓜卖了个芝麻价，悄悄变成了私有财产。职工们被蒙在鼓里，一个个好似砧板上的肉，被剁的剁，切的切，下岗分流，自谋生路。工厂里，领导入大股，业务员占小股，大车间变成了小作坊，自己生产的不出名的锅炉偷偷将商标一贴，摇身一变，成了广东某知名品牌。

油头滑脑的业务员一直给我和老皮让烟，再三叮嘱：到福建晋江的厂子卸货时，没有人问就当哑巴，有人问的话，就说是从广东佛山拉过去的。

老皮嘴里叼着一支烟，手里拿了一支，两只像泡过水的黑木耳一样的耳根上还夹着两支，忙不迭地谄媚赔笑、点头应承。

业务员坐着铁轮子火车先行一步，去福建收货的厂家公关打前站。我们开着十二个皮轮子"武装"起来的卡车，驶出塔南路，驶出焦作市区，驶向一千五百六十六公里之外的福建晋江。

老皮喜笑颜开道："1566，要我顺顺，多么吉利的数字啊！"

如今跑长途，虽然运费不咋的，可是司机们的条件要好很多，两个司机，一个开车，一个躺在宽敞的卧铺上休息。不像二十世纪八九十年代，狭窄的驾驶楼里空间狭小，两个司机直直地、好似四品佩刀侍卫般坐着，跑一趟长途，灵魂和肉体就像经历了一次涅槃。

　　那一年夏天，六公司的小魏和同伴拉一车生铁从山西晋城到广州花都，日夜奔波两天以后，同伴又热又困，实在受不了了，就拿着铺盖躺在车厢里的生铁上面睡觉，凉快确实挺凉快，可是，同伴至死也没有想到，半夜时分，小魏疲劳驾驶，闭着眼睛开车，一头冲下悬崖，一车生铁倒扣过来。小魏还好，同伴当场就没了。

　　路咋修，车咋开，一路顺风，在郑州上了107国道，马嘶车鸣，瞬间就被裹挟进滚滚车流，过新郑、许昌、漯河，再经过河南"第一大店"——驻马店，在傍晚时分出了信阳，来到南郊国道旁一处特别大的加油站。

　　老皮从加油站的大厅里结账出来，一边跑一边对着我兴奋地喊："牛，快把车开到旁边不碍事的地方。"

　　我问道："皮哥，你是摔跤捡金豆了，还是做梦中大奖了，看把你兴奋的。"

　　老皮挠挠头，不好意思地说："今天咱哥儿俩赶上加油站店庆，只要加够二百五十升就能免费就餐。"

　　推开员工之家的大门，"嚯，够排场"，我不禁惊叹道。

　　这间屋子从外面看着不显眼，里面的布置可以说是富丽堂皇。东边是一个比地面高出五六十厘米的舞台，几个加油站的员工正在表演自编自导的节目，南、北、西三个方向依次排开阶梯状的三层架子，上面摆放着自助餐的凉菜、热菜、汤类、水果、酒水等各种食品饮料，种类齐全，应有尽有。

老皮喜欢吃肉，不知从哪儿溜达了一圈，手里就多出两个不锈钢托盘，分给我一个后，说："牛，自由活动，啥好吃就吃啥。"说罢，奔着香气扑鼻的菜肴就扑过去了。不大一会儿，那厮嘴里咬着一只红烧大虾，胳肢窝夹了两瓶饮料，裤袋里塞着香蕉，手里端着满满一盘子猪蹄、排骨、红烧肉就回来了。

　　加油站的员工正在表演《霸王别姬》的节目。一位小青年用根一次性筷子从方便面的空桶上穿过，做成一顶帽子，戴在头上，饰演落魄的霸王。另一个小姑娘饰演虞姬，不知从哪里找来了一块红白相间的破篷布，披在身上，手中拿着一根笤帚，放在脖子上，做不忍自刎状，眼神凄凉地说："大王，俺还不想死，想活。"

　　霸王看了看台下的司机，又把目光投向室外，说："可是外面有十万人马呢，他们若是抓了你……"

　　虞姬："十万人俺忍忍得了，还是想活。"

　　霸王哭了："十万人、马，还有马呢……"

　　虞姬含泪："大王，这不是还有你嘛。"

　　围观的司机们哄堂大笑。

　　眼见乌云笼罩，天色将暗，107国道上的车子都开了小灯。南行的红色尾灯好似夜色大海之中的航标，若隐若现；北往的车子像是都有天大的急事，下坡时似风般跑着，发热的刹车蹄片发出"叽叽喳喳"的鸟叫般的怪声。

　　我和老皮离开加油站，继续出发。天黑了，下起了小雨，车灯照射着湿漉漉的地面，光线被吸收殆尽，没有平时那样雪亮，这时开车最是费力。

　　开了几年"解放平头柴"，握惯了大方向盘子，乍一拨弄"欧曼"这种小圈子的方向盘，还真有点不习惯。但是，说句实在话，人家这种车子设计得特别人性化，主驾驶座椅是气囊的，驾驶员上车后，启动打气，座椅自动升起，与方向盘保持能塞进一个拳头的距离，熄火下车时，座椅排气，高度下降，可以轻松地下车。

车子进入了山区，雨越下越大。我放慢车速，小心翼翼地驾驶。老皮靠着副驾驶座，早已经进入了"爪哇国"。这家伙真能吃，一个人吃了满满两大盘子排骨、猪蹄，唉，用他的话来说是遇到不要钱的东西就得吃，能撑死了比饿死强。

车窗外，一棵棵树木飞逝而过，仪表盘发出幽暗的光，雨刷挡位开到了快挡，雨越来越大了。朦胧中，感觉车灯像是一条舌头，舔舐着无助的路面，而轰鸣中的汽车如同饥饿的怪物，只知道吞噬、吞噬。

夜色漆黑，雨又大，车子就愈发稀少了。在一个急弯处，对面一辆正常行驶的车子像是发生了侧滑，大灯猛地一晃，偏离了道路，压过中线，直直地朝我冲来，吓得我头皮发麻、汗毛直竖，赶紧向右打方向避让，车子的右侧前后车轮"扑通扑通"掉进公路养护挖的一个四四方方的深坑里。车子左右一闪，捆扎高大锅炉的钢丝绳"砰"的一下断了，锅炉晃了两晃，还好没有掉下来。老皮跳下车，指着对面的车子骂着，那人猛踩油门跑了。

重新捆扎、固定，再上车时，人已如落汤鸡般狼狈。

两个人轮换着开，人歇车不歇。第二天中午到达衡阳时，我已经饿得前胸贴后背了，眼看着一个个饭店从眼前掠过，就是不见老皮停车。我从卧铺上探出头不解地看着他。那小子比猴都精，知道了我的意思，嘴里叼着烟，一边开车一边递给我一瓶饮料，直视着前方说："牛，咱忍忍，这个地方不敢吃饭。"

我朝车窗外看了看，107国道上车来车往，朗朗乾坤，天下太平，没有什么不对的啊？

老皮又说："咱们焦作六号院有弟兄两个，八公司的户口，拉着一车铝材，在这附近吃饭时被做了。"

是吗？我听了心里有些发毛。

他又狠狠吸了一口烟："那哥儿俩我认识，老实本分，可惜了。"

"后来咋样？"我问他。

"后来，"老皮脸露痛楚，烟屁股朝窗外一扔，恨恨地说，"那个饭店是黑店，吃饭时给弟兄俩下了蒙汗药，放翻后人给弄死，连车带铝材都卖了，尸体埋进了路边的国防通信窨井里，几年后被部队发现时，都成了白骨，案子才算告破。可怜啊，那弟兄俩的老父老母寻儿寻得眼睛都哭瞎了。"

一路无话，晋江卸过货后，来到了一个停车场。老皮拿出厚厚一沓名片。他与漳州的老板熟识，很快就订了一车发往郑州水果批发市场的芦柑，装货时间是明天。

我坐在车里，双脚搁在方向盘上，百无聊赖地摆弄着收音机，如今的货车动辄几十万，却连一个好的音响都舍不得配，装个几十块钱的收音机日哄❶人。

刚才车老板打来了电话，老皮租车给的是一去一回两趟的钱，让我把握好，不要再去配什么半路货。而后又再三叮嘱，这两天南方闹油荒，不好加油，如果加的话一定要去正规的加油站。

此地距离漳州还有一百多公里，老皮眼睛一眨一眨地想着心事儿，少顷，推开车门下车，去溜达了。

我估计这厮一定又有啥主意了，果不其然，不一会儿，他就拿了一张纸条跑了过来，说："牛，发车，咱们到附近一个厂子拉编织袋子去

---

❶ 方言，指欺骗的意思。

漳州，运费一千，正好顺路，这种钱不挣白不挣，哥不会亏待你的。"

"可是，可是……"

我把车老板交代的话给他复述了一遍。

老皮爬上车说："将在外，君命有所不受。没事儿，走吧！"

人急心事重，路孬拐弯多。这种乡村公路确实太难走了，路窄、弯多，还坑坑洼洼。说是几公里，可是看看公里表，都六十多公里了，才摸到眼前这个小村子。而且路窄线低，老皮钻进一个竹林费了九牛二虎之力砍了根竹子，挑着线才勉强过去。

到了地方才发现，这里荒草丛生，一派败落的景象，哪里是什么厂子？就是一个手工作坊。一位灰衣、灰裤、灰脸——满身都是灰的大爷正蹲在地上倒着编织袋里的化工原料，我们俩在附近找遍了，也没有发现储存一大车编织袋的地方。

返回到原地又去问老大爷，老人耳背，老皮的嗓子都快喊得拃出来皮了，才勉强听见。他站起身，颤颤巍巍地说："娃儿们，可别等了，你们走吧，想要装一大车编织袋子，得一个月以后嘞。"

老皮不甘心地说："可是……"

老人也不知道他说的是啥，一面抖着袋子，一面嘟嘟囔囔地说："这个月都来了四五辆车了，都是空车走的啊！"

老皮晕了，他知道被人耍了。回去吧，来回一百多公里光糟蹋的油钱也够信息费了，老皮是打掉牙齿往肚子里咽，无奈之下，只好空车去漳州。

老皮跑了这么多年的车，经常在漳州配货，和行千里的窦老板有七八年的关系，正儿八经的老铁。到了漳州后，将车子安顿好，喝了工夫茶，老板又在旁边小店里请吃饭，两凉两热弄了四个菜，每人喝了一瓶劲酒，就被他拉着去一处偏僻的地方洗头。

行千里老板说洗头他请，其他活动得自费。

说句老实话，这是我第一次进洗头房，按照我的猜测，洗头不就是在乱糟糟的鸡窝头上抹些洗发水，拧开水龙头一冲。进去以后才知道自己是孤陋寡闻啊！

这间小房子挤在各种食杂店、茶馆之中，好像一个红衣绿裤的时髦女郎与土气无比的乡村妇女们围坐在一起，房子的正前方挂着一块美女招牌，上面写着"温雅"两个字，下面另起一行写着"洗头房"的字样。

推开红漆铁门，是一扇推拉门，上面贴着红色的带有花纹的纸，从外面看不到里面。门里面，左边摆着一条长沙发，上面坐着几个发型怪异的女孩子，有黄、有红、有绿不同颜色，都穿着包臀裙，洁白的大腿像电焊时发出的光亮，分外刺眼。有的脸上涂着厚厚的妆，嘴唇血红，好像刚刚活吞了一个人；有的薄施粉黛，笑不露齿，一副娇柔淑女的模样。不过，气质虽然各异，眼神却是相同的，都勾魂摄魄、乱人心扉，说起话来慵懒娇柔，一副让人心疼的可人样儿，屋子里还弥漫着一股浓浓的香水味。

右边有一个套间，传出来一阵床铺不堪重负的"吱吱呀呀"的响声。老皮像一只嗅觉灵敏的警犬，东闻闻，西嗅嗅，手推着套间的门想要进去。

"哥，你的头还没洗呢！"

一个女子拽着老皮，摁在凳子上。

向来伶牙俐齿的老皮接不上话了，乖乖地坐在椅子上任凭人家摆布。

女子在他头顶倒了一些洗发水，拿起喷壶一点点喷洒有洗发水的部位，另一只手一点点地打着圆圈揉洗，泡沫越揉越多。她边洗边嗔怪地说："哥呀，洗罢大头，妹妹一会儿再给你洗小头，行不行啊？"

"中，中，咋样都中！"

老皮像一条被挠着痒痒的狗，哼哼唧唧啥都答应了。

另一个小姐眼见同伴生意谈妥，轻松得手，马上将如水的目光瞄准了我，扭着水蛇腰走了过来。这是要拉老子下水啊，我赶紧扭头跑向屋外。

第二天一早，来到漳州市郊的一个山村装芦柑，货主是郑州的，几天前就到了，果农们早已把果子摘下，分拣、装箱。车子刚刚停好，几个工人就开始过秤装车。

装车由货主盯着，不用我们操心。我闲着无事，一边吃起芦柑，一边和当地一位小卡车司机聊着，让他给科普一下。

他说："芦柑在这里有几千年的栽培历史，产量居全国前几名，这种水果对生长环境要求不高，温度在12.5到37度之间，只要是紫色土、黄红壤等就能生长。"

看着我听得挺认真，他又说："南方气候炎热，适宜种植，北方干燥寒冷，不能生存，这也是'南橘北枳'的由来。"

远处，老皮正和那位老实巴交的果农套着近乎，挤眉弄眼不知说了些啥。装好车后，果农送了我们一人一箱特等品的芦柑，那可是出口的好果子，价格不菲。

返程之路多坎坷，而坎坷的原因就是闹了油荒。一路走来，沿途的加油站都是限量供应，好话说尽，每次也只能加上二三百元，勉强从这个加油站跑到下一个加油站。就这样走走停停，到了湖北大悟之后，油箱马上就要见底了。

远远瞅见国道左侧有一个加油站，赶紧打方向盘左转开了进去，还没等停稳下车，身穿蓝色工作服的美女就连连摆手说没油。

山风起，心愈凉，我和老皮是大冬天喝汽水——心里真是冰凉冰凉的。真要是抛锚到大山里面，还不把人愁死了。

出了油站，老皮的眼睛一亮，好像那位发现新大陆的哥什么布❶，"嗖"的一下就从车上跳下来。原来路边有一辆摩托车，车上放着一个二十五升左右的塑料壶，看那晃晃悠悠的液体的颜色，应该是柴油。车子旁边站着一个中年人，样子忠厚老实。

老皮问："老表❷，多少钱一壶？"

老实人："我家的车子快回来了，等着用，不卖！"

老皮："帮个忙吧，卖给我，再去搞一壶，你们当地人好搞！"

那个老实人面露难色，左思右想一番后，一咬牙一跺脚，说："好吧，卖了以后我只有再去那个镇上跑一趟了，拿五百块钱算了。"

"五百块！"

我偷偷吐了一下舌头，比平时多了几倍的价钱。

加过油以后，那个"老实人"骑上摩托车，一溜烟不见了。我和老皮暂时松了一口气，虽然一壶油解决不了大问题，但是能挪多远就挪多远。

可是，上车跑了没有几公里，车子就像人咳嗽发烧一样，排气管子"乒乒"乱响，一走一停，好不容易远远又看见了一个加油站，这时彻底熄火，怎么也发动不起来了。

拧开油箱下面的开关，水一样的液体流了出来，老皮怒不可遏地骂道：

"真他娘的缺德啊，这是啥玩意儿，连点柴油味儿都没有。"

想起老板叮嘱要加好油的话，不禁有些愧疚，可是看着加油站外排

---

❶ 指的是哥伦布。

❷ 方言，此处为对年龄相近的、不相识的成年男子的客气称呼。

成长龙等待加油的货车，不禁苦笑一声。

到达郑州刘庄蔬菜批发市场正是早高峰的时候，买水果的与卖水果的互相挤得一塌糊涂。我们被各种三轮车、摩托车堵在了市场外面，喇叭摁哑了都没有人搭理。

水果批发一般都是就着车子卖，时间特别重要，如果错过了高峰期，当天很难卖完，那样的话就得多等一天。我急，贩卖水果的人也急，一个电话喊来了几个左臂青龙、右臂白虎，脑壳子光得像皮球的人。他们见车扔车，见摊踢摊，那些商户敢怒不敢言，有的人狠狠地瞪着我。我低下头，不敢与别人对视。

卸完车回去的路上，看看日历，正赶上月底，于是打电话让车老板结算工资过了很长时间，他回了电话，让老皮给我五百块钱。

"黑，太黑了，说是月工资一千二，才给开了五百，啥老板！"老皮愤愤不平。

我拿起电话，便有了开头的一幕！

晋东南奇遇（一）

"妈，我中邪了！"

放下电话，我愁眉紧锁，不知如何是好……

时间回到 1997 年夏，此时的修陵公路上，晋煤南运的货运行业发生了许多变化。

"晋"字牌照的拉煤车越来越少，原先晋庙铺、高平礼义的煤车被煤管站的车子代替，后者享有许多特权，出境费低，出售的煤价自然也低，许多个人的车子没有了竞争力，不再跑这条线，转向了柳树口、马圪当、陵辉等公路。

军寨、庙凹凭空出现了许多煤场，那里有装有卸、生意兴隆，来来往往的车子，有公家的，也有私人的。河南的货车不再过煤站去后山煤矿了，当地的车子也很少下山，煤场成了中转站。

其实，建一处煤场很简单，在公路沿线找片空地，买上一台电子磅，砖头瓦片胡搭乱建一间小房子就算万事大吉了。

我们村的"大羯羊"也在勤泉岭上开了一个煤场，没黑没白地收煤卖煤，赚个差价。其实，光靠这些能挣得了钱吗？

答案是两个字：不能。俗话说得好：日七捣八，不愁吃喝。他们那点猫腻连庙凹的郭傻子也知道，公家车嘛，装多、卖多，回去交账报的少，亏了公家肥了自己，这是煤站司机们惯用的伎俩。那些人牛气得很，吸的是白皮❶，喝的是汾酒。人们都戏称他们"脚踏三块铁（刹车、油门、离合器），到哪儿都是客"！

去年春天的时候，我们家也买了一辆货车，刚跑了一年，生意就不好了，雇的司机们也不干了。无奈之下，我和哥哥分成两班，他跑白班，我跑晚上，每天如此，持续了将近一年。由于长时间开夜车，精神有些恍惚，体质越来越差。俗话说得好：不做亏心事，不怕鬼敲门。可是向来行事循规蹈矩的我，竟然遇到了几件怪异的事。

修武县的方庄镇，如今更名为七贤镇，是一处交通要道。往东可到新乡，南下可到郑州，向西一路可直达焦作市区，北上则是连绵起伏的太行山脉，这里是三晋大地的所在。

我们在方庄有一座院子，是出车时吃饭、休息以及修理保养的大本营。房子后面无遮无拦，有很大一片野地，杂草丛生，荒凉得很，远处数公里就是跌宕起伏的太行山。

那几天，山上的螺丝洞（官方名叫叠彩洞）塌方，我没有出车，就窝在家里喝酒、打牌。跟车的小青年是赤庄的一个亲戚，大名不知道，他的哥哥是混社会的，在这一带挺有名气，人称"二吊"，他就借坡下驴起了个名字，自称"三吊"。

三吊这个孩子其实挺不错的，勤快有眼色，卸车打门、装车蒙篷布、路上敲轮胎检查，做得都挺出色。有机会时，我也让他摸摸车，开上三二十公里，慢慢培养呗。不过这个小厮有时候容易犯迷糊，和他在一起要多长个心眼。

有一次，他钻到车底下检查刹车滤水，不一会儿，就喊着："牛哥，往前开！"我挂上挡准备起步，想想不放心，下车一看，好家伙，

---

❶ 即"白皮烟"，指烟厂在新烟研发阶段试制的供内部品吸的样品。数量极少，很少外流。

他的两条腿都在轮胎下面，差点没把我吓死。

那天晚上，话说得有点少，酒喝得有点多，看看窗外，天色已晚，正是鬼魅出没的时候。

两个人醉醺醺地来到房后撒尿。环顾四周，夜深人静，星月无神，黑黢黢的野地像隐藏着无数的孤魂野鬼。我壮了壮胆子，刚解开裤子，就听到草丛中传来几声怪叫，不像人也不像动物，长这么大还是第一次听到如此怪异的声音。

真是酒壮尿人胆，我和三吊不干不净地骂着，还掏出家伙朝响声处滋了起来。

回到屋里，二人各处一室，我是个挨着枕头就能睡的人。迷迷糊糊之中，看见一个白发苍苍的老太婆缓缓地推开内锁的房门，颤颤巍巍地走了进来，看不清楚脸，只看见枯木枝般的双手，狠狠地扼住了我的喉咙。我动又动不了，喊也喊不出声，挣扎了很长时间才突然清醒过来。

自此之后，每夜都是这样，"鬼压床"将我折磨得几近崩溃。白天跑车累得要死，晚上又睡不成觉，感觉自己马上要疯了。

母亲信佛，在白马寺皈依。她来了之后，默念十遍《地藏经》，燃香三炷，烟雾冉冉升起，都飘向房后。

经过打听，才知道房子的附近有一处砖砌的坟墓，里面葬着一位老妇人。在我们豫北，有些地方流传着一种习俗：两位老人之中，如果一位先亡，不土葬，而是用砖块把棺材砌进去，等到另一位百年之后再合葬。

方庄镇北行三公里，有一个腾飞加油站，规模不大，来往加油的车子却不少。三吊左手搭着车门，右脚尖点地，嬉皮笑脸地和加油的小姑娘说着俏皮话。年轻人就是如此，永远没时闲儿❶。

三吊说："你们加油站的积分不合理。"

小姑娘盯着油枪，说："咋样不合理了？"

三吊说："像我们这样的老主顾，应该加够一万升就送个加油的小姑娘去兜风！"

小姑娘的脸红了，不搭话。

三吊又问："每天守在这里闷不闷？"

小姑娘抿着嘴笑着，没有回答，点点头又摇摇头。

三吊又说："跟着我去跑跑，天南海北可比这儿有意思。"

小姑娘说："你不是跟车的吗？又不会开。"

三吊马上换了一副成熟老到的样子："我这么聪明，只要想学，马上就会，到时候拉着你兜风。"

…………

我看了看加油积分卡，已经快两万分了，马上就可以兑换一台电饭锅，那是孩儿他妈一直渴望得到的礼品。我又打量了一下登记的金额，不由得乐了一下：三吊这小子，没少捋摸❷小姑娘填虚头❸。

修陵公路坡度很大，弯道也多。东风带挂车，首尾相连将近十五米，像一条长龙，驶过五家台就开始上坡，发动机的声音由轻快变为沉重，五个前进挡逐次递减。古洞窑的大坡直而且长，去年寒冬腊月的时候，这个地方不知从何处流来一股水，覆盖了整个路面。山里气温低，后半夜结了厚厚的一层冰，重型货车不敢下，空车上不去。我在这里冲坡几个小时，车上拉的废煤球都铺在路上用完了也没有上去，最后还是

---

❶ 时闲儿：方言，指休息、闲住的时候。

❷ 方言，指善意地哄。

❸ 虚头指正常加油量（如100升），关系近的话可以多填一些油量（如120升）。

无功而返。

汽车接近一号洞口时，路面转平，发动机负荷减轻，声音像一只刚刚出窝的小蜜蜂，但是我的心情却并不轻松。一号洞又叫迎宾洞，短而且直，没有任何特色。可是1995年的时候，就在前行一百米的那个弯道，一辆载客的中巴车由于速度太快，转弯时没操纵好，直接翻下了悬崖，遇难者中还有几个外教。当时还没有什么救援队，几百米深的悬崖之下，遗体搬不上来。最后还是雇了当地村民，以受伤者一位三百元、遇难者一位五百元的价格，才把他们抬了上来。

经过纸房沟水库，钻过鬼斧神工的螺丝洞，到达县林场在公路上设的检查站，我停下车。三吊提着些萝卜白菜放在看守栏杆的小黄屋里。那家伙在单位是一个小得不能再小的垫脚石，被领导一脚踢到了这个深山老林里来修行，委屈加上憋闷导致自暴自弃，每天都泡在寂寞的酒缸里。他趴在床上，闭着眼睛说："钥匙在门后挂着，自己开吧……"

二十多年前的修陵公路，从建造难度来说是一个奇迹，其中的螺丝洞，更是奇迹中的奇迹。它建造用了八年，有十九条公路隧道盘旋在崖壁之上，而为了修这条路，有二十三名英雄牺牲于此。

路面崎岖不平，在这条路上跑车，犹如梁山好汉鼓上蚤——蹦着走，每趟车跑下来，人被颠得要骨肉分离。可是景色却奇美，远看平川，近观悬崖，上觅奇石，下赏沟谷，听鸟语阵阵如琴鸣，闻花香弥漫进肺腑。沿途的奇峰异石极多，有"蜗牛爬山""军舰巡山""茅笋入云""下不来""赤兔受惊""双鹑斗""一线天"等，美不胜收。

不过，此刻的我却没有心情欣赏这绝美的景色。刚才在三号洞与开重型货车下山的韩老二错车时，那厮又是按喇叭又是闪大灯，示意我停下。车子刚刚停稳，有着一张大嘴和两颗大槽牙的笑脸就从驾驶室里探了出来，他问我："牛二，山上有一个好消息，还有一个坏消息，你想先听哪个？"

"肯定是先听好的！"我回答。

"中，像是个带把的，不是那盖瓦片的！"韩老二竖起大拇指，说，"分水岭上，得富开的饭店来了两个服务员，长得真是俊。"

"真的？"三吊刚才还懒洋洋地盯着白皮松上落的一只绿背鸟，听到此话，如同打鸡血般兴奋，赶紧答话。

"还有一个坏消息，"韩老二忧心忡忡地说，脸色凝重起来，"十七号洞塌方了，小车能过，大车都绕洞外面那条便道，太危险，一定得小心啊！"

分别后，我的心沉甸甸的，一种扑面而来的恐惧弥漫在驾驶室里。

十七号洞的便道我知道，可是没有开着货车走过。那一次，洞里面有些小塌方，司机们齐心协力挪开了路上的乱石。这个洞顶的石层不好，经常有碎石一块一块地掉下，每次从这个洞里经过，无论空车还是满车都是加足油门猛冲，快速通过，要是被那些磨盘大的石块砸中，还不变成"肉夹馍"了？

十七号洞的便道修在隧道右侧，左边紧挨着山体，如斧劈般直上直下，轮胎如果擦到岩石，瞬间就会炸裂。右边是号称"阎王背"的悬崖，深不见底，具体有多高，没有人测量过。据当地放羊的老汉讲，一只大羯羊蹬落了崖顶的一块松动的石头，羊走得没影了，石头还没有落到底呢。

虽说山路十八弯，一道又一道，但是转起来也挺快，不大一会儿就来到了十七号洞的便道前。三吊望着右侧云雾缭绕的崖底，脸上红一块白一块的。

我想，这小子怯阵了。果不其然，还没等我开口，三吊就故作随意地说："牛哥，停一下吧，我下车去前面看看路况。"说罢，没等回答，像一只泥鳅，刺溜一下就从右门滑了出去。

车子缓缓前行，低速挡下，发动机沉闷的吼声在山谷里回荡。左侧的轮胎紧擦着山体，轮胎周壁留下一圈圈的擦痕，右侧的外轮几次悬空，碎石"噗噜噜"地掉下悬崖峭壁。它像一位走钢丝的艺人，更像一位脚踩着锋利刀山砥砺前行的艺人。命运之神啊，我又不是狄奥尼修斯二世的朝臣，你为什么一直将达摩克利斯之剑悬在我的头顶呢？

胆战心惊地经过了便道，感觉阴沉的天空敞亮了很多。公路之上凹凸不平，一个个石块像钻出土地的红薯，以不同的姿势"生长"在地上，车辙上的石块被磨得溜光水滑。

在这条路上，重型货车享有特权，这也是一条不成文的规矩无论逆行还是顺向，想开到哪儿就开到哪儿，转向灯一开，对面的车子就得让路。

刚出了省界十九号洞洞口，就看见右侧碎石堆上站着一个满脸是血的人，他拼命地摆动双手呼救，着急得就要跪下了。

此时容不得半点犹豫，救人一命胜造七级浮屠，我拉住手刹，跳下车。

那个人擦了一把脸，手上和脸上都血糊糊的，也分不清是哪里受伤了。他指着陡坡下，一辆老式东风140四脚朝天躺在沟底，虽然称不上支离破碎，可是也已经解体，煤屑炭块撒在青白色的石子上，格外醒目。在车子不远处的荆棘下还趴着一个人，不知是死是活。

三吊和受伤的人踩着松动的石块杂草，连滚带爬地滑到沟底，将那人用被子捆绑起来。我从车上取下扎车的绳子，一个人拉，两个人连举带推，把伤者弄了上来。

掉头，倒车，返程，啥也不说了，救人要紧。

在路上，求救之人说了事情的缘由：他们两个是方庄镇平窑村人，抬家❶关系，伤重的是小的，原来是跑会❷卖衣服的，生意还可以。后来听别人吹嘘说上山拉煤有多么赚钱，就心动了，买了一部二手车，去陵川杨村拉煤。这才第二趟，过了广家镇他就困得不行了，硬是撑到十九号洞，结果，闭着眼睛把车子开下了深沟。

我们两个人正说着话，靠在他怀里的人，在昏迷中突然说起话来：

"妈耶，我再也不敢了！"

"妈耶，快救救我，它们要带走我！"

"妈，妈，妈……"

听着他的话，我毛骨悚然，油门踏板猛地踩一下，车子提速了。

在瞭望台的拐角处，与平窑村的一辆平板依发车相遇，他与受伤的人是朋友。于是，人移到他的车上，继续向山下的医院飞奔。

后来，我听别人说由于抢救及时，那人捡了一条命，不过却截肢了，也不知是哪条腿。

经过一系列事的耽搁，在勤泉岭上"大羯羊"的煤场装好车已是晚上 12 点钟。

从"大羯羊"的煤场出来，就是十几公里的下坡路。装得有点多，坡还没有下去一半，刹车就"叽叽呱呱"地响着，有点刹不住，打开轮毂刹车淋水以后还是不行。

连忙喊醒睡眼惺忪的二吊，让他拿着手电钻到车底检查，排除完故障后，又走了几公里，才发现这小子把手电弄丢了。

下坡，上坡，上坡又下坡，经过琵琶河、广家镇，又过了箭眼山、省界和十九号洞，远远地就看见分水岭饭店的小红灯。在夜色笼罩的大

---

❶ 即连襟，姊妹的丈夫之间的称呼。

❷ 集会的意思。

山里面，它们显得那么诱惑与暧昧，像一个个薄衣轻纱、红衣罩体的女子，玉颈酥胸如凝脂白玉……

我心里想着，嘴里赞着，再看看副驾驶座位上的三吊，那小子早已经睡意全无，两眼发光，像一只觅食的小狼，半蹲半坐在座位上，右手放在门把手上，随时准备下车。

唉，我苦笑一下，到底还是不到二十的小年轻啊，光棍一条，敢想、敢说、敢做。哪像"老汉"我啊，将近三毛钱❶的人了，有老婆管着，就是有贼心也没有贼胆啊，只能端着碗里的，看着人家锅里的。

接下来的事，我就不写了，就像某位获得什么贝尔奖的大作家写的那样，此处省去一万字，所有最精彩的篇章都是由读者最丰富、最大胆的想象来完成的。

不过此处得提一下三吊，那小子上车以后就像一条剥了皮的蛇，一副精力散尽、被废了武功的模样。

驶出分水岭，转过十几个弯，就到了阴阳河，此时的我困得上眼皮与下眼皮直打架。

阴阳河村在大山一侧的沟底，公路蜿蜒而下，从村子右侧穿过，左侧是一座黑乎乎的、兀自突立的山峰，古怪得有点不着调。随着车子的移动，山峰竟然会变化成不同的模样，有时来到跟前，猛一抬头，竟然像极了墓冢的形状。

不过更奇特诡异的还不是这座山峰，而是村里的这条河。我曾经听搭车的当地人说过，阴阳河的源头就来自那座山峰，水从岩层里汩汩流出，平时清澈透明，像一面明亮的大镜子，能看见河底的小鱼在嬉戏，此时为阳；可是，它也会在某一个晚上突然变脸，河水变得鲜血一

---

❶ 一种自我调侃，意思是接近三十岁，命不值钱。

样红，鱼儿虾米全都不见了，第二天村子里就会有人死去，此时就成了阴。几百年来一直如此，谁也无法解释。

此时已到了午夜，我看了一眼仪表盘上的时间：凌晨3点。

过了石头砌的一座座院子，就到了村西的那棵老柳树前面。打开车窗，阵阵夜风吹过，寒意甚浓，无数的柳枝挥舞着手臂，像一只千手千臂的怪物。

我将车子驶离老柳，停在它百米之外的阴阳河边。三吊把一双臭脚跷在操作台上，流着哈喇子，又在做春梦。

打开门，下车，疲惫的身子僵硬无比，长时间保持一个动作，肩胛、胳膊的肌肉如同凝固了的水泥块，酸痛胀疼。我摇了摇脑袋，感觉有点发晕，双眼干涩，哈欠一个接着一个。

站在阴阳河边，河水清澈无比，抬头望天，椭圆的月亮朦朦胧胧，像长了一圈的长毛。我看了一下手机，今天阴历十四。

在我们豫北农村流传着这样一句话："毛月亮，猛鬼现。"就是说每当出现毛月亮时，凶灵就会出没，大家都紧闭门窗，不再出来。

此时的我身处这荒山老村，头顶悬着一轮长满白毛的月亮，怎么会不心生恐惧啊！可是，今天经历了太多的事情，精神困乏，实在也开不下去了，在山区疲劳驾驶，随时都会有灭顶之灾。

想到此，我转身上车，刚想关门，被一股不知从哪里冒出来的力量顶了一下，感觉车门特别重，心里也没有想那么多，胳膊继续发力，门"砰"的一声关住了。

说句听着心酸的话，货车司机是一个最苦的行当，饿的时候，赶不到吃饭的地儿；好不容易到地方了，又饿过头了，胃肠火辣辣地难受；困的时候不敢睡，有的路段车多路窄，睡觉时担心被追尾肇事；没货时想货，装上货后想早点到地方卸车……

就这样，我倚着靠背，胡思乱想着，慢慢进入了梦乡。车窗外，山风起，树影婆娑，好似无数的人影在晃动。

睡意蒙胧之中，感觉到有人在扳动车门的把手。多年以来，我养成了睡觉锁门的习惯，车门上黑色的保险按钮一直按在下面。

抬起眼帘，朝右边看了看，三吊睡得像头死猪，除非用冷水浇他，否则谁也撼动不了他的美梦。

我缓缓移动目光，投向了左侧窗外。一个矮小得如同侏儒的东西正在拼命地拉动车门。看不清楚脸庞，只是黑乎乎的一片，不过从它的动作上看，那不是人！

慌乱之中，我想喊，可是喉咙被一只手死死地扼住，"呜呜"叫着干着急发不出声音，眼见得那个东西松掉了紧紧攥着的手柄，将一张诡异无比的大脸贴在玻璃上。

我心中一惊，猛然醒了过来，面前空空如也，什么也没有。于是，赶紧发动车，想尽快离开这里。无意之中，扭头看去，毛月亮下，阴阳河水不知何时变成了血红色……

晋东南奇遇（二）

阳城，地处晋东南，古时称获泽。到了唐朝天宝年间，改名为阳城，是我国冶铁术的重要发源地之一。

根据《左传》中的记载，昭公二十九年的冬天，赵鞅、荀寅两人率领军队，在汝水旁修建城池，为了铸造刑鼎，还曾经在此征收过生铁。

两千年后，阳城各地的铁厂堪比雨后春笋，遍地生根发芽，与之毗邻的河南焦作是铁矿石的产地。俗话说得好：靠山吃山，靠水吃水。腰包鼓的自己买车做老板，家境一般的给人拉套当司机。

我也是众多拉矿石车队的货车司机的一员。

巍巍太行山，绵延八百里，古代晋商南下走的是曲折的古道，今天晋煤南运行驶的是国道和省道。

208国道上的五龙口是重型货车每次归来的必经之地！那条路如一条长蛇，蜿蜒盘旋在崇山峻岭之间，忽而穿行于飞涧一侧，忽而又一头扎进峡谷之中，飞石滑坡经常发生。每次经过宛如行驶在阎王爷的鼻子下面，司机们稍有不慎就会命丧黄泉。

如今的208国道修得特别好，上山下山各自分为两个车道，平坦通畅，而在三十年前，哪一次经过不是吓得捏碎了蛋？说句心里话，那条路，只能用三个字"险、险、险"来形容！它不仅是我的噩梦，也是所有司机的噩梦！

2002年的冬天，酷寒无比，石头冻得张开了嘴，地都冻裂了一条缝，北风吹在脸上像刀子似的生疼。

焦作东北方向的谷堆后村，装好了矿石，工人们冷得缩手缩脚，扛着铁锹纷纷离去。跟车的巧云正在蒙篷布，尖锐无比的红色铁矿石将篷布咬出一个个破洞，洞口发出吹口哨般的"嗖嗖"音。

那是一床草绿色的篷布，早已经破烂不堪。当初买的时候，篷布店的老板娘肥婆卖弄发骚，一走一扭，摇摆着丰臀，来到车老板刘顺跟前，抛了一个媚眼说："顺哥，一条军用篷布，昨天刚搞来，一条普通的，你喜欢哪条哟？"

"老板就是个信球❶，好价钱买了个破烂货！"巧云恨恨地说。

巧云，女人的名字，却是一个如假包换的男性，跟车的，是车老板的姐夫，勤快麻利，眼里有活儿。和他在一起，除了开车，打门、解篷布、开票等任何事情从来不用我动手。说句心里话，此后二十多年里，再也没有遇到比他更安适的"跟车"的。

跑山这种活儿，一辆车两个司机，一个跟车的，司机两天一换班，跟车的除非家里失火、老婆生孩子这样的急事儿才能请假，一个月有三十天都在车上，装车、卸车得操心，轮胎破了自己换，还有路上的大神小妖需要打点。如此这般，可把巧云治服了，他每日累得只认东南西，就是摸不着北。

有一次我们出车回来时，已是半夜，停在市区大转盘的西南角，那个转盘当年号称"亚洲第一转"，特别大，据说有二十八亩。

车子刚停下，拉住手刹，三句话没说，两个人就呼呼大睡。卧铺只有一个，留给司机的，我躺在上面，手机绳捆在手脖子上，手心里紧紧握着当时视若珍宝的"手机里的战斗机"——波导手机，很快就进入了

---

❶ 方言，信指傻，球指头，合起来是傻子脑瓜的意思。

梦乡。

巧云此刻坐在副驾驶座上，靠背平放，脚搭在工作台上，一张一扬，一吞一吐，可着劲儿地打呼噜。他真的是太乏了，别说媳妇了，半个月连床的边儿都没有挨过，嘴角流着口水，右手抱着一个黑乎乎、一股油味的枕头，一动一耸，摸摸索索，不知用的啥劲儿。

将近黎明的时候，一个小偷儿借着树下的阴影，鬼鬼祟祟地来到车前，把铁丝从汽车右侧门缝里伸进来，拉开了门。霎时间，一股裹挟着脚臭味儿、汗味儿和袜子味儿的味道扑面而来，熏得那货差点晕倒。巧云身上装有一千多块钱的出车费，媳妇怕他丢了，在他的内裤里面缝制了一个暗兜，每次交过路费或者罚款时，都要松开裤子来个"回首掏"。

此时巧云睡得死死的，如同被下了迷药的大姑娘，被人家翻过来倒过去地搜身，啥也不知道。那个小偷儿还真他娘的有耐性，一件衣服一件衣服地脱，一条裤子一条裤子地找，只扒得他身无寸缕、一丝不挂，最后还是在散发着各种怪味的内裤里，把钱给顺走了。

谷堆后村的胡二，在自家小院开了饭店，扣碗、炒菜啥都有，靠近炉火的一桌是国营铁矿厂的领导，健腐肉、小酥肉、土鸡、鲤鱼摆了一大桌，一个个喝得红头涨脸，就这样，还不耽误吆五喝六地划拳喝酒。

我和巧云两个人要了三份炝锅面，窝在冷冰冰的角落，闷着头向嘴里扒拉着饭。

饭后，天阴沉着脸，一副欲哭无泪的模样。一辆车，两个人，不等不停，聊着天，开得挺快。经过市区北环，过月山到山王庄，高速挡转低速挡，发动机发出低沉的吼声，开始爬山了。

前几天下过一场雪，山坡上还是白花花的一片，干草枯木伏下身子，任凭冬寒虐待，如同身处社会底层挣扎求生在路上的我们！

20世纪90年代末，上山搞运输的活儿既好干又不好干。好干是车子少一点，行业竞争不大，运费还可以；不好干是指人的素质参差不齐，本地车喜欢欺负外地车（本人不搞地域黑，所有经历均为实事求是）。像现在我正在行驶的西大路（焦作沁阳到山西晋城），上山的司机挨打受气是常事儿。

与陵辉路、马圪当、修陵路、济阳路等进出山西的公路相比，西大路算是最好的，它分为上山、下山两条路。

大路朝天，各走一边，按理说应该不会堵车，可就是这条路却天天堵，月月堵。最长的一次我们被堵了七天，司机急，交警急，急得失去理智了，司机们你挤我挤动手打架，交警急得拿着撬杠，敲打那些插队的本地车。

几天后，来自全国各地在此拉煤拉矿的司机们眼睛都饿绿了，流动小摊卖的肉丸子、泡方便面是救急的超级美味。

堵车的原因很简单，某些本地牌照的车为了少拿钱或者不拿钱故意滞留，造成拥堵。前车不走，后面的车子只能乖乖地停下来等。还有一些无德的当地司机，停车时，有意将车头紧紧地顶在外地车的屁股后面，两车之间窄得塞不下两个拳头，如果前车起步时稍微后溜一点点，蹭上了就会被后车讹诈万儿八千的。

刚开始跑山时，有的老司机对我面授机宜：在豫晋这段路上，尤其是过了省界，进入山西后要学会"跨边"❶。我一直秉持着这一条律令在这里跑了几年，可是，即使如此小心翼翼，见人让人，见车躲车，有一次还是被人修理了。

那一天中午，人少车稀，我们行驶在阳城到沁水接近县城的路上，连续跑了十几个小时，路面逐渐平坦，脑袋就有些迷糊了。巧云坐在一

---

❶ 意思是只要掉不下沟底，能靠边就靠边，为后车超车留出位置。

旁，如和尚诵经般耷拉着头打盹儿。

忽然，几声急促、不耐烦的喇叭声传来，左侧后视镜里还反射着后车的一连串灯光。我的反应迟钝了一点点，那厮就强行从左侧超了过来，并排后，马上向右边逼我。见势不妙，我赶紧边打转向灯边靠右侧让行，看了看车牌号，是当地的拉铁车。

那辆车超过我后立马急刹车停住，两条轮胎拖出的黑印让人触目惊心，两个一胖一瘦的司机开门跳车，手执撬杠，气势汹汹地向我走来。

巧云此时已经被惊醒，看到形势不妙，赶紧探过身子，从卧铺上拿出几盒桂花牌香烟，蹦下车，满脸含笑，一路小跑地迎了上去。

桂花牌香烟在晋东南这一带挺流行，白色的外包装，上面有一朵桂花，用打火机轻燎一下，叶子马上就会变绿，山西的司机弟兄们戏称为"瘟（白）皮桂花"。

巧云刚刚跑到那个瘦子跟前，还未张口，屁股上就挨了一脚。俗话说：伸手不打笑脸人。那个瘦子还真不是个东西，猛地把我推搡到一边，举起撬杠就要敲车灯，多亏胖子理智一点，伸手拦住。我强压住怒火，不停地给人家赔礼道歉，瘦子又骂骂咧咧说了几句土话，抓起烟，扭身离去！

我清楚地记着车牌是尖头解放 ##12345。

傍晚时分，我和巧云到达山西阳城。

此次，我们是负责承运。贩卖铁矿石的老板姓金，大个子，不胖不瘦，梢把 ❶ 长，垂手及膝，因为有两粒金灿灿的超大门牙而得名"金大牙"。这个人很好，虽有几百万的资产却不视人如草芥，无论司机还是装卸工人，见到谁都是笑眯眯的，说话诙谐幽默。

---

❶ 指胳膊。

他曾经搭过我们的车去沁水。那一次几辆车同行，小岭是国道边的一个村子，"相思地"饭店远离村子。在山坡之上，我们经常在那里定点吃饭。饭店前面一间屋是正房，吃饭用的；推开后门沿着台阶上去，有一处僻静的小石屋，做什么用的，我不说你也知道。

开饭了，地道的山西饸饹面筋道耐嚼，油炸花生米酥脆溢香。打扮得花枝招展的服务员在几个人中间穿梭。听说金大牙是我们的大老板后，服务员眼睛一亮，马上把那娇娇玉手搭在他的肩上，撒娇发嗲地询问他的名字。金大牙指着屋里我们几个司机，调侃地说："我们几个都姓胡，长头发的叫胡混，黄斑牙的叫个胡臭，眼睛红红的叫胡扯，我嘛，"他把两根手指放在服务员丰满的臀部，轻轻一拧一掐，说，"我嘛，叫作胡弄！"

顿时，屋里面笑成了一锅粥。

金大牙弟兄四人，他排行老大，常年住在山西，负责收矿发铁，老二是工人，不参与做生意，老三在焦作负责找矿、发货，老四与媳妇在钢厂公关、收铁。

阳城西，给金大牙打工的小伙子蹦蹦开车领着我们，沿着曲折的山路来到北洼村铁矿厂。

卸了矿石就开始装生铁块。此时就得百倍操心了。

铸铁分灰铸铁和白口铸铁，灰铸铁的断口呈暗灰色，有良好的被切削性能，普遍应用于工业，价格较高；而白口铸铁是组织中没有石墨的一种铁碳合金，其断口呈白亮色，硬而脆，不能进行切削加工，价格便宜。

焦作钢厂验收时特别严，如果被发现有赝品，一整车货的价格都会受到影响。

我们拉的是灰铸铁。巧云在工人装车时格外细心，站在车厢里面，一边看一边听。灰铁的声音钝，白口铁的声音脆，会发出"当啷"的响声。如果发现了，他会举起铁块用力砸开，是白口，就扔到车下。就这样挑挑拣拣，装好车子出厂时已经是晚上 9 点，我们饭也顾不上吃，就赶紧上路。因为洒过过滤水的路面一般都是在半夜才会结冰，能够在上冻之前下山是最安全的。

可是，人算不如天算，我俩紧赶慢赶，做梦也没有想到，真正的厄运还在后面等着我们呢！

当天天气不好，车窗外刮着东风，冰冷刺骨，虽然打开了暖风，仍然无济于事。我知道，自然冷是一方面，更重要的是心冷——担心、忧虑加恐惧。在晋东南冬季行车，别说下雪天了，即使不下雪，有些不道德的大车司机下山时为了给刹车降温，也会把公路上洒得全是过滤水，路面结冰后像玻璃一样滑，稍不小心就会滑进万丈深渊，连人带车摔得粉身碎骨。即使在最寒冷的时候，储水罐里的冷水放不出来，他们还会在路边高价加热水，或者向水里撒盐。这些人为了一己之私，全然不顾他人的死活。

前几天，一辆外地牌照的汽车，由于不了解路况，过了衙道后就跑得飞快，到了晋豫省界的三涧寺，路面结冰使得踩刹车时发生侧滑，掉入沟底，摔得支离破碎。车都成了这样，人就更别说了。如今每次经过，都会看见几块铁皮孤零零地扔在乱石之上，闪着凄惨的寒光。

尽管我们紧赶慢赶，但是还未到省界就迎来了一场大雪。公路上白茫茫一片，在衙道堵了很长一溜的车。我和巧云饿得不行，蜷缩在驾驶室里，一人啃了一个早餐时吃剩下的凉馒头，没有热水，就喝几口夹杂着冰碴的冷水。之后，你看看我，我看看你，真是发愁五龙口那段路究竟该怎么走。

五龙口之名源自古代的水利工程。秦始皇二十六年在沁河出山处凿渠灌田，因以"枋木为门"，始称秦渠枋口。至明代天启年间，沁口附近相继开通广济、永利、利丰、广惠和兴利五渠，形成"五龙分水"之势，故又称"五龙口"。

在五龙口那段盘旋于峡谷中的208国道上，由于坡陡路窄，过往的司机都会减速慢行，这样就给了犯罪分子可乘之机。他们割绳盗货，明抢暗夺，猖獗得很，而拉生铁的车子由于车厢低，易于攀登，是他们的首选目标。

午夜1点左右，堵塞的车流开始缓缓移动。由于路滑，每辆车都和前面的车拉开了足够的距离。连续三个弯道之后，就来到了阎王鼻子，它是这段路的最高点，左侧是巍峨的山体，右侧是深不见底的深渊，路呈"S"形，道路右侧每隔几米就有一堆路政放置的炉渣。每辆车子都要在坡顶停下，跟车的拿起铁锹，在路上撒上一层炉渣，然后车子再缓缓下去，异常紧张的气氛让空气凝固，每个司机下坡时心都卡在了嗓子眼里。

我们过了阎王鼻子，走了很远后面也没有灯光，如果估计得没错，肯定是又出事儿了。

过了五龙口镇的山口村后，汽车一头钻进了峡谷，这里弯道多，坡也急，车速明显慢了下来。山体右侧除了枯干的野草灌木，时而还有一些冰瀑。我看了看巧云，努努嘴，他点点头，明白了我的意思，俯身趴到卧铺上。卧铺的后视窗上装了一盏圆形的大灯，我拉动开关，雪亮的灯光穿过玻璃，将车厢上照得清清楚楚，间隔几秒钟后再关。就这样关关开开还没有几次，巧云突然大喊一声："停车，有人！"

我踩住刹车，拉紧手刹，车未停稳，巧云就一把拉开车门跳了出去。等我下车，跑到车后时，车厢之上，有个大个子窃贼正举着铁块与巧云对峙，嘴里还不干不净地骂着。

我用手灯照着他，那人没有丝毫的惧色，一副山大王的骄横。

他说："闪开路，让我走，要不拼个鱼死网破！"

寒风袭来，冰冷刺骨，我看了看两边的林子里，草木晃动，估计他还有同伙。

那个人又说："只要放我走，不但归还搬你们的四五块铁，再送给你几块。"接着又狰狞起脸说，"你们要是不放我，记住车号，以后这条路就别跑了。"

我的心里像是燃起了一堆火，这家伙太猖狂了，不承认错误也罢了，还要威胁人。正准备发飙时，巧云往旁边一挪，闪出个空隙，那个人扔掉铁块，"嗖"的一下子跳下去，跑了……

下山的路上，两个人默默无语。

到了山下，来到焦克路上，在一家熟悉的路边店里吃饭，点的还是一大盘子素拼和大盘鸡。还是那个厨师，还是那个位置，却吃不出往日的那个味道，我们俩谁也没有说那个话题。

吃过饭，离开饭店，重新上路。此时已是午夜三四点钟，路上的车子极少，除了轮胎与地面摩擦的"唰唰"声，宽阔平坦的焦克路上是那么安静，公路两边高大的杨树默默地站立着，好像睡着了一样。巧云坐在副驾驶座上，沉沉欲睡。

其实，巧云作为一个跟车的人，是特别负责的。在行车途中，从不会一个人钻到卧铺里睡觉。用他的话说，他困的时候，师傅肯定也困，他再不陪着说会儿话解解乏，容易出事儿。

在距离济源与焦作的界线还有几公里的时候，我的前方出现了一辆低马槽拉生铁的车子。灯光射去，照在车尾的大厢上，蓝底白字格外醒目，感觉那个牌照挺熟悉的。

午夜的沁北大地静如处子，只有风在荒野中逡巡。前方司机有点困了，车子有点飘，它的速度很慢，估计每小时三四十公里，始终行驶在中线上。

巧云不知何时悄悄坐在我的身后，指着前面的车子说："##12345，就是在路上为难我们的那辆车。"

"快看，车上有人！"巧云大声喊道。

灯光下，货车的右侧并排紧跟着一辆机动三轮车，货车车厢上站着一个人，三轮车上除了驾驶员，车斗里还站着一个人，都是黑布蒙面、着黑裤黑鞋。行驶中，车斗里那个人一块一块接过货车上的窃贼递过去的铁块，扔进斗子里，配合得天衣无缝，奇怪的是却没有发出任何声响，或许里面垫有什么东西。

想起那天在阳沁公路上受到他们的欺侮，想起巧云被瘦子踹的一脚，有心想拂袖而去，却又有些不忍，同是在苦水里浸泡的黄连，同是天涯沦落之人，怎么能漠视他们的损失呢？巧云不知何时已经从座位上站了起来，手里拿着一瓶矿泉水，大声喊着我："左边超车，并行！"

发动机怒吼着，车子向前冲刺，亦如此刻我们的心情。当我们接近前面货车且并排行进时，巧云举起矿泉水向窃贼砸了过去，并且大声呼喊："有人偷铁喽！"

车厢上站着的窃贼吓得扔掉手里的铁块，纵身跳到三轮车上，车子一闪，瞬间消失不见了。

我们继续超车，与那辆##12345并行时，开车的胖子还不知发生了什么事，晕头晕脑地看着我，眼光对视，没有感激只有冰冷！

到达山王庄镇的转盘时，我们向那里执勤的交警报了案。

夜探宁北黑风寺

2018年，我在焦作市毛寨村打工，开半挂车拉的是电石，跑的路线是内蒙古蒙西到焦作昊华。

焦作的货运几十年来因晋煤南运而起，之后陕西神木煤田开发，市县各地又多了无数的半挂车队，许多人因车发家，因车致富。不过好花不常开，国家规划资源开发，环保力度加大，形势又急转直下，单纯雇司机的车老板破产的不少。

在物流市场的重压之下，又衍生了许多父子车、兄弟车、夫妻车，不雇司机，两口子吃住都在车上，以车为家，尽量节省开支，辛苦劳累，才能勉强度日。

我的老板姓姬，原本是门外汉，在朋友的撺掇下分期买了辆半挂，不会经营，光赔不赚，如今真的是岌岌可危！

将近年关的时候，我的搭档老吴因为家里有事，提前回了滑县老家，只剩下我一个人。那一段时间，运费有点抬头，好装好卸，姬老板急得要飞起来了，天天催我出车，可是来回两千多公里的长途，一个人疲劳驾驶，根本拿不下来。

现在的半挂车司机就像人参苗，难找得很，车子在家里卧了七八天，司机也没找到，姬老板又天天给我打电话，好话说尽反复央求。无奈之下，我只能勉强答应，一个人驾车驶向一千公里之外的内蒙古。

拉电石这种活儿最是难干，由于是危险品运输，晋陕高速根本就不让你上去，如果被抓住，十二分一次扣完，还得进拘留所。可是走国道的话，有些山区还是原来的老路，路面狭窄，半挂车会车都很难，更别说许多县市二十四小时限行，即使交警没抓到你，摄像头捕捉的违章也能罚得人精神崩溃。

2018年的冬季特别寒冷，可以说是滴水成冰，这种季节如果去南方还好一点，毕竟那边气温高，而现在晋陕、内蒙古等地极易下雪，路面结冰，特别危险。

那一夜也该有事儿，鬼迷心窍的我竟然贪图路近，走上了一条县道。在宁夏与内蒙古交界处一个叫高家堡子的地方，远远看见公路右侧有一家挂着"中国石油"招牌的加油站，徽标也一模一样，进去以后才发现上当了，"国"字少了一点一竖，是个冒牌的"中匡石油"。唉，人在江湖飘，哪能不挨刀，社会套路深，处处得当心，自己不经意间犯了一个低级错误。

有心想走吧，一个瘸腿的中年男子已经站在车的正前方挡住了去路，一边反复打量着车牌，一边拉出油枪要给我加油。

加过油，刚走了几公里，也许是油的品质有问题，也许是半夜的温度太低，车子在一条峡谷里面突然熄火了，怎么也发动不起来。

一个人跑车，最怕的就是出现故障，荒山野地的连个帮忙的也没有。匆忙穿上棉大衣，戴上绒帽，下车，又转身锁住车门。凛冽的寒风扑面而来，身上残留的一丝暖意瞬间消失，浑身上下冰冷彻骨，牙齿不由自主"咯吱咯吱"地打着寒战。

四下看了看，国道左边是高高的土崖，右边不远处有一处孤零零的建筑，黑灯瞎火看不清楚，乍看像是房子，仔细看又不像。县道上本来车子就少，到了午夜更是万籁俱寂，此时连声鸟叫都听不到，用"死一样的寂静"来形容是最恰当不过了。

戴上头灯，一束光线在黑夜里好似微弱的烛光，拧开冰冷的油箱盖子，冻住的油黄不黄、白不白的，好像稠糨糊，一层蜡一样的东西凝固在表皮。

当务之急是找来柴火烘烤将它化开，要不这荒山野地的还不把人冻死啊！可是，四下看了看，别说柴火棒了，连把树叶也没有。正在这时，电话响了，打开一看是姬老板。

姬老板问："到哪里了，牛师傅？"

我："在宁蒙交界！"

姬老板："咋真慢了，明天能装货吗？"

跑了这么多年车，我最讨厌的就是那些一直打电话催促司机的货主和车老板。他们坐在家里以为公路像航线一样畅通，没有堵车，司机们像机器人一样，不用吃饭，不用休息，总是嫌你跑得慢，电话一个接一个地打。尤其是今天，我一个人干了两个人的活儿，从早上到现在，已经连续开了十七八个小时。

想到这里，我的火气"腾"的一下就上来了，对着话筒说："想赶上装车，你马上从焦作出来给我送柴火吧！"

话音未落，手机没电，自动关机了。

我再次寻找了一会儿，一根柴火都没有。无奈之下，只好向那栋黑乎乎的建筑走去，心想，万一是一户人家就好了。

此时四下一片漆黑，不见一颗星星，独自一人走着走着，一抬头突然发现一轮长满白毛的月亮挂在天上。我的心一紧，一种不祥的预感油然而生——是毛月亮。

小时候，听老人们说过，毛月亮，夜黑头，关上门窗莫外走。意思是说，在这种月色昏暗的夜晚，那些不干净的东西最爱出来转悠了。

踩着高低不平的土路，趔趄地来到那个房子跟前，微弱的灯光下，三个大字映入眼帘——黑风寺。感觉脑袋"嗡"的一声响。黑风，这名字怎么如此恐怖啊，尤其还是一座寺院的名字。在我的印象中，寺院的名字都是很温馨的，像我们焦作的万善寺、石佛寺、圆融寺等，充满着和煦、包容、慈悲的意味。黑风寺这种生冷的名字还是第一次听说，我的脑海中还浮现出了《西游记》中偷走唐僧袈裟的黑风怪。

站在门前，冷风加上紧张，双重的折磨让我浑身直起鸡皮疙瘩，想了又想，头都磕了，还差一个揖吗？一咬牙，双手发力，"吱呀"一声，推门进去了。

说来也怪，刚才在门外虽然有风，很是微弱，进到院子，风竟然大了起来，这里的风阴凉透骨，卷起落叶，打着旋儿地刮，发出"呼呼"的声音，好像什么人在打着呼噜。

举起头灯扫视一圈后，才发现这个寺院真的不大，正面是一座大殿，顶上铺满了琉璃瓦，屋脊上雕刻了好多仙人，栩栩如生。墙上还有"南无阿弥陀佛"六个大字，一看就知道有一些年头。这些建筑物经过时间的侵蚀，有一些外皮已经剥落，显得十分破旧。寺庙的高处有一个自鸣钟，在呼呼的风声中，不停地发出"当——当——当——"的声音。

院子的左侧有一棵粗大的古树，也不知有多少年头了，估计得好几个人才能合抱。它的影子在风中摇曳，变幻出不同的形状，有时像挥舞的手臂，有时又像人俯身磕头。院子右侧还有一口古井，黑咕隆咚的，犹豫再三，最终我也没敢走上去观看。

推开门，大殿内尘封土积，蛛网纵横，塑像已残缺不全，壁画因受风雪的侵袭也变得色彩斑驳、模糊不清了。正中间的释迦牟尼佛虽然布满了灰尘，但是法相庄严、敦厚温和，让人心生安全感。虽然蒲团破烂不堪，我还是跪下，双手合十，磕了三个长头。只不过侧面有尊佛像，一直用着似恼非恼、似笑非笑的表情注视着我，让我脊背发凉，想赶紧转身出去。

忽然，前院"咣当"一声巨响，头灯射去，两扇沉重的大门竟然自己关住了。

是风吗，还是……

难道真应了古语所说的一人不进庙、二人不看井、三人不抱树的传闻吗？接下来，我又该怎么办呢？

我的心中一沉，脊背发凉，赶忙抽身躲到大殿里，轻轻关住门。屏住呼吸，按捺不住"怦怦"的心跳，四下打量，想要寻找一处藏身之所。忽然，我又看到了那尊似笑非笑的佛像，保持着非常平和的姿态和笑容。虽然他的面庞上蒙着一层厚厚的灰尘，却仍然感觉到一股与泥塑之像完全不同的气息。

"肉身佛"，我的脑海浮现出一个词语，难道……

在我国的一些寺院，有的大德高僧圆寂之前，为了修成正果，步入极乐世界，坚持打坐时要保持同样的姿势，坐在同样的位置。每天吃的食物只有一些野果和中草药，一直等到快圆寂的时候，慢慢放弃吃东西，只喝少许的水，等身体彻底干净之后连水都不再喝，静静地等待离去！

如此这般后，他们圆寂后很长一段时间身体都会保持不腐烂，而他们的信徒再用一种特别的方式将他们供奉起来，使其接受众人的膜拜。从佛家的角度来看，死亡是无常的表现，但是死亡并不意味着一切的结束，死亡只是某段人生的结束，意味着另一段轮回的开启。我曾经在豫北圣佛寺目睹过一次"坐缸"的过程。

此时我躲在这尊肉身佛身后，虽然紧张却并不是特别害怕，因为自己在二十多岁时随父母在洛阳白马寺皈依，一直坚信善恶之报如影随形之说。积善之家，必有余庆，积恶之家，必有余殃！一念善是天堂，一念恶是地狱！

我竖起耳朵，仔细倾听着院子里的动静。

农村有句老话：远怕水，近怕鬼。虽然我的理解有点歧义，可是，从进入寺院那一刻起，始终对那口老井畏惧不已。

此刻惨白的月光从破旧的窗棂钻了进来，路过那张四分五裂的蛛网时，还刻意地停下脚步，驻足不前。殿外房檐上挂的铃铎，不知何时竟然停止了摆动，没有了一丝声响，死一般沉寂。要说没风吧，院里的古树还在挥舞着无数只手臂，仿佛一只千手千脚的怪兽；要说有风吧，那些铃铎为何哑口无言，难道它们也害怕什么吗？

铃铎是佛教法器之一，也被称为"手铎""檐铎"。《大般若经》中说："天花垂盖，宝铎珠幡，绮饰纷纶，甚可爱乐。"《理趣经》中说："铃铎缯幡，微风摇击。"千手观音及三十臂弥勒圣像，均各有一手执持宝铎，有祈福、辟邪之寓意。此时，连它们都缄口不言，难道真的是在等待什么吗？

我的心中一边默念着阿弥陀佛，一边偷偷抬起头，从窗棂的缺口朝院里张望。

古井边水雾缭绕，阴气弥散，与我刚进寺院时见到的样子大不相同。一团雾气从井下飘出、上下窜动，反复纠缠，如同有了灵魂一般，远远看去，像是一团邪魅的黑风。

正当我看得目瞪口呆之时，寺院大门"吱吱呀呀"地被推开了，那种声音在这万籁俱寂的死夜中特别刺耳。我心中一惊，身子缩到暗处，死死盯住门口。随着踢踢踏踏的脚步声，进来了一个人，一瘸一拐的。

"啊，竟然是他！"我大吃一惊，差点失声喊了出来，赶紧捂住了自己的嘴巴。原来是刚才给我加油的那个瘸腿男人。

他的身后紧跟着两个男子，一高一矮，肩膀上还抬着什么东西。几个人一面嘟嘟囔囔说着话，一面向着古井旁边的厢房走去，经过那团盘旋缭绕的黑风，竟然毫无知觉。

少顷，三个人从厢房出来，蹲在院子里抽着烟，说着话。大个子男人问："大哥，刚才我趴在窗户上看了看，大车上像是没人，那小子不知死到哪里去了。"瘸腿男人低头抽着烟没说话，矮一点的说："管他有人没人，先把备胎、电瓶都弄回来再说，明天早上我开一辆车子把这几天搞的货全部拉走。"瘸腿男人扔下手里的烟头，用脚踩着，死死踩了两下，好像那不是烟头，而是一只让人恶心的蟑螂，接着说："我一直纳闷，给他加了那么多烂油，还能跑这么远，真他娘的神了，要不在前面就把他给做了！"

说罢，几个人站起身，走出了寺院。身后，那股黑风一直不远不近地跟着，他们仍毫无察觉。

…………

故事到此告一段落，很长一段时间里，我都没有和别人提起过此事。后来在新疆罗布泊修库格铁路，司机们在一起聊自己经历过的悬乎事时，这件事才被重新提起。

有的人问黑风寺事件的最终结局。

我只能说，在报警之后，当地警方很快就找到了我丢失的电瓶、备胎等物品，还在寺院的厢房里发现了更多盗抢来的赃物，与之关联的一些大案因此破获。不过始终没有抓获那三个罪犯，生不见人，死不见尸……

晋东南遇劫

深秋，夜色笼罩之下，陵川到附城的公路上，几名醉汉站在公路上拦住了一辆货车。

一个长发的痞子右手举着酒瓶，左手指着副驾驶，恶语相向："停车，下来！"

副驾驶问："你们要干啥？"

长发痞子："干啥，我要坐车去陵川！"

副驾驶说："对不起啊，咱们不是一个方向，我们去丈河，不去陵川！"

"妈的，让你去你就得去！"长发痞子没等他说完，举起酒瓶，边骂边狠狠地砸向了前挡风玻璃。

············

1995年的三晋大地，私人煤矿如雨后春笋般遍地出现，与之关联的运输业也如火如荼地兴盛起来。

那一年，我们家倾尽积蓄买了一辆"东风-2"大货车❶，花了将近六万元，准备上山拉煤。同村的小令老家是山西丈河的，他买了一辆解放142。此后两辆车一直结伴上山拉活儿。

---

❶ 这种车型是第二汽车制造厂的最新产品，1997年香港回归时，解放军部队使用的就是这种车。

在那个年代当个司机挺牛的，工资一个月六百，看似不高，可是当时的房价才三四百元一平方米。如果家里面有辆货车更会被村里的人艳羡不已。在上山的路上，经常有人搭车，如果和司机熟识，能够坐上"小轿"也是一件很风光的事情。到了村里，搭车的人总要在人多的地方下车，一边笑着和人打招呼，一边转过身和司机说"咋弄，下来歇会儿"，样子开心得很。

然而，俗话说得好，如鱼饮水，冷暖自知。当司机的苦，只有司机自己知道，每天颠簸在坎坷不平的路上，又困又乏，还时刻面临着各种危险。就像一段顺口溜里所说的那样：

> 如今社会司机最累，东奔西跑不知疲惫，
>
> 看似潇洒其实乏味，没有假期不知天黑，
>
> 上有高堂下有晚辈，养家糊口吃苦受罪，
>
> 一身臭汗两行眼泪，提心吊胆好似做贼，
>
> 点头哈腰就差下跪，日不能息夜不能寐，
>
> 抛家舍业愧对长辈，身在其中方知其味，
>
> 不敢奢望社会地位，全靠傻傻自我陶醉，
>
> …………

修陵公路南起河南省焦作市修武县，北至山西省晋城市陵川县，太行巍巍，山峦纵横，群峰兀立，险峻异常。

过了回头山，阎王到身边。蜿蜒曲折的盘山公路两侧都是深不见底的悬崖，最高的一处是瞭望台。1996年一辆晋字牌照的车子，由于刹车失灵从那里坠落，说句不好听的，连个螺丝疙瘩都找不到了。事隔不久，我开着拖挂车在瞭望台上方几百米的位置，当时淋水过大，造成刹

车失控，差点也出事儿，现在回想起来仍心有余悸。

其实，货车司机在路上，无论吃多少苦、受多少罪都能忍受，为了养家糊口，这都是男人应该做的，其实最烦恼的还是和人打交道。

在附城镇盖城村有一个流氓，绰号叫豹子，大名不详。每到下雨天，他就会把一辆破烂不堪的三轮车停在街口，那个地方是上坡加拐弯，既泥泞又狭窄。我们经过时是十万个小心，双眼紧紧盯住后视镜，方向掌握得死死的，油门控制得不大不小，慢的话滑上不去，快的话容易剐蹭，遇到技术差一点的，稍不注意碰一下就得赔偿几百块，真是讹人得很。

有时候，没有生意了，豹子还会硬拦住外地拉煤的车子，强行给人"带路"，领到煤矿，一次收费五十。

深秋的一个早上，同村的车子去维修站做"三包"❶，我和哥哥一起驾车去山西陵川县拉煤。那两年拉煤生意火爆，路上的车很多，过了回头山、黑石岭，就进入了一号洞。修陵公路上的叠彩洞特别险峻，大小二十三条，首尾相连，在峭壁间开凿而成，有二百多条弯道，其中有八条 U 形隧洞、一条 S 形隧洞、十条直洞。这些隧洞隐身山间，首尾相连，重叠而上，如巨龙般盘绕在太行山上，开着货车在隧道里穿梭，走着走着车灯就照射在山墙上，必须赶紧打方向盘才能急转而过。

在八号洞的洞口上方，有一块宝剑状的尖石挂在那里，微风下似动非动，每次从那里经过，都要提心吊胆地加速，唯恐它会突然掉下来。

修陵公路隧道里面没有灯，有的地方还渗水，冬季时，路上会结起一座座冰坨，在灯光照射下晶莹剔透，一不小心，就会发生侧滑事故。每次经过时，浑身都有种说不出来的恐惧，外地司机们把它称作"螺

---

❶ 指包修、包换、包退的汽车售后服务。

丝洞"。

窑山矿在福城镇窑山村的沟底，是一个村办企业，盛产烟煤。焦作市九里山水泥厂在这里办有购煤卡，煤价特别便宜，拉一车煤十二三吨才一二百元。不过窑山矿的坡度太大，装多了根本上不去，还得给工人们一些小费，提前用车拉出来几吨，卸在一个土台上，然后再下去装上大半车，上来后，靠近土台加上去就可以走了。

从窑山矿上出来不远就是陵附公路，我和哥哥驾车在路上没跑多远，就发生了开头的一幕。

让人诧异的是，长发痞子砸破挡风玻璃的啤酒瓶子竟然没有碎，还扔在汽车操作台右侧一角，保险、审验标志残存在一小块一小块的玻璃上，在风中瑟瑟发抖。此时哥哥已经启动了车子，车轮缓缓移动，原本站在车旁的长发痞子暴怒，猛地跳到右边副驾驶座的脚踏板上，叫骂不迭，一记老拳打在我的眼眶上。我强忍疼痛，一把薅住他肮脏的长发，摁在右门框上，用尽全力让他动弹不得。

车子越跑越快，几个痞子骑着摩托车在后面边追边喊。长发痞子干着急下不了车，他右手抓着后视镜，左手还在与我撕打，瞪着血红的眼睛凶狠地恐吓我："停下车，让我下去，要不一会儿我弄死你！"

我的眼眶中了这厮一记老拳，眼前直冒金星，估计成了货真价实的熊猫眼。真是人被逼急了，啥也能干得出来，我左手一把揪住那人的长发，右手发力，拽住他的头就向车帮上面碰："弄死我，今天老子倒要看看谁弄死谁！"

汽车如离弦之箭，飞快地拐进了附城大街，远远地就看见派出所的院子，此时后面追赶的痞子们纷纷掉头，一个也不见了。

就在距离派出所门口还有二三百米的时候，长发痞子感觉到不对了，他攒足力气猛地蹭开我的右手，骨碌碌滚到了车下。那一刻，我的手里抓着一团头发，心提到了嗓子眼，唯恐那人会被车轧死。

汽车冲进了派出所，我跳下车，大声喊着："警察，有劫匪！"话音未落，几位警察就冲了出来，一位所长模样的人简单问了一下情况，就拉开吉普车的车门，跳进去，大声吆喝着快点出警。我的心一急，上车时关门重了一点，竟然把吉普车的玻璃震烂了。

车子冲上大街，鸣着警笛，闪着警灯，很快就从这头行驶到了那头，可是马路上静悄悄的，一个人也没有，所长说："咱们先回去。"

警车在夜色中划出一道闪电，风驰电掣地返回派出所。刚刚站稳，所长又命令："不要下车，关掉警笛警灯，重新回去。"

吉普车在院子里面转了一圈，马上折返，重新回到大街上。果不其然，远远地，公路上有一个一瘸一拐的身影出现了，正是那个长发痞子。原来这货是个滑头，刚才他躲在暗处，等到警车回去后才钻出来。

几名警官下车冲出去，一个虎扑将他按倒在地，把他像只死狗一样塞进车里。到了所里，长发痞子还在狠狠瞪着我，嘴里不干不净地骂着。

一会儿，几个好像当地人物一样的人出现在所里，他们是来此说情的。所长在接待室毫不留情地拒绝了他们，连夜将长发痞子送到了县里的看守所。

几天后，父亲、哥哥与我定制了一面"铁拳出击，人民卫士"的锦旗，敲锣打鼓送到了附城派出所。

在广西深山里的遭遇

每年过了 12 月份，新疆阿尔金山便进入寒冷的冬季，与之有关的矿山纷纷停工撤人，我们所处的青疆交界也冷得可怕。

于是，我们这些异地来的运输户把车子保养以后，放置在当地，就纷纷坐火车回到河南老家。

记得有一年在春节晚会上，宋丹丹说过一句话：我就是为了奥运火炬手而生的。想想自己也是一样，就是为开货车而生的，我这个货车司机几天不摸方向盘，手心就痒痒。

在家里面休息没过三天，人便坐不住了。我不喝酒、不抽烟，又不会玩牌，除了爱读点书，也没有其他嗜好。看看距离春节还早，就托朋友找个临时替车的工作。

几天后，朋友打来电话，开十七米五的半挂车，从焦作化工厂拉一车炭黑去广西梧州，卸完货再去广州花都区配回货，往返三四千公里，工资一千八百元，下车就结账。

其实这种车型挺不好开的，车长没事儿，关键是超宽，两侧后视镜根本没有用处，两边全部是盲区，在高速上超车变道，完全依靠操纵台上的监控影像，非常不安全。

炭黑太轻，满满的一大包才二十公斤，摞得特别高，还没有出厂，就差点把厂里的燃气管子刮破，吓得领导们飞奔到现场，对我们好一阵数落。

车子停好，看看时间还早，白天怕被查不敢上高速，就先去洗了个澡。炭黑那东西又虚又脏，装车时必须小心，要监督工人不能装偏，随时调整大包的宽度，而且装好后得赶紧上绷绳。

拉这种抛货，如果绳子不扎好，路上根本跑不成。蒙上三层篷布，扎好绳子后，全身都是黑的，好像下煤矿的工人。

洗澡，洗衣服，吃饭。等到天色渐晚，出发。

车子从焦作站上高速，先走焦温高速，然后转郑焦晋高速，郑州环城，最后上了G4京港澳高速。一路无话，过了湖北进湖南，出了湖南就转上了去广西的高速，就是在那一段路发生了一件让我现在想起来仍恐惧发怵的怪事。

我和朋友两个人轮换着开车，人歇车不歇。换过班后，我看了看仪表盘上的时间，是午夜3点多。

虽说这个点儿正是人最犯困的时候，可是我已经躺在卧铺上连着睡了六七个小时，精神焕发。

我这个人开车特别能熬夜，尤其喜欢后半夜工作，曾经一个人连着跑过两天两夜。可是，今天却有些怪了，刚开了还没有一个小时，人就困得哈欠连天。于是就进了一个服务区，上了厕所，又用凉水冲了冲脸，继续出发。

此时已经进入广西的崇山峻岭之间，山高林密，没有风，没有车，两边也没有村庄，夜如同死一般沉寂。

高速公路虽然平整，坡度却忽高忽低，车子反复沉降，宛如一条巨蛇在大山里面盘旋。

"今天是怎么了？"我拍拍昏昏沉沉的脑袋，喃喃自语。刚走了十几公里就又瞌睡了，此时正是凌晨4点。

眼见前面又有一个服务区，于是打着右转向灯，把车开了进去，当时的我虽然精神困乏，意识却还是清晰的。进入服务区的时候，心里已经有了疑问，这条路我跑过好几次，在印象深处，没有两个服务区距离这么近的。跑过高速的朋友们都知道，任何一条高速，即使车流量再大，两个服务区之间最少也得相距三四十公里，更别提这种大山深处的高速了，人烟稀少，车流量又少。

这个服务区与其他地方的一样，右侧一排建筑，有修理厂、卫生间、超市餐厅。超市与卫生间是贯通的，里面灯火辉煌。

从卫生间出来，在盥洗池旁一边洗脸一边有点纳闷，别的服务区为了驱除异味，通常燃的是檀香，这个地方竟然点的是祭拜时用的竹香，也叫立香。我为自己感到庆幸的是，一直坚持半夜洗脸不看镜子、不梳理头发！

出了卫生间，沿着相通的甬道来到超市，感觉有点饿了，想买点吃的垫垫肚子。可是进去以后，偌大的超市里，货物琳琅满目却死一般沉寂，一个人也没有，就连收银台也没有人，我心里不由得诧异：值班员这觉睡的，谁把超市搬空了都不知道。

出了门，环顾四周，才发现所有的建筑，加油站、卫生间、修理厂、餐厅都亮着灯，却没有一个人、没有一辆车，就连保安也没看见。这么大的服务区就我一个人，此时的我心里有了怯意，风吹到头发上凉飕飕的，汗毛也竖了起来，浑身起了一层鸡皮疙瘩。

于是，赶紧返回车上，看看朋友还在卧铺上呼呼睡觉，就赶紧发动汽车。可是，刚刚放在这里的热车，启动时却没有反应，打开点火开关，电路自查显示正常，但起动机就是没有反应。我戴上头灯，望着车外可怕的停车广场，狠了狠心，打开车门跳了下去。

掀开电瓶盖子检查，里面好好的，连接牢固，电瓶工作正常，又钻到车下，用螺丝刀撬开起动机的罩子，线头也没有问题，于是，原样压紧。也顾不得看看四周，我赶紧打开车门，一头钻了进去，重新打火，还是没有反应。

我扭过头，想把朋友喊醒，可是看他睡得正香，再说人家已经连续开了八九个小时，不忍惊扰他。趴在方向盘上，眼睛扫视着空无一人、好像坟场一样死沉沉的服务区，真是又恐惧又无奈。正在着急，忽然想起曾经听到过的一句话，心中害怕无助时就默念十遍"南无阿弥陀佛"。

默念之后，我试着拧转钥匙启动，不管你相信还是不相信，车子真的"轰隆"一声起动了。那时候，也顾不得想那么多，赶紧松手刹，挂挡，起步，尽快地驶出服务区。

可是，在临近服务区出口的地方，我遇到了让我现在想起来还头皮发麻、浑身战栗不已的恐怖场面。即使到了现在，如果不是为了想要写这篇文章，自己根本不愿意重新回到当时那个场景：

在忽明忽暗的夜色里，旷野中从来没有这么安静过，没有风，虽然发动机在轰鸣，却感觉自己听到了蟋蟀的叫声。当时的我，五官特别灵敏，好像身上的每个毛孔都能捕捉到外界的信息。

那一段是服务区与高速公路主道连接的几十米辅道，在右侧白森森的护栏之外，是一片服务区的绿化地，紧挨着山脚，没有植树，只有一块三角形的草皮，从那里应该能直接上山。

距离汽车只有几米远，在雪亮的灯光下，有一个人直挺挺地站立在栏杆外的草地上，个子不高，应该说是很矮，大概十来岁的孩子那样的身材，背对着我注视前方，一动不动。

汽车的灯光照在他的身上，发动机声音剧烈地轰鸣，那个人却没有丝毫反应，只是一动不动地僵立在那里。而且从灯光下，我可以断定那不是一个雕塑，不是路上施工时用的假人。那分明是一个人，衣着穿戴与常人无异，但是却毫无生气。

气氛紧张到了极点，我的脑袋里飞快地旋转、思索，又不时地被冒出的疑问推翻：是人吗？不是！那是什么？还是……

在万分的恐惧之中，我加大油门，从他的身边冲了过去。

虽然极度惊悚，我还是控制不住自己，偷偷瞄了一眼右侧的后视镜，惨白的月光下，那人竟然缓缓转动了身子……

山东郯城的孤独春节

那一天

我匆匆上路

没有什么理由

自己只是一个

被金钱驱赶的俘虏

每天为生活而忙碌

像觅食的蚂蚁一样辛苦

山南海北地奔走

含泪舔舐寂寞与孤独

路上的辛酸融进眼睛

似枯叶在尘世中飘浮

不知他乡的那颗星星

能否照亮我漫长的

归途

…………

2003年正月初一下午，在山东郯城，公路两边的鞭炮声此起彼伏，人们沉浸在喜庆的气氛里！远远地，我已经看见郯城化肥厂高高的烟囱了。

如果不是为了五百块钱的加班工资，此时的我正在家中陪着父母和妻儿过年，享受着温暖的火炉、可口的饭菜、快乐的笑声。如果郯城那位老太太迟出来一分钟，或者我早经过两分钟，这次车祸就可以避免，可是，这个世界上没有那么多的如果。

对于我这个货车司机来说，如果有人问世界上什么东西最强劲，我肯定会毫不犹豫地选择——钱。能让一个忙碌了一年的人在春节的时候还奔波在路上，肯定不是什么缥缈的理想，一定是实实在在的钱！

平时月薪一千两百元，而春节期间一趟五百元，这样的条件还是挺诱人的。不过开了这么多年的大货车，一般在腊月二十三到初五这一段时间，我是没有出过车的，一是过年的时候走亲访友的人多，路上不好跑，二是大正月出门干活儿有点寒碜。可是，这一次自己还真是财迷心窍，偏偏执拗地出去了！

在焦作沁阳的一个煤厂装车时就不顺，电话打了无数个，装载机司机磨磨蹭蹭就是不想来，等到装好车已是下午。一个人开着车匆匆忙忙上路，经新乡过濮阳，黎明时分在山东东明上了高速，一路奔波，在郯城下高速时已是下午5点多，整整跑了一天一夜。路上的饭店都歇业了，只能喝点矿泉水，吃了些从家里带的馒头，人又困又乏，看看化肥厂的烟囱越来越近，油门不免踏得重了一些，车速从每小时四十公里增加到了每小时五十公里。

经过村口时，有一位老太太披着头巾，骑着一辆脚踏三轮车从路口处钻了出来，低着头，看也不看就横穿马路向对面骑去。我松下油门，点了点刹车，车速马上慢了下来。

按照当时的情况，老太太完全可以轻轻松松地过马路，我则从右道正常驶过。可让人想不到的是，她骑到中线后车把一拧，也不观察四周，突然又拐了回来。这个时候汽车与人已经非常近了。我赶紧向左边打方向盘避让，可是重型货车的离心力大，人与车又相距得太近，方向盘打的角度肯定太大，还没有来得及回一把方向盘，就听见车体发出"咯咯吱吱"的怪叫声，像是左侧的弹簧板不堪重负断裂了，汽车由于惯性向左侧猛地倾覆。左侧路上驶来一辆奇瑞 QQ，多亏那个司机眼疾手快，一脚油门冲了过去。沉重的车厢撕裂了转盘的牵引，瞬间侧翻在地，一大车的炭块瞬间倾泻在奇瑞 QQ 刚刚经过的地方。

路边的杨树没有了叶子，光秃秃的身子在寒风中颤抖，公路上冷冷清清，一个人也没有。我将车子熄了火，趴在方向盘上，内心无比恐惧。

窗外又飘起了雪花，纷纷扬扬，一个个小白点落在炭块上，马上就融化了。我扭回头看了看，车厢在脱离牵引时，巨大的铁器砸在我身后的卧铺上，齐刷刷把驾驶室的左后角削去了，离我的座位只有一拃而已。人啊，有时候觉得生与死之间是个极其漫长的过程，可是，此时的我才知道，它刚刚与我擦肩而过。

那位任性的、将公路当作自己家院子的老人早已不知所终，或许她还不知道眼前倾覆的货车与自己的所作所为有关，还在其他地方重演同样的动作。

山东郯城的夜晚特别寒冷，这是我人生中第一次在外面过春节。车窗外，此起彼伏的爆竹声欢快而又热烈，我蜷缩在破损的驾驶室里，寒冷而又孤独。凛冽的北风从车体破裂的缝隙里钻了进来，像一柄利刃，折磨着无助的游子。

柔柔的路灯下，对面一家房子的烟囱飘起缕缕炊烟，窗户上的玻璃被热气"熏"得朦朦胧胧。仔细辨认依稀的身影，是一位老人抱着孩子坐在火炉边，一面轻轻拍着小小的身子，一面在讲述着什么。女主人在厨房里忙碌，锅铲的摩擦声，菜肉与热油接触时发出清脆的爆裂声，一盘盘的美味佳肴陆续地被男人端上桌子，香味从窗户从门缝里钻了出来，肆无忌惮地骚扰着我的味蕾。

躺在卧铺上，挡杆处还放着半包方便面与一点结了薄冰的矿泉水，它们和我一样都在感受着春节的冷漠。操纵台上落了一层灰，仪表盘在尘土的覆盖下沉沉欲睡，我伸出手指在上面写下"春节快乐"，四个歪歪扭扭的字好像四个小人，它们注视着我，好像在说：你真的快乐吗？

我将冻得冰凉的手指缩进被窝，枕着黑乎乎的枕头，注视着头顶上方。那破裂的缝隙里，一片片的雪花从遥远的苍穹落下，飘着、舞着，落在车顶，融成水珠，一滴两滴，越来越多，渐渐汇成了小小的水流，沿着变形的铁皮，蜿蜒曲折地流着，又一滴一滴地落在我的脸上，像是泪，落在被子上，一圈一圈的，像是花……

河北沧州高速的飞来横祸

坐在河北沧州医院的救护车上，司机大哥一边开车一边对我说："老弟，你可真够幸运的，这段高速团雾易发，车祸都很惨，我一般拉的都是走了的人……"

也许，自己压根就不该去福建打工，那个地方可能真的不适合我。

2004年5月1日，山东省调整高速收费办法，按吨公里计重收费，从山东省东明县到日照市，四百二十七公里，过路费一万二千元。我们车队两个司机到站后没有钱下高速，还是当地化肥厂老板送了钱才回来。5月中旬，雇我的百吨王运输公司老板就破产了。他负债累累，从一个资产上千万、麾下有几十辆超重型半挂车的风光人物，垂直陨落，成为一个手拿铁锤雕刻蹉跎的采石匠。说句心里话，那位老板真是时运不济，人的确蛮好的，对待司机一团和气，出手也大方，平常和我们处得像朋友一样。有一位司机叫大海，从老板20世纪80年代经营拖拉机开始，到经营超重型货车破产，至少给他干了二十年。

真的，这不是我杜撰的，它是真实的事情。我的伙计们曾经去石料厂找过他，本来是去向老板讨工资的，谁知却反过来请老板喝酒。我的经济条件虽然也不好，但没有一起去。人都有走霉运的时候，做事何必步步紧逼、赶尽杀绝呢？那四千元的欠条直到现在还在书本里夹着呢！

我是在2002年给他开车的，车型是济南重汽斯太尔，特别皮实，专业往山东郯城、邹城的化肥厂运送煤炭。当时公司定的装载标准是大拖挂净重不能低于一百二十吨，小拖挂净重不能低于一百一十吨，否则要扣司机工资的。说是这么说，也没有见到扣过谁的钱。我们那时的工资是每月一千二百元，生活费每天每人六十元，一辆车四个司机，两个人出车，两个人在家休息，出山东郯城一趟车来回三天。

当时我们开的那种货车，在其他地方还挺少见，十七米五长的车身，宽度两米四，车厢高度两米二，人站在厢里看不到外面，全车一共二十八个轮胎，车皮将近三十吨，满载时一百五十吨，而且还是偏翻自卸。

有一次为了躲避前方的流动超限稽查，我们几辆车排成一溜停在了河南封丘县陈桥村的路边，准备等到晚上过黄河。一位盲人举着拐杖，摸摸索索走过来，一边走一边用手摸着车厢，深陷的眼窝翕动着，颇有些不解地自言自语：咦，这是弄啥哩，火车咋开进俺村里了？

其实，开着一辆超高、超宽、超载的重卡，心情是极其郁闷的。遇见了陡坡就上不去，还得去找装载机，前面拉后面推。遇见堵车临时更改路线时，进村过镇唯恐把人家的路压坏、桥压塌，一路上战战兢兢。在路上开着这么大的车，像一只过街老鼠，谁看见都烦，而且一路上还得躲避公路超限、运政稽查，还有城管卫生的检查。有一次在辉县被城管抓住，说是黑网篷布不合格，有抛洒，被扣了一天。遇见了交警更是老鼠看见了猫，能躲就躲，真不行的话就拿钱打发。一路上搞得紧张兮兮的，只有到了路边饭店吃饭时，才能见个笑脸，心情略微放松一些。

在路上，我们每两辆车相互之间保持的安全距离都特别大。用一句不好听的话来说，前车有情况，后车在一公里以外就得赶紧踩刹车，就这样有时候还停不下来，拉得太多了，事故率特别高。

我们在郯城卸过煤以后，正常情况下都在平邑捎一车沙子去濮阳。

在日东高速平邑至曲阜段有一段长下坡，那时感觉坡度特别大，而且还常常堵车，每次到了那里，我们总是将车停在坡顶的应急车道上，人步行下去看看有没有堵车。因为拉得多，下坡根本就刹不住，如果前方有拥堵，那就麻烦大了。

但是在那个不超吨不赚钱、不超吨没活儿干的年代，咬断牙也得挺着，感觉自己就像一只扛着米粒攀登高峰的蚂蚁，只能在生活的重压下饱受踩躏，苦苦挣扎。有句俗话说得好：若是身无千斤担，谁拿青春赌明天。生活就像一驾马车，司机就是车夫，肩扛着千斤重担，哪敢不跑车窝在家里面歇着。

5月14日公司倒闭，17日我就背上行李踏上了南下福州的火车。

也许人们常说的"七不出门，八不回家"是有道理的，可是当我明白这个道理时已经晚了。后来，在南坡的家中，我又将这段经历细细捋了一遍，感觉真像是老天故意导演的一场戏。

到了福州，公司安排我和安徽铜陵的小苏一辆车，那是一辆崭新的豪沃重汽。两个月后，福州进入火炉期，我因为狂吹空调面部中了风，于是回到了焦作治疗，在白马门粘了一贴膏药痊愈后，马上又再次返回福州，前后只用了七天。

在与小苏一块儿从广东汕头返回福州的路上，公司让他去深圳提一辆日野车。就这样，鬼使神差地就把我和四川泸州的赵伟安排到了一起。从福州拉鱼到北京，再从围场装一车红萝卜到福州，看似一次普普通通的运输却成了生死之旅。

那一次，在福州装的是冷冻带鱼，卸货地点是天津和北京两个地方，这些都是经常跑的路线。从福州绕城上沈海高速，到温州、沪昆，再到京沪高速，顺顺利利就到了北京的新发地市场，赵伟在那里等着卸货。我心里萌发了去转转的念头，就拿上相机，花了几块钱坐公交车去了天安门广场，心里牵挂着卸货，也顾不上仔细转转，匆匆忙忙拍照后赶紧返回。有谁能够想到，这几张照片差点成了遗照。

在北京卸完货后，马不停蹄地连夜开车到围场去装红萝卜，就是电视剧《还珠格格》中皇帝狩猎的那个围场。

第二天装好货后，赵伟说他喜欢吃红萝卜，当地的人就抱了一箱放到了副驾驶座旯旮里。

那一次也真的是怪了，从风景秀美的围场出来，一路向南，车流不多的101国道上栽种了无数的鲜花，各种各样的都有，姹紫嫣红，别提有多好看了。赵伟年龄比我小得多，四方脸，小平头，长得挺帅气，性格也比较儒雅，看样子他特别喜欢花。

由于回货时间宽松没有限制，我们在路上开得比较慢，走走停停，悠闲得很。经过董存瑞同志牺牲的隆化时，路边的花特别多，没多大工夫，赵伟就摘了一大把，而且全部是菊花，一朵其他的杂花都没有。他把花放在驾驶室正当中，一只蜜蜂被吸引进来，围着花朵嗡嗡嗡地飞着。

我曾经在书上看过，外国人忌讳菊花，说那是丧花，一般都在葬礼上才用，是放在墓碑前的。我有心想劝劝让他扔了，可是看到他兴高采烈的样子，边开车边唱，惬意无比，像一个长不大的孩子，就忍了忍，咽一口唾沫不说了。

在北京近郊吃饭时，已经到了晚上。在饭桌上，他说起车子的刹车有点不太好，我说不行吃过饭咱们就调一下，他又摆摆手说没事，前面都是平路，又没有大下坡，等明天到了哪个服务区再调吧。唉，人就是这样，一时懒惰肯定出错，如果当时我坚持，也许就没有那一场九死一生的车祸了。

多年的奔波，总能接触许多的货主。有一次，一个辽宁的老板随车押运花蛤苗，他坐在副驾驶座上，看着我躺在卧铺上休息，好奇地问我："牛师傅，为什么你们换班休息时，总是头靠着驾驶席的方向呢？"

我笑着说："你们当老板的没有跑过车不知道，别看这个好像微不足道的习惯，关键时候可以救命。因为任何驾驶员在将要碰撞的紧急关头，都会避开左侧，让右边撞击，这样才能够侥幸保命啊！"

凌晨 4 点，在京福高速沧州段，快到冀鲁省界时，车窗外黑漆漆的一片，只有车灯雪亮的光柱照射在笔直的路面上，车轮与地面摩擦着，发出射箭一样的呼啸声。

此时我已经睡醒了，起身坐在副驾驶的位置上，要和赵伟换班。我这个人有跑夜车的习惯，一般情况下都是晚上七八点吃过晚饭，一直开到早上六七点。夜里安静，人少车少，无论高速还是国道，都比较好跑一些，而且最大的原因，还是担心对班司机打瞌睡，怕出事。设身处地想一想，你正在卧铺上酣睡，他在前面边开车边着瞌睡，那是一件多可怕的事情。

赵伟点燃了一根烟，边开边说："牛师傅，你再休息一会儿，我还不瞌睡。"

其实，当时高速路上已经有了团雾，一截一截的，雾团不大，车子进去马上就能出来。我有些担心，叮嘱他放慢车速，困了就喊我。

我在副驾驶的位置坐了一会儿，就又回到卧铺上睡觉。

朦朦胧胧中，想着外面的团雾，想着凌晨他会不会犯困，在忐忑不安中逐渐睡去。忽然，赵伟一声惊叫把我喊醒，不，那不是喊，而是绝望的号叫："牛师傅，牛师傅！"

我从卧铺上惊醒，猛地坐起来，从他的身后探出身子，只见一辆低帮货车突然出现在团雾外，一动不动地停在超车道上，没有双闪，只有一个行车灯亮着。赵伟拼命地踩着刹车，可是两车之间的距离实在太近了，而且我们的车速太快，刹车也不好，速度根本就降不下来。右侧车道停有车，无处避让，一瞬间，前车的车厢就到了眼前，在剧烈的撞击下，我眼前一黑，直接昏迷。

其实，影视剧中的车祸场景，都是导演刻意的加工和演员夸张的表演，生活中的真实车祸不过是极短的一瞬间，等你看见前面车尾，哪有什么思考时间，也来不及恐惧，只有撞击后的昏迷不醒。

昏昏沉沉之下，有一个声音在冥冥之中喊我的名字。真的，当时我认为自己已经死了，没有知觉，眼前漆黑一片，好像觉得自己被什么人拖拉着，走在荒野枯冢间；又好像觉得自己飞出了那辆支离破碎的汽车残骸，然后茫然地站立在半空，找不到回家的方向。

或许自己真的是到另一个世界报名的时刻未到，或许真的是去天安门广场照了一次相，受到了毛主席他老人家的护佑，浑浑噩噩之中，我被赵伟摇晃着喊醒。那小子命真大，安全带救了他，在两车相撞时的惯性下，安全带把他拽回到卧铺上，坐在我的身边，除了脸上被碎玻璃划了几个口子之外，没有受到内伤。想想也是个奇迹，根据后来他的描述，事故科的吊车来了以后，驾驶室已经成了一块一块的碎片，发动机也报废了，就连冷藏柜上的温控器都撞坏了。多亏前车是一辆低马槽的车子，撞击面靠下，如果是辆集装箱，我俩真的是难逃此劫！

为了避免后面的车再次追尾，造成二次伤害，我们得赶紧下车。从车门肯定是出不去了，右边的前脸严重变形，车门缩小到只有原来的三分之一。右边的后视镜已经搭在了卧铺上，一箱胡萝卜被撞击得粉身碎骨，溅在驾驶室里，好像橙色的血。放在副驾驶座上的包却幸存下来，里面放着我的相机和手机，那次路上的经历才得以保存下来。

左边的车门也变形了，打不开，鞋也找不到了。我就光着脚，踩着碎玻璃，从空荡荡的前挡风那里爬了出来，双手双脚都被玻璃碴子扎得鲜血淋漓，却也感觉不到疼痛，就这样爬着跪着来到车外，坐在高速隔离带的绿化池里。

这时候，天已经有些麻麻亮了，朦朦胧胧的晨光里，看见高速上堵了很多的车，前车后车上的货车司机都下来了，往我们这边跑来。有的人边走边拨打报警电话，有的人扒上车窗往里面看还有没有人。有的人从自己的车上拿了医疗包为我简单包扎。有个好心的河北大哥把自己带的鞋给我拿了一双，还有的人坐在旁边安慰我们。可是我从头到尾没有说一句话，连一句"谢谢"都忘了说，只是低着头，傻傻地看着地面，心里一片茫然！

坐在河北沧州医院的救护车上，司机大哥一边开车一边对低着头沉默不语的我说："老弟，别怕，打起精神。你也真够幸运的，这段时间一直下雾，事故多，光我就从这里拉走好几个了，不过他们……"

也许，在支离破碎的汽车残骸里，那把菊花还在寒冷的晨风里瑟瑟发抖吧？

这段车祸的经历，我本来不打算写的，想让它永远尘封在记忆里，因为每次回想起来，就会想起在沧州医院做的那个梦：在一个狭长、窄小的房间里，四面墙上都镶着玻璃，我躺在床上，身上蒙着白布单，床的四周围着许多人在哭泣……

去年春天，还是在福建福州的那个公司打工，我的同村人，而且是从小一起长大的同学，凌晨6点，在山东济南环城高速上与前车追尾，不幸遇难，家中父老妻儿悲痛欲绝。希望天堂没货车，再无奔波苦！

独自闯荡晋东南

1992年秋，当我驾驶着那辆东风牌卡车离开大南坡的时候，心里真的是没底儿！

从高考落榜、回乡、结婚，到林儿出生，我只用了短短三年时间。三年可以成就一个人，三年也可以荒废一个人。一个人高中三年后可以去参加高考，考上大学三年毕业后可以去上班，上了班三年以后可能会前途似锦。

而三年之内，我却完成了从青年学生到年轻爸爸的转变。从此以后，肩膀上背着的不再是书包，而是一个家庭。

其实，一个"家"就已经够重了，再加上一个"庭"字，就是说以后还要买房，那就是重中之重了，而我现在才刚满二十岁！

时间就是一列永不停歇的火车，家庭是宽敞温馨的车厢，男人们必须当火车轮子。今天，我这个轮子就独自走上了蜿蜒盘旋的山道，走进了人烟稀少的晋东南山区。

自古以来，人是最有耐力、最有智慧、最有吃苦耐劳精神的动物。我真的无法想象，在晋东南的深山里，在悬崖峭壁之间，在那些零零散散居住的村子之间，他们是如何历尽艰辛、劈山架桥，修出那么长的路，即使那宽度只能容纳一辆车过去！

我的工作其实很简单，简单得就像从张三的筐里买了两根葱，放进李四的篮子。

不过，葱好买，地里有的是。而我所拉的是木材，一棵树无论是自然发芽还是人工栽植，从幼苗到成材，都得几年、十几年甚至几十年的时间。树是越伐越少，车是越来越多，于是，销路不是问题，货源却成了主要的问题。

那一年，国家鼓励发展个体经济，农村小煤窑像雨后的春笋，光我们村就开了七八家，昔日在土里刨食的农民摇身一变成了老板。

小煤窑比不上国营的大矿，同样是在遍布蛛网的地下巷道里掘进，国营大矿支撑顶棚用的是液压千斤柱，而小煤窑用的是树木截成的柱子。唉，同样是地下工作者，同样使用的是一个柱，铁柱和木柱的差别是巨大的，而木柱的安全系数是显而易见的。所以，小煤窑的老板们就拼命地收集木柱，然后尽可能多地增加木柱排列的密度，来预防事故的发生。

我就成了一个拉木柱的跑山人！

出了大南坡右转直行，路过孟泉村，经过毛栗林，和一位路边坐着的熟人打了个招呼。从后视镜里看到他诧异地张大了嘴巴，那个嘴巴可以同时塞进四颗毛栗。我知道，在他看来，我一个毛头小子独自驾车上山，和杨子荣去威虎山没啥区别。

因为他也跑过山，知道那崇山峻岭之间隐藏着多少危险，他知道一个又一个急转、直行再急转冲坡，或者提心吊胆地下坡，需要多么准确无误的操作，否则等待自己的将是白森森的崖壁、黑漆漆的崖底。在这里，在晋东南山区，所有的形容词都黯然失色，那是一只雏燕在狭窄的山谷中穿行的感觉。

孟泉村东一公里有一条岔路，靠右走是虎路岭，左转就开始上山。

山谷自北向南逶迤而下，干枯的河道跟随着山势曲折而下，它像一条被缚住的苍龙，委屈地趴伏在那里。

从大堤河经楚将坡，再到金铃坡村，是进入晋东南山区的第一个阶梯。海拔刚上升了三四百米，坡度并不算很大，山路呈反复的大"S"形，弯道虽多，车子还能跑得起来。路的左侧是不高的山体，右侧远眺可以隐约看到太行山的最后一道屏障，山的那边就是碧野千里的大平原。

进山的第二个阶梯是从茶棚村开始的。到了村南，坡度骤然增大，虽然是空车，发动机的声音也有了明显的变化，我挂上了二挡，车子吼叫着驶上进山前的第一个坡顶。

下了车，站在悬崖绝壁上，家是看不到了，只能俯视自己刚刚经过的盘山公路，村子变得很小，路也成了一条线，迂回盘曲，酷似一条纽带。路上没有人，也没有车，只有遥远的天际下飞翔的雄鹰，它轻快自由地在高耸入云的山峰上飞来飞去。真的很羡慕它，它可以轻松地越过层峦叠嶂的群山，可以毫不费力地穿行在悬崖沟壑，而我却要独自去面对即将到来的岗骨峡谷。

这是一条二十世纪五六十年代修建的山路，连接着晋豫两省，山势陡峭、峡谷众多，从修成通车的那一年就废弃了，再也没有人来维护过，任其自生自灭。山顶经常突发落石，不过也亏得山体结实牢固，还没有发生过大的滑坡。

岗骨峡谷是入晋路上最险的一段，那是在绝壁上横空劈出的道路，左侧全部是白森森的好像饿狼牙齿的崖壁，右侧是深不见底的深谷，站在崖边向下看，陡峭、幽深得让人头晕目眩。由于年久失修，路面被下雨时冲下来的泥土石块阻塞，越来越窄，仅容一辆车子通过。从后视镜看后面，在有些急弯处，车子的右后轮已经碾上崖边，碎石块"哗哗"地飞向沟底。

重型货车回来经过岗骨，更是一场噩梦。下坡时，感觉道路像一柄直插进深谷的剑，人随着下坡的惯性向前倾，头部眼看着就碰到挡风玻璃上了，"吱吱呀呀"的刹车声，在阴暗的山谷里尤其瘆人。道路左低右高，低的一面正好是深不可测的山谷，而且木柱分量轻，装得很高，车子倾斜得特别厉害，路面又都是坑坑洼洼的，一摇一晃，好像随时都会翻了车滚下去。

崖底有一辆汽车的残骸，在深谷里发出幽暗凄冷的反光，那是几年前出的事儿，很惨！那场车祸没有目击者，因为在这条路上，有时候一天可能会有几辆车，有时候三五天也没有车经过。当人们发现这起事故时，什么都晚了，车子在坠崖翻滚时已经解体了，掉到谷底时都成了一块一块的了，还会有啥啊！

到了晋东南第一个村子赤土坡时，已接近傍晚了。黄昏收起被忧伤缚满的丝线，凄美的残阳将自己交给了晚霞、小村、夕阳、红叶和晚风，但这并不是美景。

哭泣呜咽的唢呐声，惊飞了千年古槐上栖息的乌鸦，它茫然无措地在小村子的上空盘旋、惊叫，如同此刻的我一样不安、迷茫。

文死了，就在昨天下午，在箭眼山的一座悬崖峭壁上掉头倒车时，坠入深渊。这是一个突如其来的悲剧，它的背后是悲痛欲绝的哭声和一个支离破碎的家庭。

而在我看来，这更像一场梦。前几日经过望洛村的时候，他和弟弟还在那辆老式东风牌卡车前忙碌着，他那俊俏文静的新婚妻子，还站在旁边和我打着招呼。可是今天他却躺在了一辆破旧的三轮车上，身边是悲痛欲绝、哭天喊地的亲人。

在这条布满危机的路上，跑山的男人不是在用车，而是用自己的命在进行一场赌博！

汽车停在了四里口村的空地上，接下来面临的问题是去寻找一车货。寻找货源，不能开车，靠的是两条腿，四里口村在山顶，有木材的几个村子在沟底，开车得绕远路，一天也打不了来回。如果徒步走小路那就近得多，四五个小时就能回来。北上有望洛、军寨，东南有老苍岭，正西有老坟沟，而在四里口村两侧的峡谷里有塔水河和双头泉。

我决定去双头泉。

双头泉村路远还偏僻，平时去那里寻货的人也少，听老朋友发生说，如果运气好的话，可能会有一车货。夜长梦多，不敢耽误，我决定现在就去。发生见天色有点晚，怕不安全，劝我明早再去，可是我执意前行！

双头泉在谷底，老苍岭在半山腰，我得经过村东的一座山脊才能进入峡谷。沿着高低不平的小路，踩着滑溜溜的石子，钻进树木茂盛的丛林，不到一个小时就来到了那座山脊。脊呈"U"字形，两边高中间低，在最低的地方长着一棵高大的白松。从我站立的位置看向松树下，好像有一个花花的、斑点状的东西卧在那里。这些年假期的时候，我跟随着哥哥进过几次山，也曾见过些野兽。

根据块头大小来看，我估计不会是村上放的牛，牛的个子多大啊，说是野猪吧，更不像，那东西白天一般不出来。想着看着，我忽地停住了脚步，脑袋"嗡"的一下蒙了——豹子，真的，那就是一只金钱豹。

我张大嘴，傻傻看着，山里凉爽的风也阻止不了我头上的汗涔涔而下！

其实，这个时候什么都想，什么也都没有想，只知道看也不知道躲，更忘记了扭头往回走。

那只豹子好像嗅到了什么，从树下爬起来，伸了伸懒腰，向我所在的地方看了一眼，然后迈着步子，不慌不忙地消失在树丛中！

第二天的时候，听人说，老苍岭一个晚上好几只羊被咬死了——豹子只喝血不吃肉！

莽莽太行八百里，群山连绵起伏，犹如大海掀起的波澜。看着那连绵不绝的山岭，蜿蜒盘旋，好像一条正在酣睡的巨龙。俯瞰足下，白云弥漫，云雾缭绕，那起伏不平的山间小道，那壁立千仞的悬崖，那深不见底的峡谷，还有那些为了生活而在风中、雨中和茫茫大雪中奔波的跑山人。那里就是晋东南，我一个人的晋东南！

悬崖上的冒险驾驶

我与树朝夕相处，却从未听懂过它的语言，从少年、青年到中年，我与它有着错综复杂的情感，它对我的影响不亚于父母师长的教诲，即使我对它有过误解与责怪。

人对树木的依赖亘古不变，无论建造民房、宫殿还是砍柴做饭，每一件事情都与它紧密关联，当然，也包括我漂泊的半生。

童年时，深谙此道的我爬遍了南坡的树，捉迷藏、荡秋千、逮金牛的游戏让我乐此不疲。不过，快乐的时光总是流逝得太快，还未疯够，它就倏尔远去。

童年和少年似乎没有明显的界限，不过是迈上了一级低矮的台阶，可是心却野了许多。

在村子西侧有一处老屋，那把旧式锈锁，老得连岁月也忘记了它的年龄，房子的主人或许远行或许故去，谁也不清楚那苍绿的青苔下隐藏着多少故事。

不过，那不是我们这群调皮的孩子愿意关注的事情。

老屋是平房，中间略高四角低，在农村又叫作捶棚，它的身后有一株柿树，褐色的、颗粒般的老皮，一剥就掉。捶棚有三四米高，树也较劲似的向上长，总想压它一头，而且一股枝杈斜伸向房头，有一米多远，成为连接树与房子的跳板。我和几个伙伴无数次地跳上跳下，在房与树之间穿梭，如履平地。

那一日，天晚了，疯够了，一个个从房上跳到树杈，准备回家。轮到我时，如往常般用力一跃，满以为能十拿九稳地踩到杈上，谁知道竟一脚踩空，自由落体般坠了下去，重重地摔落在地面上，眼前一黑，昏死过去。

晕乎乎的，三魂七魄只剩下一魂一魄，恍若隔世。睁开双眼，身边空无一人，小伙伴们早已经吓得杳无影踪，身边只剩下孑然不动的树。我摇摇晃晃地爬了起来，胸口沾着许多的锯末，不知是谁堆放在此，它们救了我一命！我转过身，恨恨地看了一眼树，才踉踉跄跄地回去。

晚上，噩梦连连，第二天竟发起高烧。父亲背着我回到跌落的地方，母亲拍着树招魂：

"红儿，回来吧，红儿，回来吧！"

当时的我处在恍惚之中，觉得那树是如此魔性恐怖，抱怨之心油然而生。

此后一段时间，我再不敢去老屋玩耍，而且每每想起这件事就迁怒于树，明明脚已经踏上，为何枝干退缩，为难于我？却不知自己年幼，对错难辨，若不是自己顽劣，怎会如此？若不是那层不厚的锯末，哪里还会有现在的自己呢？锯末是什么，那是树之血，那是树之肉啊！

青年时，离开校园，做了一个货车司机，拼命奔波于晋东南的深山峻岭之间，那地方的路还是二十世纪五六十年代修的，路窄坡陡，塌方不断，经常出事儿。

那时候没有电话，一般情况下，上山以后，会把汽车停放在四里口村，然后徒步去方圆几十里内的村子打听，见了货以后，谈好价钱，再返回去开车。那些年，一个人在大山里面一走就是大半天，历尽了艰辛，深山里面经常有野猪、黄羊、豹子、很粗的蛇，狼倒没有见过。

有一次，在赤土坡岭上的一棵白松下面，远远看见卧着一只黄皮斑纹的豹子，距离我有百十米。自己虽然背着双筒猎枪，却没敢动，既不敢后退也不敢上前。对峙了一会儿，豹子才懒洋洋地爬起来，看也不看我一眼，仿佛没有注意到我的存在，就扭身大摇大摆地进了树林。第二天，赤土坡张宝家的狗就被它咬死了。

有一年夏末，驾车去一个叫横河的村子拉木柱。我们村里的小煤窑常年收购木柱，在井下巷道里做顶柱用。小煤窑比不上国营矿财大气粗，人家用的是液压支柱，安全可靠。我频繁地奔波于山上与煤窑之间，冒着生命危险赚取那一点点差价。

驾车到了横河村，这里只有一户人家，男人叫卫民，三十多岁，憨厚老实，两个孩子在山下上学，媳妇在校旁租住了房子陪读做饭，他一个人和一只狗孤独地守候着穷乡僻壤。

这一车货他砍了十来天，我去过他"下坡"的地方，那里沟深林密，不好砍也不好背，背到崖头后，木柱码得整整齐齐，够一车了，就开始"放坡"。

"放坡"就是在崖上和崖下扯上两根钢丝绳，固定撑直，木柱和钢丝绳用藤蔓拴在一起滑下去。那个场景也挺刺激的，站在山下，看见高处悬崖边上的人像只蚂蚁。木柱拴好以后，"嗖嗖"响着就冲了下来，"砰"的一声撞击地面，到了晚上还会出现一溜火花。

装好车，从横河出来，天已经黑了，乌云密布，一场大雨马上就要来临。这里的盘山公路我很熟悉，心中并不生怯，出了村就是一条河，清澈的河水"哗啦啦"流着，它的源头是双道泉。车子轧着鹅卵石蹚过小河，发动机吼叫着开始爬坡。

这一段路修在背阴的坡上，盘旋而上，多悬崖峭壁。那个年代的工程确实不咋样，一路上来，许多地方都是坑坑洼洼的。过了羊圈，看见前面有一段路塌方了，宽有两三米左右，塌方路段的下面就是刚才经过的河道，有一百多米高，黑乎乎的，只听见水声，挺瘆人的。

本来想等到天明找人来帮忙，可是眼见着电闪雷鸣，雨珠开始向下砸了，停在这一段路上也不安全，看看车上的木柱，长度也不够。心里一急，拿出斧头，在路边找了几棵树"咔咔嚓嚓"砍了起来，砍好后，并排放在豁口处，又去工具箱里翻出了几个扒钉，把树木牢牢钉在一起。人在上面跳了几下，觉得挺结实，又看了一眼深不见底的崖底，一咬牙，狠心上车。

汽车轰鸣着起步，心情万分紧张，唯恐压折"木桥"车毁人亡，耳边除了发动机的声音，仿佛还听见自己"咚咚"的心跳。塌方的位置在右侧，我坐在左侧，视线不好，又是在晚上，还没有人指挥，只能凭感觉了。

握紧方向盘，缓缓加油，估摸着方向轮的位置，右前轮缓缓地压上了木柱。我的心都提到嗓子眼了，感觉前轮有一点点下坠，木柱受力了，它们的下面就是悬崖绝壁，生与死的权力已经移交给了它们。我屏住呼吸，轻轻踩着油门，等到前轮重新压到路上，后轮驶上三根木柱时，加大油门冲了过去，那一刻，仿佛还听到"咔嚓"一下的断裂声。

走过很远以后，才停下了车，拉住手刹，趴在方向盘上，闭上眼睛，心还在"咚咚咚"地剧烈跳动。推开车门，腿脚有些虚软不听使唤。冒着大雨，我返回到豁口处，手灯的照射下，三根树木都已经齐齐断裂，无力地垂在悬崖之上，好像三个正值壮年的人乍然被压断了身躯，裂口之处，参差不齐的碴口好像白森森的骨头，依稀还能听见它们痛苦的呻吟声。

夜风呼呼地刮着，一棵棵栗树、杨树、黄楝树在风中挥动无数只手臂，它们在狂风中呐喊，它们在暴雨中哭泣，它们在鄙视我、嘲笑我：

道貌岸然的人类啊，为了自己的利益却要去剥夺别人的生命，我们也有痛苦，我们也有疤痕，我们也有家庭，我们也有儿女，我们生活在浩瀚无涯的天地，你们却永远生活在唯我的心底！

快过年了，我却离家去远方

2004 年春，我怀揣着一本丁远峙的《方与圆》，登上南下的列车，走上了打工之路。为了生活，再远的道路我们也得踏上征程；为了生活，再重的担子我们也要放在肩头。别了，我的大焦作！

郑州是始发站，这里是全国最大的交通枢纽。二楼一溜好几个候车大厅里人挤得满满的，东进的，西行的，南来的，北往的，你追我赶，孩子打闹，大人叫骂，真是生动至极。

我背着，不，也许应该说扛着那个二十元买的迷彩包，这是个地摊货，里面被塞得鼓鼓囊囊。保守点说，从头到脚，穿的衣服一年之内不用再花一两银子了。

临行前的一个晚上，妻子看着层层叠叠、摆放整齐的衣物，短的上衣、长的裤子，秋衣、秋裤、保暖装、袜子、夹克、冬衣裳，应有尽有，每一点空间都得到了充分的利用。她对自己的工作很满意，最后又别出心裁地在迷彩包后扎上一双布鞋。我背上包试了试，感觉自己有些出征的架势，于是给她敬了个军礼说："报告首长，准备完毕，请求出发！"

出发了，火车缓缓离开车站。车厢内安静了许多，有的人望着窗外，若有所思；有的人环视车厢，好像在寻觅故交；有的人神情颓废，满面分别的苦闷。这就是来也匆匆、去也匆匆的人生吧，这就是抛家舍业、背井离乡的惆怅吧！

丁远峙在他的作品里说："看着对面胖子左手提着啤酒，右手拿着烧鸡，他却吃着泡面，于是，暗下决心一定要在深圳干出一番事业！"我也颇受感动，放下书本，从一个车厢窜到另一个车厢，瞪着发红的眼睛搜寻，也没有发现一个吃烧鸡的人。最后在乘警警惕的目光下，规规矩矩坐到了自己的位子上。

福州，一桥解放，二桥闽江，三桥鳌峰，四桥三县洲，五桥尤溪洲。我住在三桥，隶属台江区。在房东老太的带领下，我和他登上了六楼。说是老太，其实老人家是男的。福州本地的方言，发音较轻，潜意识里总感觉阿伯是女的。这是一栋自建的楼房，院子特别小，也许自行车都放不下几辆，一楼是房东自住，有老有小。阿伯絮絮叨叨地边登楼梯边说话，我听得一头雾水，只能附和着嗯呀。想想也是，初到福州，我一个北方人，阿伯的话对我来说就是听天书了。

六楼有两个房间，我居西屋。东屋是来自江西的一对夫妻，挺年轻的，每日忙碌，也没有见过几次面。南边房角有一个冲凉、方便二合一的小房子，地方不大，却也免了上楼下楼如厕之苦。头几日，我久久难以入睡，北方干燥，南方潮湿。来福州以前，我也听别人说过，却不料春夏之交，阴雨绵绵，这里从来也没有晴过。被子潮得能拧出水来，桌子每日都擦，但还是有洇湿的水印，只好买了台小风扇天天吹个不停。

住的地方不说好赖，总算是有了落脚的地方。然后就是就业问题了，我在一家物流公司找了个工作，开冷藏货柜车，车子是日产的五十铃，十几米长，车况非常好。

这是一家有三四个股东合伙做起来的公司，原先在马尾附近，最初的老板是香港人阿彪。但是，彪哥强悍，涉黑而且嗜赌如命，一名四川司机向他讨要工资，话有些难听，谈崩了。他竟然唆使手下的马仔将人装进麻袋，投进了闽江。还好一个小弟唯恐惹上人命官司，偷偷把绳扣松了一下，那人才死里逃生。后来，那人将彪哥告上了法庭，老板进了监狱，公司也就散了。老陈、老黄和阿云就来到三桥，利用原来的关系开了家公司，有老客户捧场，公司干得顺风顺水，越做越大。

头一趟活儿就不轻松，从福州长乐往辽宁大连拉花蛤。花蛤在我看来和家乡小水沟里的贝壳没啥两样，不过是口腹之欲的牺牲品而已。后来我才知道错了，拉的这种花蛤还小得很，比大拇指甲盖大一些，东北的养殖户买回去在近海养殖，大了以后才供应市场。虽然我原来没有拉过海鲜这种活物，但是常年在外跑车，北到东三省，南下云贵广，也见过些世面，所以也不怯阵。开起车就走，上高速，下国道，接着拐进乡村公路，好不容易到了长乐海边，才知道事情并没有想象中那么简单。

这是一个叫梅花坞的小渔村。到村子时天已黑透了，阴沉的夜里，没有月明，大海发出"哗啦哗啦"的波涛声，昏暗的夜空让视力下降到几乎为零。但是那一股股海腥气扑面而来，让我这个只会狗刨的旱鸭子倒吸了一口凉气，远处依稀有一条挂满灯泡的渔船忽隐忽现。一条通向大海深处的路在退潮后慢慢显现出来，这是渔民用混凝土打造的一座栈桥，宽度和货柜车差不多，其实不用细看我也知道宽不了多少，南方人的精打细算你还会不知道？栈桥有一定的坡度，海低岸高，这也是我最担心的，半挂牵引车驱动轮最容易打滑，装上货后前轻后重，到时候千万可别上不来了。要知道，潮水说涨就涨，两三个小时后，这里就会重新被海水吞没。

渔民们骑着摩托、电瓶车从家中赶了过来，一会儿就聚集了二三十号人。一阵喇叭急响，一辆小型冷藏车退了过来，紧紧靠着我的车后门，从车上跳下两个小伙儿，传递着一块块长方形冰疙瘩，在车厢里堆砌了一层。这样做的原因是将稍后就要进行长途旅行的花蛤冬眠起来，让它们不吃不喝熬过这两天。

两个看样子像是领头的人耳语了几句，一个人晃动手电筒开始指挥倒车。路两侧是退潮后的淤泥，车越往海里退，路基也越高，车厢两侧窄得难以立人。我注视着后视镜，在两侧边灯的映射下，慢慢倒车，真的是胆战加心惊啊，小心翼翼地总算退到了装车的位置，我擦了把汗，长长嘘了口气。车子却始终不敢熄火，手刹也牢牢拉紧，不敢有丝毫的懈怠。

转瞬之间，不知从哪里划过来许多小船，好像从天而降一样出现在车的周围。一袋袋装满花蛤的网包被陆续码在车厢里，海水滴滴答答地从包里流了出来，证明它们刚刚离开大海不久。装三层花蛤就要码一层冰块，虽然人人紧张忙碌，一切却井然有序。不知过了多久，忽然，领头的大声喊：好了，少几包没事，涨潮了，快开车。我挂挡加油，娴熟的技术在此刻经受着考验，一阵油门轰鸣，车子颤抖着向前猛蹿，轮胎扒拉着地面，发出"呜呜"的摩擦声。

车灯明亮的光柱下，岸边越来越近，身后是逐渐上涨的潮水，心里恨道："也不让早点离开，挣多少才是个够啊！"心越揪越紧。在以前的经验中，无论江渡还是海渡，离船上岸那一刹，道路黏滑最容易停滞溜车。随着剧烈的颤抖，一阵接一阵的前后揪拉拖拽，车子吼叫着终于上岸了！

晋江，晋江，遇见老乡，三言两语，满腹惆怅！

货柜车稳稳顶着卸车台停下。我跳下车，活动活动身体，这一车货从广东湛江拉过来，由于晋江催货挺紧，一路上也没有休息，可把我累坏了。

天气很热，骄阳似火，几个卸车的小弟开着叉车，忙得汗流浃背。其中一个要饮料润喉，我就到厂子外面买了几瓶回来。到车前时，一个女人怯怯地走了过来，她穿着蓝色的工作服，脚上穿着黑色的高脚雨靴，模样挺清秀，白皙的鹅蛋脸上柳眉微蹙，似有满肚子的惆怅。

我有些惊异，晋江这个厂我还是第一次来，也没有熟识的人呀。我一边给几个装卸工分发饮料，一边打量了一下她。她看了看我，嘴动了下却欲言又止，拿着毛巾的手攥紧了又松开，又和我对视一下，眼睛倏地移向了别处，右脚局促地轻轻磨着地上的小水坑。

我笑了笑，手扶着倒车镜的杆子说："你，有事儿吗？"

她的眼睛"唰"地一亮，说："刚才，我听得不错，真的、真的太巧了！就是家乡人哩。"

她的第一句话说出来，我就知道遇到老乡了，而且特别近。焦作六县五区，本来就没有多大地方，一听她的口音就是博爱县的。原先我们这里流传个笑话，说博爱的某甲去某乙家走亲戚，客人登门自然盛情款待，到了午饭时某乙歉意地对甲说："唉，今个儿不知道咋了，蒸馍馍不浮（熟），烧粉（水）粉不开。"甲说了声"老抠"，拂袖而去！

他处遇乡音，自然言之不尽。听她说，她是由家乡的劳务输出部门和福建厂家联系，统一安排到这个加工厂的，工资一月一结，身体不适应也可以回去。但是，工作了三个多月，工资只开了两个月。而且加工活虾要接触化学制剂，她的脸部过敏了，出现了许多不良的症状，于是，就想结清工资回去。

"但是，"她抽噎着说，"厂里不给钱，劳动局也不管，我一个女人家孤身一人在外，该怎么办呢？"